大展好書　好書大展
品嘗好書　冠群可期

大展好書　好書大展
品嘗好書　冠群可期

文學叢書17

走過烽火歲月的金門特約茶室

陳長慶 編著

走過烽火硝煙的苦難歲月

——陳長慶為金門歷史見證所作的努力

陳滄江

說眞的，我忘記了當年是如何認識長慶兄，也忘記了第一次結識長慶兄的地方是在那裡。

不過，我記得讀陳長慶的文章比認識他本人還早。

這幾年，在家鄉的日子幾時風幾時雨，不管我混得如何如何，平常我很喜歡去找他，原因是喜歡聽他講話，他的語意與我竟是那麼的相同，總讓我覺得彼此之間的距離是那麼的近，或許這就是我們有共同的「磁場」吧！

從陳長慶的著作《失去的春天》、《秋蓮》、《午夜吹笛人》、《春花》、《冬嬌姨》、《夏明珠》、《烽火兒女情》、《日落馬山》……到現在的這一本《走過烽火歲月的金門特約茶室》，我無意在這裡稱頌金門鄉土文學作家陳長慶的文采及風流，但是，相信所有曾經走過烽火歲月的金門人都有同感，陳長慶透過他獨特的文字，訴說了我們這一代歷經戰地政務歲月的金門人心中，對這一段歷史的無言及見證。

之前，我曾經爲長慶兄的長篇連載小說《夏明珠》與《日落馬山》繪製插畫，由於時間的關係，遺憾沒能爲他的近作〈將軍與蓬萊米〉以及〈老毛〉這兩篇作品畫插畫。

前些日子，長慶兄向我表示，準備將歷年來所書寫與特約茶室有關的文學作品，編輯成一本專書付梓，書名爲——《走過烽火歲月的金門特約茶室》，讓讀者對爾時的特約茶室文化多一層瞭解，但是因缺乏印製經費，希望能獲得福建省政府及金門縣鄉土文化建設促進會的補助。我一直以爲：像《走過烽火歲月的金門特約茶室》這樣一本極有歷史保存意義的書，如果因爲欠缺出版經費而不能印製，是相當可惜的。然而，福建省政府的經費相當有限，雖然補助二萬元，但杯水車薪幫助不大，只好將出版計畫轉陳行政院文建會，並獲得廿萬元的出版經費補助。

在此，我們非常感謝行政院文建會的大力協助，也同時肯定金門鄉土文學作家陳長慶先生，爲金門這一塊土地的歷史見證所作的努力。

二〇〇五年八月廿二日於金門

（本文作者陳滄江先生，著名漫畫家，淡江大學管理科學研究所博士班。現任福建省政府委員，金門縣鄉土文化建設促進會理事長。）

歷史不容扭曲，史實不容誤導

——寫在《走過烽火歲月的金門特約茶室》出版之前

二〇〇四年秋冬兩季，在友人的推薦下，我相繼地接受三家電子媒體的訪問。表面上是要我談談創作的歷程，實際上卻圍繞著「特約茶室」的議題打轉。雖然我不敢自認爲是「軍中樂園通」，然我曾經在金門眞正擁有十萬大軍的全盛時期，在主管防區福利業務的金防部政五組，承辦是項業務多年，對於它的全盤狀況，瞭解的程度或許會比其他人更深入。

在接受訪問時，事先並沒有預設任何題目，而是以開放式的對話進行訪談。他們所提出的問題，大部分我都能憑著記憶，有條不紊地做完整的解說；甚至把坊間一些不實的傳言，趁機一一加以反駁。但經過電視台的剪接處理後，播出來的畫面和內容，並不盡如人意。因此，在寫完長篇小說《日落馬山》後，我不得不重新爲這段歷史做一個較完整的詮釋。尤其當特約茶室走入歷史的此時，更不容許有人刻意地把它扭曲或誤導。

然而，當我撇開俗務，一心一意想爲讀者詮釋這段歷史時，對於當初設立特約茶室的原由，卻因時間久遠，早已無案可稽，自己也不能憑空想像、任意臆測或信口開河來欺騙讀者。幸蒙昔日老戰友、作家謝輝煌兄勞心費神，四處尋找資料、拜訪相關人士，並從一位自國防部情報局退休的詩友許將軍處獲得不少寶貴的訊息，又蒙許將軍親自拜候一位年高德劭、位階很高的老將軍，敘述了一段「忠實度及價值都相當高」的口述歷史。謝兄便依據許將軍的轉述，書寫成〈軍樂園的創議人〉乙文，該文可說是特約茶室前半段歷史的寫照，足可彌補拙作之不足，讓這段歷史更趨於完整。經老長官應承，一併收錄於書中，以饗讀者。

儘管我承辦特約茶室業務多年，處理過許多突發事件，知道不少其中之內幕消息以及侍應生出身背景與不欲人知的動人故事，但三十餘年斷斷續續的文學創作中，僅寫了少數幾篇與特約茶室有關的作品。那是：一九七〇年的〈祭〉，一九九六年的〈再見海南島，海南島再見〉，二〇〇四年《日落馬山》的第三章〈離島特約茶室業務檢查〉、第五章〈安歧機動茶室的設立〉、第七章〈特約茶室社會部籌設與關閉〉、第九章〈山外茶室槍殺案件與沈姓私娼處理事件〉，二〇〇五年〈將軍與蓬萊米〉、〈老毛〉等。而軍中特約茶室始於五〇年代初，終於八〇年代末，區域含蓋台澎金馬，其間長達三十餘年，在裡面靠女性原始本能謀生的侍應生少說也有數千人，進出的官兵更是難計其數，然在報章雜誌上看到的，似乎只是一些淺近的報導，以此為主題來書寫的文學作品並不多見。

基於上述理由，當〈走過烽火歲月的金門特約茶室〉在《浯江副刊》刊載，並獲得許多讀者的肯定和回響後，我突然有把它重新歸類、編輯成一本書的構想，冀望能讓讀者們對特約茶室多一番瞭解，共同為這段歷史做見證，並非重複印行來自欺欺人，這是我必須向讀者鄭重申明的地方。

於是我從《寄給異鄉的女孩》乙書裡選出〈祭〉，從《再見海南島，海南島再見》選出書題作品與〈海南寄來滿地情〉，從《日落馬山》摘錄出第三、五、七、九章（這幾章不僅與特約茶室有密切的關係，更可成為一個獨立的單元，重新賦予它們一個新生命，似乎並無不妥之處），從《時光已走遠》選出〈走過烽火歲月的金門特約茶室〉，以及近作〈將軍與蓬萊米〉、〈老毛〉等作品。另外附錄謝輝煌：〈軍樂園的創議人〉乙文。讀者們可從這些篇章中，更深一層去瞭解作者創作時的心路歷程和欲表達的意象是什麼。

爾時，特約茶室的侍應生，她們承受著心靈與肉體的雙重苦難，冒著砲火以及二十餘小時的海上顛簸，來到戰地金門討生活。首先，她們面對的，是那些在這塊島嶼等待反攻大陸的老北貢，而這些老北貢離家久了，難免會有思鄉的情愁，雖然有了軍中特約茶室，讓壓抑的性慾能得到紓解，但感情則依然無所依歸。

一些對反攻大陸喪失信心、又長期在台灣本島服役的軍、士官，早已和寶島姑娘締結良緣。惟有那些長久在野戰部隊服務，每隔一段時間，必須隨部隊移防駐守外島的將士們，多數仍然是孑然一身。他們除了有怨亦有恨外，心中的無奈非局外人所能瞭解。因此，少數人把念頭轉向軍中特約茶室，目標鎖定曾經和他們相好過的侍應生，甚至把畢生的感情和金錢全數投入，試圖從裡面尋覓一位能相互偎依的終身伴侶。

然而，侍應生雖然出身貧寒、歷經滄桑，但亦有自己的自尊和想法，並非見到男人就想委於終身；儘管配對成功者有之，但未能如願者卻佔多數。坦白說，侍應生以色斂財者爲數也不少，一旦她們食之有味、不知節制，企圖飢附飽颺，倘使讓恩客揭穿她們虛僞的面目，雙方又沒有充分的溝通和妥善的處置，往往會有失控的時候，勢必以激烈的手段相向，造成無法彌補的憾事，山外茶室槍殺案件就是活生生的一例。

即使，我們生長在一個純樸的小島嶼，墨守著傳統的道德文化，但男女間感情的衍生，有時也會突破傳統的束縛，因此，金門人與侍應生結成連理的亦有好幾位。她們結婚後定居金門，勤儉持家、相夫教子、侍奉公婆，過著幸福美滿的生活。相對於時下某些女性，她們在一個安逸的環境中長大，受過正規教育，自認爲有高人一等的品德，卻把婚姻當兒戲，亂搞男女關係，致使家庭破裂，夫妻反目成仇對簿公堂的情事屢見不鮮，最後不得不以離婚收場。如此的情操與婦德，又怎能與那些曾經因家庭變故、淪落風塵，而後從良向善的侍應生相媲美。

當讀者們進入到〈再見海南島，海南島再見〉這篇小說時，或許會眞正領略到情爲何物、以及情的可貴，而這份情是誠心眞摰的愛和相互尊重衍生出來的。任誰也想不到，一位遭受家庭變故而淪落成侍應生的苦命女子王麗美，在離開金門特約茶室二十餘年後，她繼承了祖業，竟是海南島「海麗酒店」的董事兼總經理。雖然她已躋身在海南上流社會，當她與在金門相識相愛的陳先生重逢時，心中所感、內心所欲傾訴的，依然是眞情的延伸。因爲當年她在特約茶室服務時，儘管陳先生是她們的頂頭上司，更是一位純樸有爲的金門青年，但始終以誠相待、充分尊重她的人格，並沒有因爲她是一位每天接客數十人的侍應生，而奚落她、瞧不起她。相反地，當他們見面時，陳先生已是一個滿臉溝渠、滿頭雪霜的糟老頭，然她愛他的心始終沒有隨著歲月的消逝、以及遭受環境的變遷而改變。即使它只是一篇小說，但卻貼近人心、貼近事實，也讓我們深刻地領悟到：只要彼此間以誠相待、相互尊重，誰能說婊子無情？

在戒嚴時期、軍管年代，金門的天空長年有數十對金光閃閃的星星在閃爍，他們美其名叫「將軍」。誠然多數是身經百戰、戰功彪炳、學養俱佳的將領，而卻也有少數不學無術，僅懂得逢迎拍馬、求官之道的軍中敗類。如果沒有親眼目睹他們的醜態，我們始終認爲高官有高人一等的品德和學養，而實際上卻不盡然。在〈將軍與蓬萊米〉這篇小說中，我並無意對已蓋棺的老長官不敬，但三十餘年前的往事記憶猶新，曾經發生過的事歷歷在目；仔細地想想：將軍所作所爲，以及他的人品和操守，的確不值得我們尊敬。想當年，屬下均屈服於他的淫威而敢怒不敢言，然其下場，卻也讓人不勝唏噓。這是罪有應得？還是咎由自取？史家自有定論。

一位跟隨著國軍撤退到這塊小島嶼，等待反攻大陸不能如願的老兵，在屆齡退伍時，靠著朋友的介紹，在特約茶室金城總室謀得一份暫時能糊口的工友工作，而後和侍應生古秋美兩情相悅，帶著一個父不詳的「雜種仔子」落居在這個純樸的小島。當他無怨無悔為家犧牲奉獻而正要擷取幸福的果實時，卻不幸誤觸未爆彈，在歸鄉的路途斷絕時，不得不長眠在這個有青山綠水相伴、蟲鳴鳥叫相陪的小島嶼。

當我進入到〈老毛〉這篇小說的情境時，心情分外地沉重，難道它就是這些有家歸不得的退伍老兵的宿命？他們一生忠黨愛國，隨著國軍部隊南征北討，而後撤退到這個離家最近的小島，等待反攻大陸回老家；無奈一等廿餘年不能如願，屆齡又必須遭受到解甲的命運。

多少老兵在夜深人靜時，含淚低吟：我的家在大陸上，高山高流水長，一年四季不一樣，春日柳條細，夏日荷花香，秋來楓葉紅似火。多少老兵的屍首，深埋在異鄉的泥土裡化成白骨一堆。這不僅是時代的悲哀，也是生在那個年代的人們，心中永遠不能撫平的疼痛和無奈，我們不得不為在異鄉殉難的老毛，流下一滴悲傷的淚水……

編完這本書，隱藏在我心中的確有太多的感觸；在社會現實、人心險惡、人情冷暖的今天，我擁有的卻是濃郁溫馨的親情和友情。

感謝補助本書出版的行政院文建會，福建省政府，金酒實業（股）公司；鼎力相助的金門縣鄉土文化建設促進會理事長陳滄江先生，金門縣采風文化發展協會理事長黃振良先生，以及宗叔金酒實業（股）公司人事室主任陳榮華先生。

感謝爲本書提供照片的金門縣采風文化發展協會理事長黃振良先生、總幹事葉鈞培先生，金門日報社總編輯林怡種先生，金門縣紀錄片文化協會理事長董振良先生，資深文史工作者林馬騰先生，設計封面的國立台灣藝術大學副教授張國治先生，爲封面題字的金門縣書法學會總幹事洪明燦先生，提供特約茶室娛樂票的台北小草藝術學院秦政德先生。

感謝您，親愛的讀者們！

二〇〇五年九月於金門新市里

目錄

附錄

走過烽火歲月的「金門特約茶室」

金門軍方所屬的特約茶室，已完成「調劑官兵身心健康，解決官兵性需求」的「神聖」使命，隨著時代的潮流走入歷史。然而，近幾年來，當小林善紀《台灣論》所引發的「慰安婦」風波，在國內鬧得不可開交的時候，坊間也興起了一股探討「軍中樂園」的熱潮。儘管特約茶室「侍應生」與二次大戰的「慰安婦」不能相提並論、無法混爲一談（慰安婦被迫，侍應生自願），但許多人還是談得津津有味且樂此不疲。一提起「軍中樂園」這四個字，彷彿就能挑起眾多人的「神經線」，而某些說者則言過其實，讓聽者信以爲眞，致使部分傳述和報導與事實有所差異，的確令人難以苟同。歷史不容扭曲，史實不容誤導，還原其眞相，是浯島庶民責無旁貸的職責。

一九六五年，我以金防部福利站會計員的職務，被調到政五組協辦防區福利業務。爾後雖然晉升經理，但必須組、站同時兼顧，主要的辦公場所依然在武揚坑道的政五組。十餘年的山谷歲月，前後歷經：廖全傑、李忠禮（曾任國防部藝工總隊長）、谷鵬（曾任金門縣長）、許自雋、劉幹臣、孫紹鈞（曾任國防部戰地政務處長）、李中固（曾任華視業務部經理）、李壯濤、陳柏林（曾任金門西園鹽場場長）等九位組長。其間，由於福利官調動頻繁，且幾乎都是來佔缺升官，升了就走，以致業務銜接不順。因此，承長官的眷顧，把部份福利業務，如福利委員會的召開，福利單位預算編列，福利單位會計報表審核，福利單位業務檢查（會同政三組、主計處），福利點券分發結報，免費理髮、洗衣、沐浴票核發，福利盈餘支付通知單審核與開具，福利單位員工生出入境簽擬……等，都由我來承辦。雖然工作繁忙、責任重大，但歷經這段可貴的過程，卻是造成我往後對福利業務嫻熟的主因。

記得初進政五組辦公室時，福利官聶建國少校交給我的第一份任務，是要我把一批待銷燬的公文，依照「來（發）文單位」、「文別」、「日期」、「字號」、「案由」、「機密等級」一一登記下來，以便會請政四組相關人員來監燬，但「法令」必須另行挑出、妥善保存。

這批常年存放在潮濕的武揚坑道裡，年久待銷燬的舊檔案，部分不僅破損且已發霉，然我絲毫不敢大意，除了依序登記外，對於一些有保存價值的法令，不僅詳加翻閱，也重新歸檔。而在那些舊檔案中，有許多是陸總部轉頒國防部的公文，除了一般福利外，涉及到特約茶室業務的更不在少數，甚至，有部分是轉自內政部頒佈的「台灣省各縣市公娼管理辦法」的修正條文或補充事項，讓我明確地發現到：金防部特約茶室就是依據國防部參照內政部所頒佈的「公娼管理辦法」的法源為依據而設立的。但最初成立軍中樂園以及爾後幾年間的公文卻則未曾見到。

名義上，金門特約茶室由軍方督導經營，但在我接觸到這份業務時，它實際上的操盤者，是年逾七十高齡的經理徐文忠先生。據特約茶室的老員工說：徐先生在大陸未淪陷前，曾經在上海經營過特種行業，來台灣後，依然沒有離開過這個圈子，復經人推介，由金防部聘請來金，擔任特約茶室經理乙職，數年來未曾更換，他是什麼時候獲聘來金的？詳細時間已無從查起。

雖然有一位熟諳此道的經營者，但軍方並沒有釐訂一套妥善的管理辦法，彷彿就是徐文忠自家開設的「軍樂園」，只要巴結好相關單位的長官和承辦人，每月把剩餘的款項往上繳，就可高枕無憂。內部不僅管理散漫，經費運用毫無節制，浮報濫用，帳務記載不實，剋扣侍應生主副食費，放任不肖員工和侍應生賭博抽頭、利用職權白吃白嫖、假借互助會之名收取暴利……等不法情事，以「雜亂無章」來形容並不為過。

倘若以福利單位核薪的標準而言，徐先生他當時是一等一級經理，雖然月薪加眷補費、主副食費等高達千餘元（尚無「職務加給」項目），試想：光憑一個月千餘元的薪資，能留住一位縱橫歡場數十年的「老仙角」嗎？這點錢不僅不能滿足他，更不夠他塞牙縫，因此，以「靠山吃山，靠海吃海」來形容一位遊走在特種行業的老先生並無不妥。

於是隨著新主任的上任，首先被整頓的是承辦福利業務的政五組。主任辦公室的中校秘書與組裡的上校副組長對調，參謀也大部分做了調整，辦公室亦從武揚坑道內搬到明德圖書館右下方的一幢平房。室內重新粉刷，桌椅重新油漆，辦公室煥然一新，但不久又搬回武揚坑道。強勢的副組長，已凌駕屆齡待退的老組長，新官上任三把火，燒得政五組雞飛狗跳、寢食難安，對各參謀也撂出了重話：「政五組所有參謀給我聽好，非公務不得到特約茶室去，如果純去買票的話，要先報備，事後把票根帶回來備查。」副組長的來歷諸參謀都「了然於胸」，儘管他的要求有點矯枉過正，但並沒有人敢提出異議。然而，命令歸命令，規定歸規定，對於這種不合理的要求，一些與福利業務無涉的老參謀並沒有把它放在心裡，眞正到了需要「解決」的時侯，誰會那麼「大條」地先向他「報備」，再把票根帶回來「備查」？

在副組長嚴苛的要求和強勢的主導下，福利部門必須針對特約茶室長久積聚的詬病和弊端，各級幹部在操守、業務上的缺失，例如：負責侍應生抹片和抽血檢驗的醫務人員，接受賄賂、僞造檢驗報告，以及派駐特約茶室負責維護秩序和軍紀的憲兵人員，不服從管理幹部領導，藉機製造事端，並利用職權把同僚或其他朋友帶進茶室，增加管理上的困擾等，從速釐訂一套管理辦法，飭令福利中心轉特約茶室遵照執行。然而，想擬訂一套完善可行的管理辦法談何容易！上了無數次簽呈，挨過多少罵，依然過不了副組長這一關，遑論想請主任核閱再送請司令官批示。追隨如此嚴格的長官，的確讓我們承受著前所未有的挫折和無力感。最後總算凝聚了共識，勉強歸納成幾點，並預留一個「若有未盡事宜，得隨時再做修訂或補充」的空間。在草擬的辦法中，我們概略地研擬如下：

一、重新劃分特約茶室等級，釐定員工編制，修訂管理幹部職稱（除金城總室維持「經理」外，各分室之「幹事」修訂爲「管理主任」，總室「事務員」修訂爲「事務主任」，餘則不變），提高管理幹部素質，嚴加考核，裁減冗員，嚴禁管理幹部利用職權白喝、白吃、白嫖，以及員工生賭博、招會、借貸等不法之情事發生，違者，員工解雇，侍應生遣送返台。

二、依員工生比例以及業務需要，編列各項經費預算，各單位每月所需費用，須在預算範圍內支用，並檢附原始憑證併同會計報表，由總室彙整報部審核無訛後，始准核銷。不得有浮報、濫用、溢領之情事發生，一經查覺，除追繳該款項外，其管理主任及承辦人員，無論情節之輕重，一律檢討議處，絕不寬貸。

三、特約茶室使用之「娛樂票」由本部統一印製控管，每月由金城總室派員來部領取，並加蓋政五組圖章始爲有效。總室具領之娛樂票，除分發各分室使用外，並負責結報。當月未售完之票數，次月自行作廢，並應詳實登記張數編號，繳部銷燬，不得有外流之情事發生。

四、提高「台北召募站」召募費，由每名一千元調整爲一千三百元，惟新進侍應生必須加以篩選，年齡不得超過三十歲，服務未滿三個月不得請領召募費，並視侍應生之缺額召募，總室須針對票房紀錄未盡理想、服務態度不佳之高齡侍應生檢討解雇，以達汰舊換新之目的。

五、新進侍應生，每人擬無息借予安家費一萬元，俾利該女安心工作，所借之款，按月從其營業額內扣還歸墊。無論生產或流產，擬每人補助營養費五百元，以表本部關懷照顧之意，惟須檢附醫院證明書以憑核銷。

六、裁撤「醫務室」，協調軍醫組每週一由東沙、料羅醫院以及烈嶼地區軍方衛生單位，派遣醫務人員爲侍應生抹片檢查。並在尚義醫院設立「性病防治中心」，凡抹片檢驗呈「陽性反應」者，立即送性防中心治療。爾後並隨票附贈「小夜衣」，並請軍醫組製作宣導標語，張貼於各茶室售票處，以防止性病蔓延，維護官兵身體健康，其費用由本部福利盈餘項下編列預算酌予補助。

七、支援特約茶室之憲兵同志擬飭令歸建，其安全及秩序事宜，由管理人員負責維護，以統一事權，俾便管理。

當管理辦法頒佈後，我們請七十高齡的老經理徐文忠先生主動辦理退休，由台北召募站負責人杜叔平先生接任經理，除了借重他豐富的學識和經驗外，也希望他能透過關係，替茶室召募一些較年輕貌美的侍應生，好爲戍守在金門的三軍將士們服務。然因，杜經理並不能適應特約茶室複雜的環境以及承受的壓力，上任不滿一年就辭職，復由山外分室管理主任劉曼琦先生接任，杜生先則回台續任台北召募站負責人。

隨著「特約茶室管理辦法」、「特約茶室員工編制和任免」、「特約茶室年度各項經費預算」的頒佈實施，以及管理幹部的調整，可說讓特約茶室徹底地改頭換面，在經營管理上更奠定了一個良好的基礎，每月繳回之盈餘也相對地提高。然而，爲特約茶室改革，勞心勞力、犧牲奉獻的副組長，因「嘉禾案」縮編，沒升到上校就退役了，留給我們無限的懷念。儘管爾時受到他不少的苛責，但卻從他不厭其煩的指導中，學習到不少東西，往後福利業務能順利地推展，副組長可說功不可沒，這是我一直銘記在心頭的。雖然他離開軍職，但並沒有因此而沉寂，除了興辦學校、親執教鞭，春風化雨、作育英才外，又當選縣議員。然參選兩屆立法委員，卻意外地高票落選，的確令人惋惜。自此之後，副組長的大名就從政壇上消失，取而代之的是一所績優的明星高工，以及數以千計的莘莘學子、社會菁英。

關於特約茶室的業務和分佈狀況及編制，當時是這樣的：

一、業務概況：

特約茶室業務，依權責由政五組承辦，福利中心督導。但督導單位卻有「責」無「權」，往往只做公文轉達的橋樑。有關「管理辦法釐訂」，「預算編列、經費核銷」，「新進人員任用、管理幹部調動」，「娛樂票印製管控」，「員工生出入境」……等業務，全操在政五組福利業務承辦參謀手中。倘若有重大事件或突發狀況，承辦單位會同的依然是政三組和主計處，而不是福利中心監察官和財務官，甚至事先也不必知會他們。

二、分佈與編制

特約茶室計設有：金城總室，山外、沙美、小徑、成功、庵前、東林、青歧、后宅、大擔等分室，以及配合慈湖築堤工程而臨時設立的「安歧機動茶室」（工程竣工後隨即關閉）；每季一次的東、北碇離島巡迴服務（東碇由金城總室派遣，北碇由山外分室負責，分別由各該單位派管理員帶領二至三位侍應生，配合軍方運補船前往，再隨下航次運補船返航）。

三、員工待遇與任免

特約茶室員工分九等、每等分二級，每級相差五十元敘薪。一等一級最高，月薪爲九百五十元，另加三百元主副食費，合計爲一千二百五十元。九等二級最低，月薪三百元，加上主副食費三百元，合計爲六百元。六等二級以上職員，始能申報眷補費，限一大口、二小口。大口每月一百元，小口每月八十元。在新的管理規則頒佈實行後，各單位管理幹部則另發「職務加給」，金城總室經理每月一千元，其他各分室管理主任各五百元（員工待遇與侍應生票價，並非千古不變，它依然會隨著軍公教人員調薪以及物價波動指數適時調整。）。

管理幹部（售票員、管理員、會計員、文書、事務主任、分室管理主任等）新任時均以六等二級起薪，並依年資、績效、編制等級，逐年檢討晉升，惟福利中心只有建議權，沒有任免權。若欲進用一般員工（工友、炊事等），亦必須先備妥相關資料（履歷表、保證書、切結書），呈報承辦業務的政五組，俟會政四組查無安全顧慮後，始准予以九等二級雇用。

金城總室侍應生房間，門框上紅底白字的編號清晰可見。
（金門縣采風文化發展協會理事長：黃振良先生 攝）

「金城總室」位於金城民生路四十五巷內，設有「軍官部」（尉官以上）與「士官兵部」，編制上有：經理、副經理、事務主任、文書、會計各一人，管理員、售票員各二人，工友四人，炊事二人。軍官部侍應生十餘人，士官兵部侍應生三十餘人，屬於甲級茶室。它主要的營業對象是駐守金西地區的官兵，以及鄰近的防砲、砲兵、小艇、三考部的弟兄們和星期假日的一些不速之客。其營業額居各茶室之冠。

山外茶室坐落於福建金門監獄左側。
（金門縣采風文化發展協會總幹事：葉鈞培先生 攝）

「山外分室」位於新市里郊外，與金門監獄比鄰，設有「軍官部」（尉官以上）與「士官兵部」，編制上有：管理主任一人，管理員、售票員各二人，工友四人，炊事二人，侍應生人數與金城總室相差無幾，屬於甲級茶室。它主要的營業對象除了駐守金南地區的官兵外，尚有鄰近的金防部、海指部、港指部、運輸營、成功隊、兩棲偵察連等單位的官兵前來買票。其營業額僅次於金城總室。

成功茶室為配合官兵休假中心而設立。
（金門日報社總編輯：林怡種先生 攝）

「成功分室」位於成功村通往休假中心路口的右側，鄰近司令台，編制上有：管理主任、管理員兼售票員、工友、炊事各一人，侍應生不滿十人，屬於丙級茶室。其主要的營業對象爲防區各單位遴選到「官兵休假中心」休假的優秀官兵，當然亦有駐守在附近的空指部、防砲團、尚義醫院、四級廠等官兵前來消費。惟該室之營業狀況並不如預期，僅能維持收支平衡。

小逕茶室舊址由民間經營「軍民樂園」KTV。
（黃振良 攝）

「小徑分室」位於小徑村郊的路旁，編制上有：管理主任、管理員兼售票員各一人，工友二人，炊事一人，侍應生十餘人，屬於乙級茶室。它主要的營業對象除了駐守小徑的金中守備區外，尚有夏興村內的防砲團，以及太武公園的砲指部，經武營區的後指部、裝保連、 四級廠，空指部等單位官兵。相對地，小徑茶室的設立，也帶動小徑村落無限的商機，撞球場、冰果室如雨後春筍般地開業。

為校級以上軍官設立之庵前茶室舊址。
（黃振良 攝）

「庵前分室」位於庵前村郊「牧馬侯祠」右方，編制上有：管理主任、管理員兼售票員各一人，工友二人，炊事一人，侍應生十餘人，屬於乙級茶室，亦是特約茶室中唯一接待校級以上軍官的「軍官部」。凡新進年輕貌美之侍應生，均優先分發至該室服務。它主要的營業對象爲防區校級以上軍官，晚上更可見到一些持有「夜間通行證」的高官在此進出。

位於東蕭村內之沙美茶室舊址。
（黃振良 攝）

「沙美分室」位於東蕭村內的一幢洋樓，編制上有：管理主任、管理員兼售票員各一人，工友二人，炊事一人，侍應生十餘人，屬於乙級茶室，其主要的營業對象爲金東守備區的官兵，以及鄰近的砲兵、防砲部隊。坦白說，把特約茶室設在民風純樸的村莊內是極爲不妥的，然而，置身在那個以軍領政的戒嚴時期，善良的居民又能奈何。直到七十年代末，始遷往陽宅村郊營業。

位於小金門西宅村郊山坡下的東林茶室舊址，現由民間經營「榕園官兵家屬接待中心」。（黃振良 攝）

「東林分室」位於小金門西宅的村郊，編制上有：管理主任、管理員兼售票員各一人，工友二人，炊事一人，侍應生十餘人，屬於乙級茶室。雖然該室沒有軍官部和士官兵部之分，但因距離師部較近，爲迎合少校以上軍官，一旦茶室新進侍應生，除庵前茶室外，其餘額之調配，往往以東林茶室爲優先。也因此，東林茶室的侍應生較后宅、青歧茶室侍應生年輕貌美。

小金門后宅茶室舊址，已改為駐軍保養廠。
（葉鈞培 攝）

「后宅分室」位於小金門北半邊的西口村郊外，編制上有：管理主任、管理員兼售票員、工友、炊事各一人，侍應生不滿十人，屬於丙級茶室。該處因山路崎嶇不平、交通不便，然卻駐守著近一個旅的兵力，以及數百位防砲部隊的弟兄。爲了讓官兵免於繞遠路、消耗過多的體力，且能就近解決性事，承辦單位基於服務第一線官兵爲原則，並不計其盈虧，它設立之主要目的就在此。

青岐茶室昔日向民間租用之古厝舊址，其招牌隱約可見。
（資深作家、文史工作者：林馬騰先生 攝）

「青岐分室」位於小金門的南端，它是一棟一落四櫸頭的民房，原屋主僑居南洋，由茶室編列預算，每月以三百元租金向代管人承租（租金依物價指數、隨年度預算調整）並重新隔間使用。編制上有：管理主任、管理員兼售票員、工友、炊事各一人，侍應生不滿十人，屬於丙級茶室。若依駐軍的人數而言，小金門實無設立三處特約茶室之必要，但因地理環境特殊，純以服務第一線官兵爲考量。

大擔茶室位於大擔島官兵俱樂部左側，原侍應生營業用之碉堡，早已拆除。（林馬騰 攝）

「大擔分室」位於大擔島上。編制上有：管理主任兼售票員、工友、炊事各一人，侍應生不滿五人，屬於丁級茶室。它主要的營業對象爲戍守在島上的官兵，時而必須兼顧鄰近的二擔島。雖然長官設想週到，深恐島上的官兵孤單寂寞，壓抑的性無處發洩，但島上的官兵似乎不太領情，個個都在養精蓄銳、準備反攻大陸，因此，該室的營業狀況並不理想，侍應生也視到大擔服務爲畏途。

綠蔭蔽天，紅磚灰瓦的金城總室舊景。

座落於金城總室內之小廟宇，是侍應生精神寄託的場所。
（董振良 攝）

金城總室斑剝的圍牆。
（金門縣紀錄片文化協會理事長：董振良先生 攝）

趣聯：大丈夫效命沙場磨長槍

小女子獻身家國敞蓬門

服務三軍　速戰速決

（小草藝術學院提供）

侍應生私設之香案與供奉之神像。(董振良 攝)

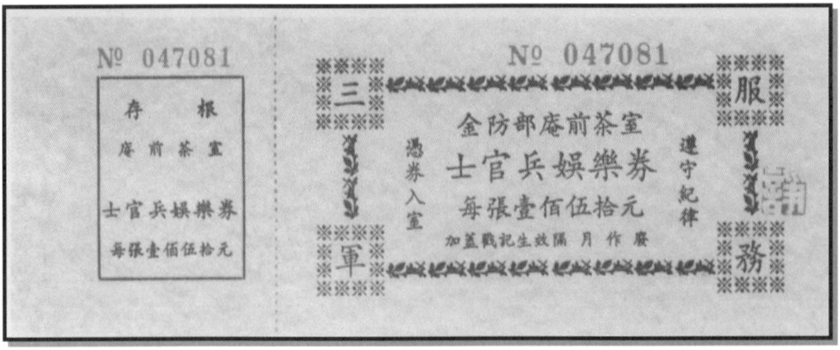

庵前茶室末期之士官兵娛樂券。(小草藝術學院提供)

1978 年沙美茶室由東蕭遷至陽宅村郊營業，茶室廢除後，由民間經營旅館和 KTV，現已歇業。（林怡種 攝）

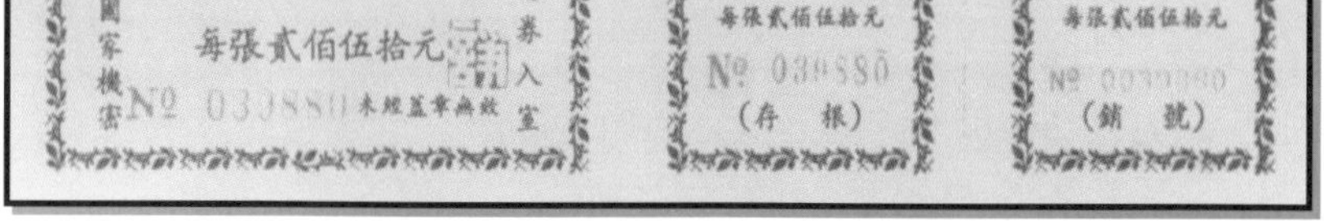

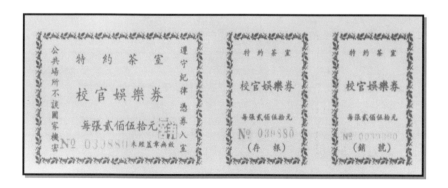

特約茶室校官娛樂券。（小草藝術學院提供）

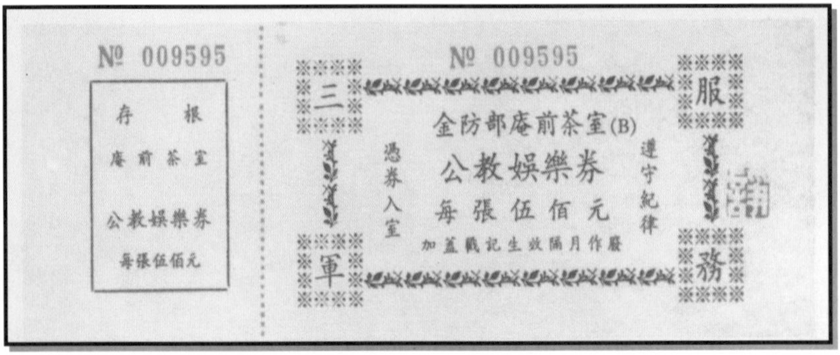

庵前茶室末期由民間承包經營之公教娛樂券。

（小草藝術學院提供）

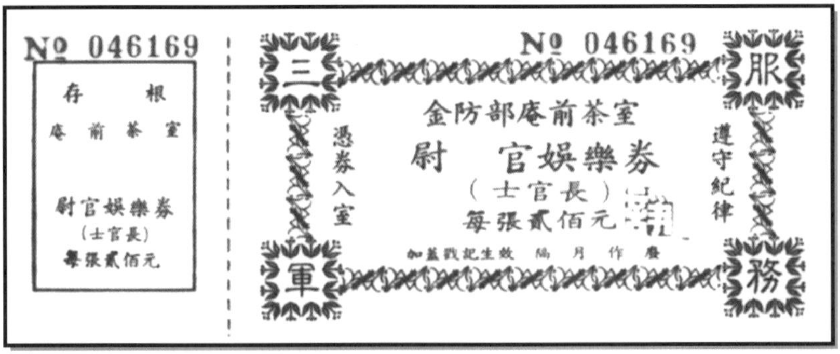

庵前茶室末期由民間承包經營之尉官及士官長娛樂券。

（小草藝術學院提供）

金城總室侍應生房號的標示牌。（董振良 攝）

昔日侍應生美麗的容顏，或許已隨歲月而蒼老。

福利單位聘僱員工保防講習之場所——休假中心康樂廳，軍方並無要求侍應生參加「莒光教學」以鞏固「中心思想」。（林怡種 攝）

趣聯：大丈夫提上長槍殺匪寇 小娘子敞開蓬門收戰果

服務三軍 速戰速決

（小草藝術學院提供）

有駐軍的地點就是管制區，並無侍應生到軍營替阿兵哥洗被單的情事。

（黃振良 攝）

趣聯：軍民同心一致殺匪寇 上滿膛的精準槍口

不分前後左右 全面強力開火

服務軍公教 速戰速決

（小草藝術學院提供）

侍應生私自張貼「請打赤腳再入內」的警語。(董振良 攝)

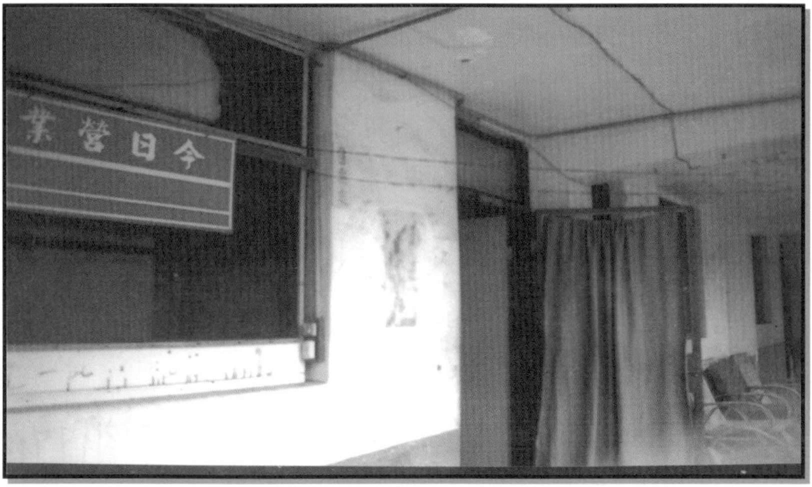

特約茶室「今日營業」與「請先買票」的情景已不再。(董振良 攝)

「恭賀新禧，請先脫鞋再進室。」已成為一段令人印象深刻的回憶。

（董振良 攝）

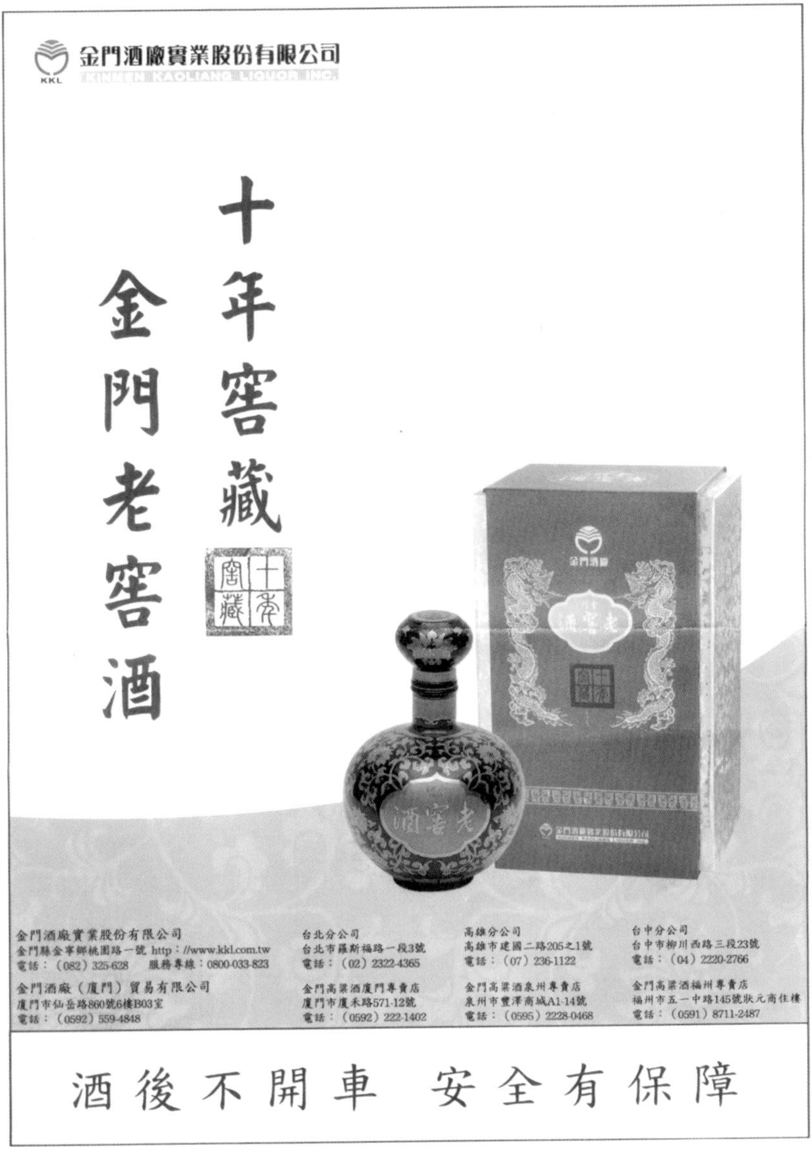

在以軍領政的戒嚴地區，惟有軍方始能經營這種「特種行業」，它不僅沒有與民爭利的爭議，更是一個合法的福利單位，每年爲金防部賺取數百萬元福利金。「武揚、明德、金城、經武四大營區副食費補助」、「明德圖書館補助」、「官兵慶生會補助」、「免費理髮、沐浴、洗衣補助」、「康樂團隊演出獎金」、「官兵輪調獎金」、「福利業務督導費」（具領單位爲：福利中心、主計處，政三、五組）、「年節慰勞慰問金」以及長官臨時交辦事項的「其他補助」……等等，無一不是從福利盈餘項目下列支。因此，特約茶室的設立，除了解決官兵性需求外，每月上繳的盈餘，的確也爲防衛部幕僚單位官兵，謀取到一份難得的福利。而侍應生所賺的錢，除了寄回台灣養家活口外，地區的商家也是她們消費的場所，對於活絡地方經濟亦有貢獻，如要論功行賞，侍應生功不可沒。

以上是金門特約茶室中期（六、七〇年代，也是眞正擁有十萬大軍的全盛時期）的設置分佈及經營管理概況。遺憾的是，以前的許多資料，因爲時間太久，承辦人更換，以及砲戰、辦公室搬遷等原因，都不見了。在草擬本文期間，曾拜託台灣友人向國防部總政戰處和國家圖書館，尋找有關特約茶室的資料，據友人告知：國防部政五處早已裁撤，現在那些官員都是「六年級生」，對軍中樂園和特約茶室的事情如同一張白紙。而當年的《中央日報》、《聯合報》最多是兩大張，而且報喜不報憂，報正不報邪，報上連「軍樂園」三個字都找不到。所幸，當年隨怒潮學校到金門的楊世英和謝輝煌兩位老友，他們在文章中透露了一些寶貴資料，現在摘錄如下：

楊先生在〈評述《八二三戰役文獻專輯》〉一文中說：「民國四十年在金門朱子祠左側，設立第一座『軍中樂園』，訂定管理規則，正式掛牌營業，派有憲兵駐內維持秩序。規定尋歡者定是在台無眷官兵。春風一度，限定三十分鐘。票價軍官十五元、士兵十元，票價還眞不便宜（當時月薪二兵七元，一兵九元，上兵十二元，下士十八元，中士二十四元，上士三十元，准尉四十八元，少尉五十六元，中尉六十四元，上尉七十八元）」。最初營業時，防衛部有週延的規劃，通令各守備區輪流休假，各師並派車輛接送，起初有些阿兵哥，像是大姑娘上花轎似的，羞答答的不好意思。經長官開導、慫恿，才半推半就的上路，不久也就習以爲常啦！於是，軍中樂園在金門成了獨門生意，業績節節攀高，侍應生更是應接不暇。爲因應市場需求，乃於民國四十三年，陸續在東蕭、小徑、庵前增設分部，民國四十七年又增設山外高級部。『軍中樂園』不知在何時更名爲『特約茶室』？因其電話號碼爲『八三一』，因此，『八三一』也就成了軍中樂園、特約茶室的代號。八二三砲戰爆發『軍中樂園』即停止營業，至十月二十一日，中共宣佈『單打雙停』，『軍中樂園』則宣佈『雙打單停』的營業方式。」

謝先生在〈爲走過的留下痕跡〉一文中說：「金門的第一個『軍中樂園』是怎麼來的？包括胡璉將軍的遺著在內的許多文字資料中，不見隻字提及。許是『軍樂園』與『淫』字有關，不宜登大雅之堂而恥於記述吧？然而，金門的『軍樂園』卻又是在他（胡將軍）手上創設的，這不很奇怪嗎？然從另一個面向去探索，那就是與『美軍顧問團』有關。美軍重視官兵的『性需求』，可能曾就此問題請教過胡璉將軍，然後再向國防部或最高當局建議『解決之道』……。大概是由於試辦的成效『良好』（減少了軍民間的感情糾紛），同時，海空軍在各基地附近，早已有『俱樂部』，而台灣民間的『花茶室』如雨後春筍，可能是爲了讓官兵有個「正大光明」的休閒處所，且無洩密及營外違紀的顧慮，不僅金門的「軍樂園」有了『分店』，台灣各地也相繼成立。爲了和民間的『花茶室』作一區隔，『特約茶室』的招牌就出現了。」

另外，也有老兵口述，當時由大陸撤退到金門的官兵，大多是年輕的小伙子，因爲都借住在民房裡，確曾發生過一些男女感情糾紛，甚至有強暴事件。胡將軍感到事態的嚴重，便派人到台灣聘請行家，開辦「軍中樂園」。

以上各家記述，有親見，有傳聞，有推論。雖然都不是出自相關主事者之口，但在未找到更有力的佐證下，也不失爲是可貴的參考資料。譬如：「胡將軍派人到台灣物色行家」一事，便與前文中提到的那位七十多歲的老經理徐文忠來金門服務的事實若合符節。不過在金門前線搞「軍妓」、經營「軍樂園」的事，若沒有得到最高當局允許，胡將軍亦不敢貿然行事。因此，謝先生的推論，可說是重要的參考註腳。而楊先生所言應都是事實，否則，他豈敢拿來「評述」別人。其中由「軍中樂園」改爲「特約茶室」一節，據謝先生告知，他在南麂撤退後（即民國四十四年春末），便隨電台駐基隆，當時基隆市便有特約茶室了，這又可用來印證楊先生的「四十三年，陸續在東蕭……增設分部」的一段。同時，也大致可以看出由「軍中樂園」改爲「特約茶室」的時間，所以參考價值很高。

談到特約茶室，那畢竟是個「財色」場所（侍應生爲財，官兵爲色），意外事件很難避免。如拙著《日落馬山》中所寫：從良的侍應生，在丈夫死後重操舊業，暗開私娼，逼親生女下海；侍應生和金門商人搞鬼，鬧出家庭糾紛；以及老士官疑侍應生騙財騙情，槍殺侍應生後自裁等特殊事件。在那些事件中，部分大嘴巴的現場目擊者，對案情始末並不清楚，僅憑所見到的一點表相，加上自己的想像，再加油添醋，就變成了聳人聽聞的「新聞」。某些媒體僅從那些「現場目擊者」的口中得到一點風聲，再加以誇大，便把眞相越寫越歪斜了，而成了指控金防部的「罪證」，這是我難以接受的，也是我寫《日落馬山》的主要原因之一。但因小說中受了情節、佈局的牽制，對一些僅憑表相去捕風捉影所形成的歪斜傳聞，無法暢所欲言。因此，始有本文寫作的動機。下面，就把那些歪傳斜說，做個逐一的說明，以釐清事實的眞相。

有人說：特約茶室侍應生，是台灣犯過法的女囚犯或被取締的流鶯、私娼，被遣送到外島從事這種性工作的，甚至有逼良爲娼的不法情事？

我曾經在小說《日落馬山》這本書裡，試圖透過王蘭芬這個角色，簡單地爲讀者詮釋這段歷史，現在再詳細的重說一遍。

特約茶室設立的法源已見於前，關於侍應生的來源，是這樣的：特約茶室在台北設有召募站，地點就在台北市廈門街，杜叔平先生經營的「江淮小旅社」裡（杜先生爲江蘇淮陰人，故以「江淮」命名之）。召募站並非福利單位正式編制單位，因此，並無固定經費，杜先生也不支薪，按實際召募人數，每名一千三百元計算（依物價指數適時調整，隨年度預算編列），由金城總室造冊核實撥付，做爲召募站之佣金。

「台北召募站」對一些在歡場中打滾、或在綠燈戶裡討生活的女子來說，並不陌生（當然，亦有部分女子因家庭變故、生活困頓，又沒有一技之長，不得不以女性最原始的本能謀生，經由她們引介而來的）。她們爲什麼願意冒砲火的危險，自願來金門服務，無疑都是貪圖金門有十萬大軍，年紀稍大、姿色稍差的，也容易在這裡討生活；加上環境單純、治安良好，不會受到地痞流氓的欺壓。倘若她們有來金服務的意願，除了要達到法定年齡外，也必須備妥「身分證」、「戶籍謄本」、「本人同意書」、「切結書」併同「金馬地區出入境申請書」由台北召募站送金城總室轉呈。政五組在收文後，承辦人會在「會辦單」上寫下：「侍應生○○○擬申請來金服務，敬請查核，並賜卓見」，先會承辦保防業務的政四組，透過該生戶籍所在地的警察機關代爲查核，一旦查出有任何前科或不良紀錄者，絕對不允許其入境。而查無安全顧慮之侍應生，政四組會在出入境申請書的調查欄裡蓋上「查無安全顧慮」六個醒目的大字以及主任的私章。當會辦單送回政五組後，承辦單位會以「簡便行文表」檢附「出入境申請書」、「照片」和「工本費」（單程爲二一十元，雙程為四十元），移請第一處轉警備總部，為該生辦理入境手續。（民國六十一年改由第一處逕自核發「台金往返許可證」，不收工本費。當時該處的承辦人就是作家謝輝煌兄）一旦警總的入境證核發下來，台北召募站會派人到高雄替她們安排船位，負責送她們上船，而後再以電報通知金城總室到碼頭接人。

因此，從這些手續中，我們可以清楚地發現到：特約茶室所有的侍應生，都是循合法而正當的管道入境的，絕對沒有女犯人、流鶯或被取締的私娼，被遣送到金門從事這種行業；更沒有所謂逼良為娼的情事，一切都是出於當事人的自願。倘使來金後有適應不良之情形（畢竟是少數）或有特殊之事故，依然可隨時申請返台，但所借之安家費必須還清；來金服務未滿三個月，台北召募站請領之召募費亦須繳回。

在平面媒體上，我曾經看到一則：「小姐分批上班，每梯次一、二十人，在高雄搭乘登陸艇到金門後，先前往總室報到和接受分發。」的報導，除了搭乘登陸艇到金門後，先前往總室報到接受分發是實情外，侍應生並沒有分批上班，也沒有一梯次來了一、二十人或走一、二十人之情事。召募站必須依特約茶室侍應生實際缺額召募，往往都是三、五位較多，甚至會出現一些來了又走、走了又來的老面孔，但絕無像部隊換防般地，分批或分梯次來去。

特約茶室除了短時間開放「社會部」供無眷公教員工娛樂外，其餘純以服務三軍將士為對象，偏偏有人「據老一輩地方民眾指出：早年這些八三一是合法妓院，也是軍中阿兵哥、甚至坊間少數民眾寂寞時的尋歡去處」當尋芳客排隊進入後「鶯鶯燕燕在休息室前一字排開，任君挑選。」

撰寫此文的人，聽老一輩的地方民眾隨便說說，就隨便寫寫讓讀者隨便看看，如此地道聽塗說，的確是不求甚解之至。因為，除軍人及「社會部」開放期間的無眷公教員工外，一般民眾無論有多麼地「寂寞」，也不能公然地到特約茶室去「尋歡」。（除非是尋不正當的管道，但畢竟是少之又少，一旦查到，軍方追究下來，難逃被送「明德班」管訓的命運，純樸的島民鮮少有人會以身試法的。）而且，侍應生除了依規定把照片貼在售票處外，並沒有一字排開、在休息室前任君挑選的情事。大部分都在自己的房間候客。官兵憑票進場，在尚未輪到他上床時，可以先在庭院內走動，亦可在侍應生門口等候。俟侍應生呼叫自己的號碼，持票的客人會依先後秩序憑票進房，這就是軍中特約茶室特有的文化，與台灣一般妓院的「一字排開，任君挑選」是截然不同的。況且，一到星期假日，特約茶室熱鬧的情景，不亞於電影院排隊買票的人潮，又有多少侍應生可一字排開任君挑選的？或許是錯把台灣民間妓女戶當成軍方的特約茶室吧！

有一位女作家寫著：當歸國學人蒞金參訪時，接待單位安排他們參觀軍中樂園，「那個地方和普通宿舍沒有什麼兩樣，有許多小房間，房間裡一張桌、一張椅、一張床，摺疊得像軍營裡一樣整齊的被，床前站著一個穿著很整齊的年輕女子，每間房都一樣，沒有個性，沒有色調，連床前站的女人們似乎都統一化了。」

特約茶室發給每位侍應生一床棉被、一對枕頭、一床墊被、一條被單，但並未受到侍應生的青睞，多數人寧願自己花錢買新品，也不願使用這些被面有斑點，裡面發霉的陳年老古董。因此，侍應生床上的被枕，大部分都是自行購買的，其色澤和式樣幾乎是五花八門。床是她們的「戰場」，在殺進殺出之時，她們哪有時間，把棉被摺疊得像軍營裡一樣整齊？她們的穿著，只要不過分暴露，也是輕鬆隨便，並沒有規定她們要穿什麼款式的服裝或制服，穿著睡衣睡袍到處走動的大有人在。雖然認同這位作家對侍應生房間「沒有個性，沒有色調」的描述，但侍應生是人，與一般妓院的妓女並無兩樣，和客人打情罵俏、有說有笑，充分發揮她們在歡場中所扮演的角色，絕對沒有像她描寫的那麼呆板和生硬。

況且，在六〇年代，歸國學人的形像不僅清新也倍受國人尊敬；往往陪同來金門參訪的，都是國防部總政戰部中將副主任以上的高官。除了聽取簡報，參觀擎天廳、莒光樓、馬山觀測所……等主要景點以及少數軍事重地外，誰膽敢安排他們參觀軍中樂園？而歸國學人蒞金參訪是國防部總政戰部政五處所承辦，接待單位當然是政五組，承辦是項業務的是民運官，行程會事先協調再做安排，並由組長、主任全程陪同，中午接受司令官在擎天峰的歡宴。據我所知，特約茶室除了接受國防部、陸總部定期視察督導外，從未接受外賓參觀。雖然它只是一篇小說，我們也不能斷章取義，但凡牽涉到史實部分，必須回歸到事實，不能讓它以訛傳訛，誤導視聽。

曾經有人在媒體上公然地說：「每逢莒光日，侍應生會到軍營，義務替阿兵哥洗被單。」

侍應生的衣物被褥，大部分都是包給鄰近的阿婆阿嫂來洗滌。一早，那些阿婆阿嫂們會主動來收取；到了傍晚，再把洗滌過後、曬乾的衣物疊好送回。連自己的衣物都要花錢請人洗，哪還有餘興幫阿兵哥洗被單？而且，她們的假期是週一，必須做完抹片檢查後始能放假外出。而軍中的莒光日是週二（後來改為星期四），時間上就不對攏，同時，莒光日下午，依然有不少官兵外出洽公，假公濟私順便逛逛茶室買張票的官兵也大有人在，侍應生豈會放著生意不做，義務去幫阿兵哥洗被單？即使爾後侍應生的假日調整為週四，而每週才有一天難得的假期，自己想辦的事都辦不完，想休息休息或看場電影調劑一下身心都惟恐沒有時間，怎麼還有剩餘的時間和精力去為十萬大軍效勞？更重要的是，金門大部分軍營幾乎都是「管制地區、禁止擅入」的軍事要地，侍應生能隨便進去嗎？說謊也要說得合情合理，豈能憑空幻想、任意杜撰？

甚至有此傳聞：「侍應生和阿兵哥一樣，要看『莒光教學』，接受『政治教育』，鞏固『中心思想』。」

福利單位所有員工生，均屬金防部編制外雇員，承辦文宣與政治教育業務的政二組，從未要求福利單位員工要看「莒光教學」、接受「政治教育」、鞏固「中心思想」，遑論是侍應生。唯一的是由政四組主辦的「聘雇人員保防講習」，一般單位員工集中在官兵休假中心康樂廳，特約茶室員工生則集中在金城總室授課。因此，可想而知，又是一樁張冠李戴的訛傳；要不，就是惡意中傷，以達到醜化金防部的目的。

今夏，我接受某電子媒體的訪問，儘管不厭其煩地據實相告：以前特約茶室侍應生小小的房間裡，僅擺著一張雙人床、一個衣櫃、一個梳妝檯，一張椅子，地上放著一只水桶、一個臉盆，以及一些私人物品。部分房間的牆壁上會貼一、二張從電影畫刊剪下的明星海報，與台灣民間一般妓院相若處不少，但並沒有被製作單位所採納。他們相信一位民意代表的話，以套房的格局，做爲爾時侍應生的房間來拍攝，結果播出來的畫面，儼若置身在大飯店裡，與爾時侍應生房間相差十萬八千里，當這個節目播出遭受觀眾質疑時，已成爲一段難以彌補的憾事。誠然，這位先生不僅是民意代表，也是擁有高學歷的社會人士，但並非「萬事通」、「樣樣博」，說不定連軍中樂園的大門都沒有進去過，又怎能瞭解到特約茶室獨特的文化背景，眞應了浯鄉一句俗語話——「袂博假博」！

近幾年來，陸續拜讀幾篇關於特約茶室的作品，以及電子或平面媒體的報導。從這些作品和報導中，我深深地發現到，當他們訪問曾經在某一個茶室擔任過管理員或工友時，所涉及到的只是某茶室的一個點，並沒有涵蓋整個特約茶室的層面。譬如：一個長久在庵前茶室擔任工友者，他如何能瞭解到金城總室的營業狀況及工作情形？又如一位在僅有六位侍應生的小茶室，擔任短短幾年管理員的退伍老兵，對整個特約茶室的文化能知多少？但爲了要凸顯他是「行家」以及對特約茶室的「深入」和「瞭解」，便加油添醋、胡謅一番，讓訪問者誤信爲眞。而部分文史或媒體工作者，若依他們的年齡層次以及家庭、社會背景而言，又有幾位到過特約茶室的？因此，受訪者怎麼說，他們就怎麼寫，並沒有善盡求證的責任。這種作爲，表面上看是在保存史實，實際上卻是在摧殘史實而不自知，不僅可悲，也讓人感到遺憾。

最後，來重彈一下「八三一」這個問題。

有人說，「八三一」是「軍中樂園」的電話號碼，後來就變成了「特約茶室」的代名詞。在我進入政五組辦公後的幾年（大約是民國六十一年左右），也曾經聽到有人這樣說過。所以在〈山谷歲月〉一文中，便曾氣憤地向那個問特約茶室電話的「副將軍」（駕駛）說：「所有茶室都是八三一！」其實，當時各特約茶室的電話號碼都是「○一八」譬如：金城總室是「西康五號○一八」（政委會總機），山外茶室是「西康六號○一八」（港指部總機），小徑茶室是「康定○一八」（金中守備區總機），成功茶室是「西康三號○一八」（官兵休假中心總機），沙美茶室是「吉林○一八」（金東守備區總機），庵前茶室是「西康七號○一八」（三考部總機），東林茶室是「新疆○一八」（烈嶼守備區總機）……等。

不過，我相信「事出必有因」這句古話。據通信兵科班出身的作家謝輝煌兄相告：我國軍民通用的電報明碼本第八十三頁上，「屄」字的明碼是「八三一一」。抗戰時報務員就以「八三」泛稱女性，如：「我今天上街看到一個『八三』，漂亮得像仙女一樣。」、「你跟那個『八三』的感情進展到什麼地步？」沒有絲毫惡意在內，而是他們的「行話」。漸漸地由內行人傳到外行人，很多非通信人員也瞎跟著用了。

又，軍中的電話號碼，是通信幕僚編的，習慣上採「三碼制」，第一碼代表「單位」，二、三碼是序號。單位按編制依次而排，並分別賦予「○」—「九」或「一」—「九」，序碼則從「○一」開始，一直排下去。例如：師長是「一○一」，第一科是「二一○」到「二一九」，第二科是「二二○」到「二二九」……，餘類推。編定後要製成「電話號碼表」分發各單位。金門第一個「軍中樂園」成立時，便是個特殊單位，依性質當然要排到後面，也許是通信幕僚或一時靈感來了，便把「軍中樂園」和「八三一一」聯想在一起，而剛好那個中繼總機（即金防部的分支總機）用戶的單位不多，「八」字沒有用到，又因只需三碼，便取了「八三一」這個號碼。待茶室增多，各屬不同的小總機，大家就統一用「八三一」了，久之，也就成了「特約茶室」的「暗號」（代稱），因此，大家就不說「去軍樂園」，而說「去八三一」。惟電話號碼的編定原則，常因保密需要而變更。

上述謝先生的客觀分析，當然有它的參考價值，可惜當年的通信幕僚和作業單位，沒有一個站出來現身說法。五〇年代在茶室任職的老員工，一定有人知道其中的電話號碼，卻不見有人出來回應。或許有的是不知道我們正為此事吵吵嚷嚷，有的知道我們在吵，卻又不知道如何投書表達，而凋零的恐怕也不在少數，所以在沒有更好的佐證前，我們又能奈何？

然而，就史論史，「軍中樂園」和「特約茶室」是正式名稱，「軍樂園」是前者的簡稱，「八三一」只是它的諢名或綽號，不宜當作正式名稱使用，這是不容否認的事實。倘若繼續誤把它的諢名和綽號當成正名，勢必會失去這段歷史的價值和意義，站在一個文史工作者的立場，我們必須加以體會和深思。

總之，當特約茶室走入歷史的此時，回顧它的過往，更應該以嚴肅而公正的態度去面對。畢竟，在這個曾經駐守過十萬大軍的戰地金門、反攻大陸的最前哨，它曾經負載過一個非常的歷史任務，有其獨特而不可抹滅的歷史意義和存在價值。雖然它曾經帶給純樸的金門一些不小的衝擊，但如前所言，它也發揮了防止軍民間男女感情糾紛的功能，締造一個軍愛民民敬軍的祥和社會。而在促進地方經濟繁榮及創造就業機會方面，亦有一臂之力，這是我們不能沒有的認識。歷史就是歷史，重視史實，才是一個知識分子應有的禮貌；身爲金門人，更應當爲這片土地盡職，爲永恆的歷史做見證！

二〇〇五年作品。選自《時光已走遠》

祭

1

今天是一九七〇年清明節。

午飯後，我援例地要帶惠貞到她母親的墳上致祭一番。十二年來，無情的歲月雖然在我鬢邊增添了不少銀白的色彩，但佩珊的影子並沒有隨著歲月的腐蝕而在我腦海裡磨滅。

若以人生的觀點來說，顯然地，佩珊對它的看法似乎太悲觀了點，始終擺不脫凝聚在內心的鬱結，逕自走向自絕的途徑。而今，歲月已輾過第十二個春天了，人們對她的印象也逐漸地模糊，甚至連她那十七歲大的女兒，也不能在腦海裡浮起一絲完整的記憶。二十八年的人生歲月，所換取而來的只不過是一個永遠洗不清的妓女頭銜與一堆逐漸腐蝕的白骨。是的，活著對她是一種悲哀；然而，死亡果眞能求得解脫嗎？這就要涉及到人生的另一個問題。

我無聊地燃起一支煙，佩珊的影子更加清晰地浮現在眼前，我不知道這是否就是凡人所謂的「陰魂」；或者是上蒼有意將往事的序幕啓開，果眞如此的話，我願意盡一位演員的職責，把這齣已啓幕的戲演完，雖然我在裡面飾演的只是一個微不足道的角色，但如果沒有我，只怕這齣戲到一九九九年還不能與觀眾見面……。

2

那年，我三十九歲。

隨著新經理的上任，我被調到離島的一個茶室當幹事。在學校我是學商的，但因與興趣不合，故一直沒把它學好。五年前當我從另一個異鄉輾轉至此而正陷於失業的困境時，不得不取出昔日那張不被重視的文憑，在金防部所屬的特約茶室謀得一份工作。雖然微薄的薪給只夠維持我個人的生活，但在一位經年漂泊異鄉的旅人來說，有一個暫時歇腳的地方，對他來說該是一種極大的慰藉。何況在異鄉，我並沒有做著成家立業的夢幻，只希望有一天能回到我的家鄉，看看那白髮如霜的爹娘。然而，時間永遠是計算的重複者，五年就那麼輕易地過去了，它所給予我的，只不過是那份拂不掉的鄉愁……。

若以世俗的目光與傳統的觀點來說，在特約茶室工作的人，或多或少總會和侍應生一樣的被披上一層不太雅觀的面紗。尤其是一個生性孤獨的中年人，無論從任何一個基點，都無法與那些歷盡滄桑的風塵女子處在一起的。但爲了生活、爲了生存，我不得不違背傳統，向現實的環境低頭。

新單位設在山腳下一幢水泥砌成的平房，與原先的單位並沒有什麼特殊的差別。六個小小的房間，編成六個紅色的房號，門口大小不一的鐵皮水桶，覆蓋著面盆，桶邊灰色的三角架懸掛著「三花」或者是「祝君早安」的毛巾，從那微黃的表面，散發出一股廉價的香水味，同是以賺錢爲目的，但這是異於一般商店的地方。

庭院的右側有條水泥砌成的水溝，淡黃色的草紙在水裡泡成小小的一片片粘在污穢的週圍，這就是人生生活的另一面，也只有生活在其中的人，才能體會出它的滋味。

人，對於時間的逝去一直找不到一個具體的詞句來形容。在我的感覺裡，它彷彿是水溝裡的小紙片，舊的剛沖走；新的又漂來，只要時間不倒轉，這種職業將永恆的存在，也注定一些不幸的女人要步入此一後塵！

幾個月的相處，雖然不能完全瞭解六位侍應生的個性，但我卻從其中發現了一位特殊的人物，她——就是佩珊。

佩珊並不美，臉上不但有幾塊疤痕，腿也有點兒跛。然而，我們審美的觀點並不只建立在一個人的容貌上，何況人面又是最善變的。我們想要認識一個人，必須從她的容貌之外去尋找，美的外形只不過是生命中最短暫的一部分。雖然上蒼賜予她一副醜陋的面孔，但她卻是票房最高紀錄的保持者。誠然我不是女人，不能分析此中的因素，但我敢保證，一顆熱忱的服務之心是不可缺少的。果眞說成功對她的職業是一種諷刺，那麼這世界不知還要增加幾位變態者，這屬實是旁人無法理解的問題。可是，她的眉頭始終凝結著一個解不開的結，絕不是憑著票房最高紀錄就可彌補的。經常在夜裡可聽到她那不滿身世的囈語，怎不叫人也凄然淚下呢？唯一能慰藉她心靈的創傷者，只有她那天眞無邪僅只五歲的女兒——惠貞。這個可憐的孩子，不知是那一位顧客遺留下來的種子？爲什麼一個純潔的靈魂，會誕生在這塊醜陋的地方？我眞不明白這世界還有什麼註生娘娘的存在。佩珊似乎也沒注意到她已達到懂事的年齡，以及自己的身體也不適合再從事這種工作。當然，以她目前的儲蓄來渡一生是不夠的，但我們應該相信：環境畢竟是人所創造的！無論從那一個觀點來說，都應當有一個打算才對得起自己的良知。然而，每個人都有自尊心，妓女豈能例外，或許我的思維已超出了她的知覺，這些話我一直隱藏在心底不敢傾吐出來。

3

海島的三月仍然很冷，隨著三月而來的是「婦女節」，上級爲了讓她們歡渡此一佳節，特准休假一天，並發給每位侍應生五十塊錢團體加菜金。這點小錢在她們看來，似乎太寒酸了點，爲了表示對此一節日的重視，我特地從「特臨費」項下撥發二百元參與加菜，並徵求她們的同意，在當日下午五時舉行會餐。雖然我不知道此一措施是否能博得她們的歡心，但我已盡到最大的能力，甚至爐前灶後跟著忙著。倒是她們都鎖緊著眉頭，顯得既落寞又寡歡，這或許與她們平日的生活有關，一旦有片刻的休閒，腦裡常會浮起自己淒涼的身世與渺茫的未來，這股無處傾訴的辛酸淚，只有偷偷地滴在枕邊，讓它串連成一個個悲傷苦楚的故事。

臨近五點，我囑咐管理員到每一個房間做一次禮貌的邀請，並不是爲了想討好她們；而是在這個屬於她們自己的節日裡，讓她們能體會到以室爲家的溫暖。

我站在飯廳門口，一一的迎著她們入座，讓小小的屋宇，充滿著歡樂的氣氛。

接過管理員手中的酒杯，我興奮地說：

「諸位小姐：

在未舉起這只杯子前，我彷彿有許許多多的話想說，可是當我舉起它時，手卻不停地在顫抖，我並不能說出一個正確的理由來爲自己辯護，只感覺到這是我在異鄉最有意義的一天，因爲它讓我重溫家的溫暖。誠然這裡並不是我們的家鄉，但人與人之間的情感並不與地域的區別有絕對的關聯，今天，我們能拋棄那些庸俗的成見生活在一起，是一件多麼令人興奮的事啊！

大家都知道，這裡並不是我們久居的地方，或許諸位小姐腦海裡都蘊藏著一個溫馨的美夢和對未來的期許，但願隨著婦女節的來臨，能帶給妳們無限的幸福和快樂！現在讓我敬諸位一杯。」

我仰起頭，一口氣乾下滿滿的一小杯酒，那棗紅色的酒液像似是從我心中滴出來的鮮血。面對著這些歷盡滄桑的容顏，我感到心悸和不捨。

「謝謝幹事。」她們異口同聲地說，絲毫沒有半點虛僞與勉強，也只有從其中，才能看到人性的原始面貌。

幾杯酒下肚後，大家的談笑聲似乎也多了起來，尤其是佩珊，更是一反往常，顯得極端快樂的樣子，一個人情緒的變化，彷彿只憑藉著霎時的愉悅就可造成的。

「幹事，說眞的，我們只知道有個婦女節，卻不知道它是怎麼來的？你能告訴我們嗎？」佩珊嚴肅而認眞地問，所有的目光都集中在我身上，像似在期待著我的答覆。

「那是民國前三年三月八日，」我幽幽地說：「美國有個婦女團體，爲了要求男女平等待遇，在芝加哥城舉行遊行示威，並組織婦女運動聯合會，到了民國二年，國際婦女在丹麥京城哥本哈根開會，提出男女『同工同酬』、『保護母性』的要求，會中偉大的婦女領袖蔡特金女士提議以每年三月八日爲國際婦女節，經大會一致通過，定名爲『三八國際婦女節』，這不但是一個光輝的日子，也是一個很有意義的節日。」我微微地頓了一下：「時間過得屬實太快了，一年一度的婦女節就這麼匆匆促促地過去了三分之二，怎不叫人有一種茫然的感覺呢？」我搖搖頭，感慨萬千地說。

「是的，時間過得實在太快了，我們也將隨著婦女節的消失而多當了一年妓女；多體驗了一年妓女生活。」佩珊傷感地說。

「不要這麼說，佩珊，世界上絕對沒有天生的妓女，倘若說有，那只不過是一段短暫的時光吧。」我開導她說。

「可是世俗的目光絕不會放過我們的！」她激動地說：「甚至我純眞的女兒也將因我的存在而蒙受世人的凌辱。」

「不，妳千萬不要有如此的思維和想法。」我緊張地說：「這根本與孩子無關。」

「但她卻是世俗所謂的『雜種』；『妓女』的女兒；沒有『父親』的孩子。」她更加激動地回答。

我無語，似乎再也找不到一些更具體的詞句來開導她。有的只是我對原先愉悅氣氛的破壞。爲什麼她此刻會有如此的思維呢？難道是濃烈的酒精刺傷了她的心靈？我一口飲乾了滿滿的一杯酒，好想從那些棗紅色的酒液裡取得一絲答案。然而，它除了能麻醉我的神經外，並不能給予我一個圓滿的答案。

夜來了。她們也相繼地離桌。只有佩珊擁著欲睡的女兒痴痴地坐著。微紅的臉在燭光的映照下，顯得更嬌豔。她沉默了好一會兒，而後低著頭，摸摸孩子的臉，淚水像決了堤的河水，不停地湧出眼眶。

「幹事，」她哽咽地說：「我有一個包袱，不知能不能暫時寄存妳一下？」

「只要妳信任我；佩珊，不要說一個，就是十個我也會好好的替妳保管。」

「妳的答覆太使我滿意了，五年來我一直找不到一個可靠的人，今天；總算達成我的願望。」一絲苦笑掠過她的嘴角，而後微微地從椅上站起，「時間也不早了，我們休息吧！」

這晚，我睡得格外地香甜。一個人隨著年齡的增加往往會減少睡眠的時間。今晚能有如此的成績，我不得不歸功那幾杯酒，至少它能使一個經年漂泊異鄉的中年人，得到片刻的安寧。

壁鐘叮噹叮噹地響過五下後，我被惠貞一連串的哭聲吵醒，窗外黑漆漆的一片，午夜突來的風雨似乎越下越大，而她的哭聲卻斷斷續續一連十餘分鐘沒停過，我眞不明白佩珊爲什麼不起來哄哄她，耳聞如此的哭聲，她眞能睡得著嗎？或許是她的酒喝得比我還多，享受寧靜的時刻也較我之長。而在這風聲、雨聲與哭聲交錯而成的曲調裡，彷彿不是幸福的預兆，而是悲凄的音韻。

驀然，一陣急促的敲門聲與呼喚聲響徹我的耳鼓，我急忙披衣起身，順口說了一聲：

「什麼事？雅芳。」

「不好了，幹事！」她的聲音顫抖而沙啞。

我急速地推開門，黎明僅有的那絲曙光也被風雨所吞蝕，一個不祥的預兆在我心頭搖晃著。

「佩珊她，她……。」她結結巴巴地說不出話來。

沒等她說完，我逕自往佩珊房裡跑，所有的人也聞聲也相繼地趕來。然而，一切都已遲了。半瓶醫用碘酒奪走了她的生命，讓她快速地遠離人間，二十八年的生命就此結束。可憐的惠貞將成爲永恆的孤兒，旁人除了爲她流下幾滴同情的淚水外，並不能讓她的母親復活。

我無語地走近她身邊，喃喃自語地說：

「是的，孩子，妳要哭，妳要爲妳死去的母親痛痛快快地哭一場！」

從床角取來一條白色的被單輕輕地爲她蓋上，我的淚水已情不自禁地順著眼角上的皺紋滾落下來。安息吧，佩珊！不管妳交給我的包袱有多麼地沉重，我不會讓妳失望的，任憑走到天涯海角，也將是我最甜蜜的負荷。

含淚地移動著腳步，雅芳已默立在我眼前。她顫抖著手遞給我一個小紙袋，封面清晰地寫著：「交給幹事」四個字。我急速的撕開封口，一顆方型木質印章滾落在地上，我顧不得先點數那疊鈔票與先看存摺上的數字，那張淺藍色的信箋，遂使我有先看完它的衝動。

幹事：

我走了，走向人生旅程的另一端。誰敢肯定地說我走錯了方向？人的理智往往在酒後顯得更清醒，我相信我的眼睛會很安逸地合上的。誠然我的身子不清白，但我一直相信：我的心靈是清白的！雖然我不該爲自已辯護，但又有誰能體會到我成長中的過程有多麼地辛酸苦楚！

一般看來，妓女與養女常有切身的關係，但不盡然；一個人不幸的遭遇往往與家世無關。或許你極想知道我的故事，但爲了不願給孩子留下一個惡劣的印象，我只能以「十六歲以前是幸福的，十六歲以後是不幸的」來作爲故事的開端和結束。別了！幹事，我並非不眷念這個世界，活著畢竟是可讚美的，何況還有我的女兒。

將近一年的相處，你的爲人深爲眾姐妹敬佩，在歷任的幾位幹事中，都有不付出任何代價而以職權在我們身上取得某種解脫的卑鄙情事。往往白天要應付外來的客人，晚上還得歷經他們的蹧蹋蹂躪，老牛在犁完田後還有休息的時間，而我們竟比牛還不如，不但得不到休息，還要受到精神上的威脅。

在歷任幹事中都具備著雙重性格，一種是人性，另一種是獸性，也只有你，才是人性的象徵！基於此，我毅然地把惠貞托付於你，我相信你會好好的養育她和教導她的。我深知以我歷年的儲蓄是不夠她的教養費，但我肯定地相信，你是不會計較款數的多寡而拒絕我的請求的。我誠摯地希望你能帶著惠貞遠離這個環境，因爲我不幸的遭遇不能讓孩子感染到，這是我最後的請求。

別了，幹事！祝福你，也祝福我的孩子……。

佩珊絕筆

看完信，我激動地抱起惠貞，她的哭聲也因此而加大，我不明白她是因悼念母親的死而哭的，還是小臉被我粗硬的鬍鬚刺痛而哭的。屋裡充滿著陰沉與悲傷的氣氛，人死是不能復活了，只有寄望於下一代……。

4

想到此，惠貞突然打斷我的思維，提著滿滿的一籃祭品從房裡出來，嬌嗔地說：

「陳伯伯，我們還是早點去吧！你不是說祭完媽的墓還要帶我去買書。」

「是的，惠貞，我們早點去，雖然只是一個形式，但卻是我們對已故親人的一種敬意。」我移動著腳步說。

抵達佩珊的墓園，她卻出乎以往的沉靜，已不再伏在墳上失聲的痛哭。當我把祭品擺滿墓桌，點燃香燭後，她逕自立在墓前，雙手合掌，默默地唸著：

「媽，時間過得好快喲，今天已是妳離別人間的第十二個清明節了。十二年來，我在伯伯慈祥溫馨的懷抱裡成長和茁壯。如果您在天有靈，在地有知，請賜福於我們吧！」

我走近她身邊，摸摸她的頭，十二年前的情景依舊清晰地在腦海裡迴盪著。

「安息吧；佩珊！縱然歲月染白了我的頭髮；縱然風雨腐蝕了我的身軀，惠貞仍然是我人生旅途中最甜蜜的負荷。」

後記

一九五五年四月（佩珊死後的次月），我請了長假，拖著疲憊的身軀從離島回來，在清靜的許白灣附近租了一間平房，生活經過時間的沉澱也逐漸地安定。我以勞力開墾了幾分旱田，種了點菜，養了幾隻雞鴨，過著與世無爭的農家生活。惠貞也在附近的小學就讀。十二年來我不敢有過多的夢想和企求，只期望能把她養育成人，以慰九泉之佩珊。然而，我的身體已隨著年齡的增長而逐漸地衰退。一個五十二歲的白髮老頭，儘管他還能活二十年，但他卻要因年歲的增長而失去工作的能力。惠貞今年才十七歲，試想：一個高一學生她能懂得什麼？更不能理解到一個老年人的心情……。

一九七〇年作品。選自《寄給異鄉的女孩》

再見海南島，海南島再見

1

一九九五年七月，我隨著旅行團，搭乘中國南方航空公司的班機，由香港飛往海口。

說眞的，在有限的人生歲月裡，能踏上這塊夢想中的泥土，它的不凡意義，遠勝觀光旅遊。

對於旅行團在行程上的安排，我並沒有刻意地要求什麼。俗語說隔行如隔山，尊重專業也是我一生堅守的原則。更何況路途那麼遙遠，必須從金門－台北－香港轉機才能到達海口。

海口市是海南省會，也是「中國」最先擬定開發的經濟特區之一。它的硬體建設、機場港口的擴建，加工出口的設立，觀光事業的拓展，給海南帶來無限的商機和觀光人潮。

飛機很快地降落在海口機場，首先映入眼簾的是五星旗下二個斗大的紅字——海口內心一陣茫然，隨即也浮起一絲無名的喜悅，我終於踏上這塊夢想中的土地了。

在通關的廊道上，看到的是五星帽徽下的「公安」和「武警」，與台灣的「憲兵」和「警察」雖是二種不同的典型，但卻同是炎黃子孫。一份同胞愛油然而生，難以形容的喜悅在內心不停地激盪著。

「朋友們，你好。」我很想說。

通過關員的檢查，我們搭乘海南長春旅遊公司的遊覽車，沿著平坦的快速大道馳駛，兩旁高大的椰子樹，卻搖曳著三十四度的高溫，也證實海南的氣候，是我國四大火爐之一。

遊覽車進入海口市區的海府路，行過「海南省人民政府」，我們在一幢樓高十五層，設計新穎，建築考究的酒店門口下車，抬頭仰望「海麗酒店」四個金色的大字，在夕陽映照下，更是金光閃閃，氣派非凡。

步上酒店的台階，首先看到的是一面銅牌，黑體字清晰地寫著：

本酒店接待外賓

港澳同胞、台胞

我無奈地搖搖頭，服務生爲我們啓開那扇明亮的玻璃大門，一股沁涼的氣體，來自中央冷控系統，也讓從高溫烘烤過的我們，像似進入了一座舒適的冷宮。

我們坐在軟綿的沙發上，等待領隊分配房間。對面那張原木大桌上，擺放著一個銅製的三角牌，深刻著「大堂經理」四個字。一個看來清新脫俗的妙齡少女，正聚精會神地翻閱資料。好一位年輕美麗的大堂經理，我情不自禁地多看了她一眼。然而，從她的眉宇、眼神，一個熟悉的影子在我腦裡盤旋著，但卻一直無法找到「她是誰」的答案……。

領隊分配好房間後，興奮地向團友們宣佈：

「各位鄉親！在我從事旅遊行業的這幾年中，第一次帶金門團。金門給人的印象是純樸清新。金門人更是敦厚善良。當酒店的負責人知道諸位是來自金門的貴賓時，指示客房部經理，要妥善照顧，加強服務，住宿費七折九扣優待，晚上七點在地下二樓的中餐廳，爲大家舉行歡迎宴會。」

天色漸漸地暗了，晚上並沒有安排任何行程，團友們安置好簡單行李後，也就三五成群地來到中餐廳。在這富麗堂皇五彩燈光閃爍的大廳裡，我們好像進入戲中的皇宮。壁上的名畫，原木雕塑的桌椅，百年樹齡的盆栽，奇石怪木的擺設，幽雅整潔的四週，彬彬有禮的服務生，展現出一流酒店應有的水準，也讓我們深刻地體會到，投資經營者的眼光和魄力。

我們的席位由一幅折合式的仿古屏風與其他團隊隔離著。屏風上那對龍鳳呈祥的湘繡，表露出中國精緻的手工藝，孔雀開屏更提昇到最高的意境。

團友們一共十六位，必須分成兩桌，可能是我的年紀較大，被安排在主桌，並與主人遙遙相對。先行而來的是那位美麗的大堂經理，她一一地向我們點頭問好。繼而來的是一位身穿旗袍，氣質高雅的婦人。她由兩位男士陪同，我們相繼地站起，以掌聲來迎接她，但讓我感到不可思議的是，大堂那位女經理，簡直就是她的翻板。

服務生很快地走過來，爲她拉開椅子，但她卻沒有坐下，以極感性而柔和的口吻說：「各位來自金門的貴賓，我是『海麗酒店』董事兼總經理，本酒店是中港合資的企業集團，也是涉外的三星酒店，樓高十五層，客房三百四十八間，貴賓套房五間，另設有『商務中心』、『多功能廳』、『酒吧』、『中西餐廳』、『商場』、『美容中心』、『桑拿間』、『三溫暖』等多種服務設施，以我們的住宿率及軟硬體設備，或許明年即可晉爲四星酒店。金門可說是我的『第三』故鄉，我在台北出生與受教育，在海南拓展事業，在金門住了將近四年。金門實在太令我懷念了，金門青年刻苦耐勞的敬業精神，純樸的民風，善良的習俗，都深深地印在我的腦海裡。不怕諸位笑話，我曾經與一位金門青年共同許下相互照顧的諾言，不管在天之涯或海之角。然而，卻因受到大環境的影響，失去了連繫，一晃廿幾年，但我並沒有把他忘記。」她傷感的語調，讓整個氣氛凝結。

我始終低頭聆聽，面對著端莊高貴的總經理，自卑的心理不容許我多看她一眼，只是深感那嬌柔的聲音，對我太熟悉，太熟悉了。

「今天，我以『孔宋家酒』來歡迎遠從金門來的嘉賓。」她說著，服務生也陸續地斟上酒。「大家都知道，孔宋在中國是大家族，也是名人，宋家的祖居就在海南的文昌。」她舉起斟滿酒的一口杯，繼續說：「請原諒我的自私，當我舉起杯時，我以誠摯的心、顫抖的手，先敬一位特別的客人。」她把酒杯高高地舉起，並沒有說明那位是她的特別客人。團友們都相互地斜視著，竟連那大堂經理與幾位高級幹部，都被她那突如其來的舉動搞得滿頭霧水。

她緩緩地走出座位，所有的眼光也跟著她走，然而，她卻在我的身旁停下，一股巴芬碧可的香水味掠過我的嗅覺，我沒有仰頭看她的勇氣，我的心早已隨著歲月的流失如一杓死水，巴芬碧可與我何干！

「陳先生。」

那柔美悅耳的聲音把我從沉思中驚醒，我猛一抬頭，久久地凝視，是誰能喊出這麼親切的聲音，那曾經讓我日日夜夜苦思夢想的音韻。

「麗美。」我猛而地站起，高聲地喊著，所有的目光都投向我，「是妳！」

她含笑地點點頭，卻掩飾不了眼角上的淚痕。那淚痕，可曾是已失的時光所凝結而成的。

「對不起，諸位，當我發現陳先生的名字時，並經多方面查證，也印證了古人一句話——踏破鐵鞋無覓處，得來全不費功夫。原以爲他會先發現我，然而；沒有，廿年前他想的總比說的多，廿年後依然如此。」她再度舉起杯：「對不起，敬各位，敬各位。」

她一飲而盡，服務生又滿滿地爲她斟上。

我卻無語地站在桌旁，內心交織著歡樂與苦楚，社會在變，環境在變，我單純的故國河山之旅也將生變。廿年過去了，卿卿我我的日子也過去了，苦思夢想的日子也過去了。我們的重逢是故事開始，還是結束，這變幻莫測的世界啊！讓我苦苦地思索著，何日才能給我一個圓滿的答案？

在香醇的孔宋家酒誘惑下，乾完了一杯又一杯。已盡興的賓主都有點兒飄飄然，而夜也深了。麗美挽著我的手臂，挽著一位白髮蒼蒼的小老頭，無視員工異樣的眼神。她交代客房部的服務小姐，把我的行李，送到十五樓的貴賓套房。

在大堂裡，我遇到了那位美麗的女經理，原來她就是麗美在金門所生的女兒——王海麗。她快步地走向我們，拉起麗美的手，深情地說：

「媽，早點休息吧！」

「放心，媽沒喝醉。」麗美依然挽著我，幽幽地說：「孩子讀的是企管，先讓她在大堂見見世面，小小年紀很懂事，將來就看她啦！」

「海麗，妳也早點休息。」我微微地向她點點頭，低聲地說。

「陳叔叔晚安，媽媽晚安。」她向我們揮揮手說。

我們在貴賓套房的長沙發椅坐下，服務生沖來兩杯熱茶，也爲我們拉上了窗簾。然而，麗美卻從冰箱取出兩瓶啤酒。

「大熱天喝茶。」她嘀咕著。

「熱茶能解酒呀！」我說。

「我又沒喝醉，解什麼酒。」她理直氣壯地說。

「從沒聽過酒醉的人說自己醉了。」我取笑她。

「不信？」她不服氣地拿起電話，按下服務鍵，「來一瓶『孔宋家酒』，兩只小酒杯。」

「麗美。」我側過頭，久久地注視著她，那紅紅的雙頰，那水汪汪的雙眼，在燈光柔和的照映下，顯得更明媚，更嬌艷。

「陳先生。」她拉起我的手，在我的手背上輕而有韻律地拍著，拍著。並沒有說什麼。

服務生把酒送來，並一一地為我們斟上。突然，我想起了兩句歌詞：

人說酒能解人愁

為什麼飲盡美酒還是不解愁

難道麗美有什麼愁要解嗎？不，不會的。看她滿頰充滿著青春與幸福的笑靨，我是不該胡猜亂想的。

「麗美，既然酒已斟上了，我們就喝吧。喝掉廿年的相思酒；再擦乾那一滴滴的相思淚……。」我一飲而盡，傷感地說。

「陳先生，過去的就讓它過去吧。今天的重逢就是我們新的開始。」她安慰我說。

我們默默無語地靜坐著，時而隨意，時而乾杯，時而她把被酒精燃燒著的小臉靠在我肩上，時而環抱著我，時而把頭依偎在我的懷裡。然而，在我們體內奔放馳流的，不再是青年的激情和熱血，而是老年的相互依靠。廿年前那相識相知的短暫時光，她並沒有忘記，要不，以她今天在海南商場上的身分和地位，一個孤獨的小老頭，一個在人生舞台毫不起眼的小角色，如果沒有眞情的流露，在晚宴上她能說出那麼感性的話嗎？能夠不計員工異樣眼光的注視，而挽著我在大堂上漫步嗎？能斜靠在我肩上，把小臉依偎在我滿身酒臭與汗臭的懷裡嗎？如果沒有感情基石，一切都是「不能」與「不可能」。廿年前認識她時，我並沒有以一對勢利的眼光鄙視她；廿年後的重逢，她並沒有以商場上貴夫人的姿態來對待我。一切都歸於自然，歸於亙古不變的情誼。如果我是一位玩世不恭的金門人，或許，今天所受的待遇絕不是如此。也讓我深刻地體會到，生在這個現實的社會裡，儘管個人的命運和際遇有所不同，但人格是相等的。我們純以一顆坦誠的心來相待，而不是靈肉的尋求和相互利用。

麗美已不勝酒力，她溫柔地；毫無顧忌地把雙手環抱住我的腰，以我的腿當枕，睡得很香很甜，像睡在幼時的搖籃裡，不知人世間的險惡，只感到甜蜜和溫馨。

我爲自己再斟上一杯酒，然而，卻品不出孔宋家酒的醇香。身在異地，在這涉外的三星酒店裡，在那迷人的燈光下，懷裡摟抱的是柔情美麗的佳人，世上所有的幸福都凝聚在我身上。如果此刻「生」與「死」能讓我自由選擇的話，我寧願選擇後者，讓我含笑地走向天國，絕不回頭！

我飲了一口酒，把頭仰靠在沙發的椅背上，閉上沒有睡意的雙眼，往事像那繚繞的雲煙，一簇簇、一幕幕，相繼地掠過我的腦裡……。

2

那年，我廿三歲。

司令官馬將軍核定我出任金防部直屬福利站經理，並在政五組兼辦防區福利業務。我們的業務範圍除了要執行低價服務、四大免費服務，還督導福利中心，管理電影院，文供站，特約茶室。業務雖然繁瑣，但執行並沒有多大困難。只有特約茶室是最複雜，又不能缺少的單位。有了它的存在，除了解決了沒有家眷的軍中同志性的需求外，也減少了男女間的感情糾紛，因此，除了在金城設立總室外，還在沙美、山外、成功、小徑、庵前以及小金門的東林、后宅、青岐、大膽都設立分室。甚至爲了配合「慈湖」的施工，還在安岐設立機動茶室。孔子說：「食，色，性也」，或許是最好的詮釋。

特約茶室的設立，不僅解決了軍中同志的「性」問題，也給防區增加了一筆可觀的福利金收入。然而，面對著十餘個單位，一百六十幾位侍應生，一些複雜而下級無法解決的問題，都必須由我們業務承辦單位會同相關部門一一給予協助和克服。最可怕的是存在已久的弊端，如管理員做假帳、以假原始憑證來報銷、售票員收取侍應生的紅包、不肖員工的白吃白嫖、醫務人員對性病檢驗不實……等等。在長官的指示下，我們擬訂了管理規則，除了每季的業務檢查外，並視實際狀況做不定期的突擊檢查。

一九七一年三月，正是金門的霧季。五號那天，我們會同監察與主計單位，突擊檢查金城總室。該室設在金城的民生路，是一棟舊式的平房，分隔了四十八個房間。房間的門框上以紅色的阿拉伯數字寫著號碼，侍應生也隨著房號而被定位在一張雙人床、一張小桌子、一個布衣櫥、一只小水桶、一個臉盆的陰暗房間裡，過著神女生涯。

我負責抽查與核對前一天的售票紀錄與加班票。在售票員公平公正的配票下，每位侍應生售票數也相差無幾，倒是發現十二號的王麗美，她所售出的票數與加班次數都比一般侍應生高出很多，我向管理員調閱了員工簡歷冊。

王麗美。海南省海口市。高中畢業。三十七年三月廿四日生。

翻閱了整本簡歷冊，就連職工在內，高中畢業的只有三人，是不是因爲她的高學歷票房紀錄也高，抑是另有其他因素。我拿著售票紀錄表，由管理員陪同來到十二號房。一進門，一股廉價的香水味迎面飄來，我揉揉鼻子，睜大了眼睛，那王麗美可眞是異於一般侍應生，她容貌清麗，氣質非凡，笑咪咪地從床沿站起，以柔和的語調說聲：

「請坐。」

「謝謝。」我微微地向她點點頭。

當管理員說明我的來意，她立刻從抽屜裡取出一疊黃色的普通票以及紅色的加班票。經我一一地核對，並無不符之情事。我請管理員迴避一下，問了一些有關管理方面的問題，她都能詳加答覆，並沒有什麼不滿意的地方。我請她在檢查紀錄表上簽名存證，那娟秀靈活的「王麗美」三個字更令我佩服，以她各方面的條件，換取高票房，並沒有讓我懷疑的地方。暮然，我發現她的衣櫥上，用木板橫墊著，擺了好多書。我情不自禁地走近一看，發現她所閱讀的範圍眞是包羅萬象，竟然還有一本不易看到的《文藝心理學》，這本從哲學分支出來的美學，是滯留在大陸的作家朱光潛先生的力作。也因爲他滯留在大陸，被歸類爲「投匪作家」，他的作品如：《給青年的十二封信》、《談美》、《談文學》、《談修養》等都一併被列爲禁書。在戒嚴時期、軍管年代，攜有它的人，一旦被安全單位查到，被羅織的罪名可不輕。

我順手取下它，隨便翻了一下。

「你很喜歡看書？」我轉過頭，低聲地問。

「你是說侍應生不能看書？」她收起原先的笑容，反問我。

「不，不，我不是這個意思。」我搖搖手，把書放了回去。收拾好檢查表，快步地離開。

雖然，《文藝心理學》是我急欲想看的一本書，而令我費解的是藏書數千冊的「明德圖書館」竟然找不到這本書，反而在侍應生的房間裡看到。這本書所以特別引起我的注意，是姚一葦教授在《藝術的奧祕》裡多次地提到它，我必須做一個印證。一股向侍應生借書的念頭，不停地在我腦海裡盤旋著，但我還是提不起這份勇氣，內心充滿矛盾與懊惱。

或許，每位侍應生的背面都有一個悲傷動人的故事：戰亂的分離、家庭的變故、社會不良風氣的引誘等等，都是組成這些故事的因素，我相信世界上沒有天生的神女。以王麗美的相貌，並受過完整的中等教育，她的故事勢必會更精彩、更動人。然而，我承辦的業務並不包含打探別人的身世。雖然，有些是很好的寫作題材，但如果爲了本身的利益而去揭發別人的隱私，未免太沒人性了。

終於，我利用一次福利單位業務會報的機會，請金城總室的事務主任，代我向王麗

美洽借《文藝心理學》，很快地書已借來，我如獲至寶地翻開第一章──

什麼叫做美感經驗呢？

就是我們欣賞自然美或藝術美時的心理活動。

多麼貼切的問答，也只有大師才能爲我們指出一條賞美的管道。

我利用公餘的時間，把厚達三百四十三頁的《文藝心理學》讀完，並作了一些簡單的筆記，不管它能帶給我多少知識，但對美的欣賞總算有點心得和概念。

爲了不再麻煩別人，我直接把書用郵政掛號寄還王麗美，並送給她一本張秀亞的《北窗下》，也把我的藏書《藝術的奧祕》借給她，並附了一張小紙條，希望她能從《藝術的奧祕》中，理解出人性的「美」與「醜」。

3

六月，是會計年度的結束。

爲了重新編列新年度的預算，日夜加班，把原先擬訂的讀書計劃主動地放棄，但也讓我深刻地體會到，一個沒有受過完整學校教育的青年，想立足在這個社會，他所付出的心血與代價往往要超人數倍。

從文康中心開完會回來，我的桌上放了一件小郵包，從它方方整整的包裝，我知道寄來的是書。

陳先生：

謝謝你送我的《北窗下》，它也是我此生唯一收到乙份自己喜歡的禮物。平時，我收到的是金錢。特約茶室是你承辦的業務，對於我們這些侍應生，相信你比我更瞭解。

《文藝心理學》是家父遺留的書籍，雖然看過它幾遍，但並不能從其中領悟到什麼，既然你喜歡就送給你。《藝術的奧祕》也是一樣深奧難懂，謝謝你的好意。其實人性的「美」與「醜」並不是與生俱來的，它多少會受到現實環境的影響。

祝福你

王麗美

看完她夾在書裡的便條，我重新把書放好，內心並沒有明顯的起伏變化，仍然投身在繁忙的公務中。

每逢星期一，除了電影院外，其他福利單位都公休一天。當然，茶室也不例外。上午所有的侍應生必須接受軍醫單位派遣的醫務人員做性病抹片檢查，一旦呈陽性反應必須停業，並送到尚義醫院附設的「性病防治中心」接受治療。

我們都知道，以六十年代的醫藥水準而言，性病雖不是一種可怕的絕症，但如得了「淋病」，患者的尿道會紅腫潰爛；而一旦「梅毒菌」侵入人體，輕者痛苦，重的喪命，倘若發現而不儘早治療，男女相互傳染，其嚴重的後果難以想像。因此，爲了官兵的健康，業務承辦單位對每星期一的性病檢查及檢查後的送醫治療都非常的重視。當然，也發現少數侍應生賄賂醫務人員，做不實的檢驗報告，或是到了性防中心，不做徹底的治療，暗中繼續營業。針對這些弊端，業務承辦單位除了嚴格督導星期一的抹片檢查外，對第二天檢查後呈陽性反應的侍應生也做了嚴格的列管，並到性防中心核對人數，要求徹底治療，以維護官兵及侍應生身體的健康。

而巧的是在這星期的送醫名單中，王麗美卻是其中的一員。依她的票房紀錄，接觸的客人不僅多又複雜，得病率當然會更高。

性防中心設在尚義醫院右側的山坡上，除了打針、吃藥、休息外，過的卻是枯燥乏味而單調的生活，為了回報王麗美送我《文藝心理學》，我帶了胡品清的散文集《夢幻組曲》回送她，希望這本書能陪她渡過這段沒有自由的日子。

走進性防中心的病房裡，迎面飄來一股濃烈的藥水味，還夾帶潮溼的霉氣味。裡面共有十二張病床。當然，並不是每位侍應生都得了性病，在比率上如果超出5％就是警戒線，軍醫單位也再三的向官兵們宣導：「事前多喝水」、「事後要小便」，甚至每個茶室的售票處，也兼售「小夜衣」，但奇怪的是許多人寧願得病後吃藥打針，也不願使用「小夜衣」，這種錯誤的觀念迄今乃無法改正，也證明國人的衛生水準與歐美先進國家尚有一段差距。

醫務人員知道我的來歷，彼此打了招呼，我也顧不了那些疑惑的目光，逕自走到王麗美的病床前。

「辛苦了，王麗美。」

她抬起頭，抿著嘴，微微地對我笑笑。然而，她那美麗的容顏卻掩不住蒼白的唇色；黑色的眼圈，或許是長期的無眠與體力透支所引起的。

「給妳帶來一本書，希望妳喜歡。」

她伸出細長的手，從我手中接過去，低聲地說：

「謝謝。」

我簡單地核對了一下人數，那些疑惑的目光並沒有從我身上消失。我不敢作太久的停留，也沒有再看她一眼的勇氣，深怕會有一些不實的傳言，被有心人刻意地渲染。這個可怕的社會，讓我不得不慎重，不得不設防。

人與人的相識，像是一個傳奇的神話故事。漸漸地，我發覺王麗美的影子，經常地從我腦海裡掠過。是美，是醜，各人的審美觀點有所不同，更難以用世俗的眼光來衡量。

4

時間，總是一切計算的重複者。

一年一度的中秋佳節也將來臨，我們單位除了福利業務外，年節的慰勞慰問也歸我們所承辦。雖然每一位參謀人員都有不同的職掌，但逢年過節，必須同心協力、分工合作，發揮團隊精神，把組裡的業務辦好。眾參謀分別陪長官赴離島慰問；陪夫人慰問住院傷患官兵，安排藝工團隊演出等。而我卻留守在辦公室，核發各單位的團體加菜金，以及主管官的秋節禮券。從上班起，「錢」、「禮券」、「領據」與「印章」，不停地在我眼前交叉運行著。因此，我不得不格外小心，以防差錯。

在一陣空檔裡，我掀起了杯蓋，飲了一口香片茶，閉上眼、伸了一下懶腰，往椅背一靠，暫時紓解一下壓力，這種無名的享受，的確愜意如神仙。

正想著，傳令把一包東西放在我的桌上。

「誰送來的？」我說著，並沒有仔細看它，順手把它放在桌下。

「士官長。」傳令回答我。

「士官長？」我有點訝異，俯下身重新把它拾起，撕開包裝紙，是一盒台北馬來西亞餐廳製作的月餅，盒裡的透明紙下夾了一張小紙條。

陳先生：

又到了「天涯淪落又中秋」的時節，籍貫欄裡分明記載著「海南省海口市」，卻從未見過海南。回首在異鄉已渡過第廿二個中秋了，而故鄉不知淪落在何處，總讓人有些茫然。

是誰送的月餅，或許你比我更清楚，轉送你一份，請別見怪。倘若你願意陪一位客居金門的侍應生共賞秋月的話，明晚七時我將在僑聲戲院門口等你。如果有所顧忌，相見不如不見好。

麗美

我鎖上抽屜，快步地走離辦公室，顧不了那些待發的加菜金和禮劵，在明德廣場上，看看秀麗的太武山房，仰望太武山巔峻峭的巖石，以及石縫裡的野花雜草。一陣陣清涼的微風，一口口新鮮的空氣，讓我漂浮在這幽美的翠谷裡。

秋節那晚，我沒有參加月光晚會，逕自從武揚操場順著彎曲的羊腸小徑走著。兩旁的地瓜田，綠色的藤蔓爬上了田埂，覆蓋在藤首的泥土已逐漸地龜裂，今年的地瓜註定會豐收。

晚風輕輕地吹著，路旁已有幾片早落的楓葉，想起待會兒就要與一位現實社會所不容的侍應生見面，「興奮」與「矛盾」同時在我內心交戰著。或許，我今天的選擇是對的，儘管各人的際遇不同，但人格是相等的，端看我們以什麼式樣的心來認定它、解讀它。而此時，我伸出的不知是一雙友情的手抑是愛情的手，我感到迷惑與不解。

從新市里的復興路，右轉自強路，左轉中正路，僑聲戲院就在眼前了。那穿著淡藍洋裝的女子不就是王麗美嗎？她似乎也已看到我，舉起手輕輕地向我擺動著。然而，我已掩不住內心的喜悅，快步上前，用小指頭，輕輕地勾住她的無名指，一股淡淡的清香，一份誠摯的微笑，是女人尊貴的代表。

我們默默地走在新市里的街道上，內心的喜悅久久盤纏在心頭，偶而地相視笑笑，或許，這是一個無聲勝有聲的安逸時刻。

遠遠望去，月亮已高掛在街的那一頭，在這皎潔的月光下，我們選擇了榕園一處清靜的草坪，面對冉冉上升的月亮坐了下來。

「陳先生，說來好笑，我們走了好遠的一段路，卻沒說過一句話。」她嘟起了小嘴，神情愉快地說。

「麗美，說來可笑，當我面對長官作十分鐘的業務報告時，東南西北說得頭頭是道，現在面對著妳，倒像是一個新入學的小學生，不知該向老師說些什麼才好？」我坦誠地說。

「或許是我們認識的時間太短，瞭解不夠深，才不能打開心胸，暢所欲言。」她正經地說。

「不錯，妳說的正是我心想的，今天我們同坐在這塊美麗的草坪上，就是爲了彼此能更深一層地瞭解。」

「跟一位歷經滄桑的侍應生一起賞月，你不覺得委屈嗎？」

「無論在我眼裡、在我心裡，妳是完美的，與其他侍應生不同。坦白說，以妳的美貌、學歷，似乎不該選擇這種行業。或許妳的遭遇不是三言兩語可道盡的……。」我沒有再說下去的勇氣。

「不！你錯了。」她神色凄然地搖搖頭，「我的遭遇正是三言：父親去世。母親改嫁。弟弟幼小。兩語：苦命。命苦。」她的淚水就像斷線的珍珠，一顆顆一粒粒地掉落在草坪上。

我趕緊取出手帕，輕輕地拭去她遺留在眼角的淚水。

「對不起，麗美，我不該在這中秋佳節，說這些讓妳傷心的話。」

「不，你說得對，也減少你心中的一份疑慮，往後的日子我們將是一對無所不談的朋友。」她停頓了一下，「如果你不嫌棄的話。」

「好！」我伸出手，她也同時把手伸出來，讓我緊緊地握住，「往後的日子勢必是妳心中有我，我心中有妳。」

她笑了，那含著淚水的微笑，在明月的照耀下，更加柔媚，更顯得俏麗。

彼此久久地沉默，月亮已被烏雲遮掩著，夜也逐漸地深了，我們賞的可是這中秋佳節的明月？不，我們共賞的是彼此心中永恆的月亮。她突然地把頭靠在我肩上，一股淡淡的髮香，一聲聲秋蟲的叫聲，在這寂靜的深夜裡，在這翠綠的草坪上，我輕輕地把她摟進懷裡，撫著那被微風吹亂的髮絲，一遍又一遍；一遍又一遍。

5

在年度的輪調中，麗美被調往離島的「東林茶室」。

東林在烈嶼鄉是個商業氣息非常濃厚的小市區，寬敞整潔的街道，經營著各式各樣的行業。烈嶼守備區指揮部，軍方所屬的「國光戲院」、「免稅品供應站」、接待外賓的「虎風山莊」，都在東林的不遠處。

東林茶室只有十五位侍應生，四週的環境略顯髒亂，也相對地會影響侍應生的服務品質。當然，以麗美在金城的高票房紀錄，換了新單位，以新的形象服務官兵，票房紀錄仍舊居高不下。

有一天，我突然接到她的一封信，她告訴我說她懷孕了，不知是那一位恩客遺留下來的種子。是官？是兵？是少校？是上尉？還是士官長？

依當時規定，侍應生懷孕可到醫院做人工流產術，並可申請營養補助費。然而，人工流產是子宮刮除術，對母體的傷害是自然生產的數倍，甚至還有嚴重的後遺症。但在一位仰賴肉體維生的侍應生來說，懷孕不僅影響她們的營業，生下一個「父不詳」的孩子，也是一個累贅。如果採取人工流產，卻無形中抹殺了一個即將誕生的小生命，她們能安心嗎？能不遭到上天的譴責和報應嗎？因而，我把利弊寫信告訴她，倘若暫時不能營業，而需要少許金錢運用的話，我將在每月的薪餉撥一部分給她。希望她能把孩子平平安安地生下來，千萬別管它是誰的種子，一切要認命。說不定將來依靠的是這個「父不詳」的孩子。

肚子一天天地大起來，麗美也停留在不能營業中，我們相約農曆正月十二到太武山的海印寺拜拜。九點不到，我直接從中央坑道走到太武公墓的臨時招呼站。那時，天上正飄著微微細雨，我望著來來往往的公車和熙熙攘攘的人群，撐起隨手攜帶的黑色大雨傘，仍然擋不住刺骨的寒風。

路邊的牆下，幾株矮小的桃樹，正展落出新的丰姿，細雨輕輕地飄在它那含苞待放的花蕊上。桃花就要開了，春天早已經降臨人間，我們還盼望著什麼？期待著什麼？美麗的春天啊，你可曾聽到我們的呼喚！

暮然，一輛紅色的計程車在我身旁停下，開門下車的正是麗美，我快步地走上前，細心地攙扶著她。

「對不起，讓你久等了，金烈海域的風浪實在太大了，延誤了很久才開船。」她重新把圍巾拉高，而後緊緊地挽著我說：「好冷唷。」

我別過頭，看著她那微濕的髮絲，愛憐似地說：

「麗美，我們還有好長的一段路要走，別怕冷，在這佈滿風霜雨雪的人生大道上，我會給妳溫暖的。」

「陳先生，你這句話像極了電影中感人的對白。」她笑著說，輕輕地擰了我一下。

「那麼，女主角當然是王麗美啦。」我笑著。

她笑了，笑得好開心，好愜意。

我們迎著霏霏細雨，順著玉章路的水泥大道，一步一步往上走，兩旁的野草野花在春雨的滋潤下，更顯得青蒼翠綠。麗美開始放慢腳步，那喘著氣、說不出話，還強裝笑臉的表情，倒也惹人憐愛。我停頓了一下腳步，轉回頭。

「累了吧。」我說著，順手拉了她一把。

我們選擇路邊一處平穩的石頭坐下，或許是走路、爬坡有點熱吧，麗美解開大衣鈕扣，那微凸的小腹讓我感到一陣悲悽和難過，我搖搖頭，微嘆了一口氣，心中暗自向上天祈禱，願她身懷的是一顆閃爍的明珠！

「嘆什麼氣呀，該嘆氣的是我，而不是你。」她說。

我默默無語，雙眼凝視那坡度傾斜，巨巖重疊的另一個山頭。

「陳先生，我深深地感受到，你想的總比說的多。」她又說。

「妳又不是心理學家，怎麼知道我想的比說的多呢？」我拉起她的手，夾在我的雙掌中笑著說。

「強辯！」她皺了一下鼻子。

「那麼妳算算看，我什麼時候會變成老怪？」

「心胸要開朗，眉頭不要鎖緊，不要想的比說的多，永遠成不了老怪！」

「謝謝妳的開導。不錯，在廣大的文學領域裡，過度地摸索、探尋、思索，把自己深鎖在一個孤獨的圈子裡。麗美，坦白說，我實在是想的比說的多，但妳卻是我談得最多的女性，因此，我非常珍惜這份情感。在茫茫的人海裡，但願我們能相互鼓勵和照顧。」我神色悽然地說。

「讓我們共同信守這份諾言吧，任憑天涯海角。」她她表情嚴肅地說：「在搖擺的人生小舟上，但願我們能攜手划向理想中的港灣。」

「繼續走吧，麗美，海印寺已在不遠處。」我拉起她的手站了起來。山頂上的寒風依舊刺骨，細雨又開始輕飄，我重新撐起傘，扶著她一步步，走向幸福溫馨的未來。

到了鄭成功的奕棋處，我們站在那道天然的圍牆上，俯瞰山下的斗門村，那一塊塊綠油油的農田，那一幢幢古老的屋宇，幾隻牛兒正啃著剛萌芽的野草，好一幅太武山下的春景圖，在霏霏細雨中，更顯得迷人。

「麗美，妳仔細看看，海的那邊就是廈門了，將來可從高琦機場直飛海口，看看妳爺爺奶奶。」

「這輩子可能無望了，小時候聽爸爸說，爺爺在海口擁有一百多畝的旱田，在海府路有輾米廠，連接著有五間店面。可能早就被共產黨以『有產階級』的罪名清算鬥爭掉了。」她不樂觀地說。

「吉人自有天相，望海興嘆也沒用。」我開導她說。

走過「毋忘在莒」的勒石，海印寺就在眼前了。首先映入眼簾的是那雕樑畫棟、古色古香的建築。我們先在「蘸月池」旁的小臉盆洗了手，把人性最髒的雙手洗淨。相傳蘸月池遇雨不溢，四季不涸，池水清澈，能潔身祛病。

寺內供奉的是「觀音」與「如來」，栩栩如生的「十八羅漢」鎮守在兩旁。麗美雙手合十，跪在觀音與如來的神像前，唸唸有詞，神色虔誠，怎知她祈求的是什麼？我也拈上了一柱清香，深深地向祂們三鞠躬，而我該祈求什麼？默念些什麼？觀音大士啊、如來我佛，請保佑我們，在未來的路途平坦順暢。

順著那條蜿蜒的山路，我們走向太武山谷。麗美對整個行程沒有意見，完全由我主導。

「麗美，山坡下有一幢西式的小樓房，它曾經是總統在金門的行館，夫人親題的『太武山房』，現在卻成了『明德圖書館』。」我指著山坡下那幢白色的建築物說：「我們可以到裡面看書。」

「眞的，好幾年沒進過圖書館了。」她用力地捏了我一下手，高興地說。

距離山房越來越近了，我的辦公室也在明德廣場的左邊，但我並不想帶麗美到辦公室，以免爲自己製造不必要的困擾，直接來到圖書館。

在借書登記處見到了洪敬雲，他畢業於師大美術系，作品曾在國內多次展出，現正在服役中。

我相互地爲他們簡單的介紹，麗美也大方地伸出手。

「洪先生好。」

「王小姐好。」

他們禮貌地握握手。

而我發現畫家正上下左右地打量著麗美。或許，他已尋找到靈感，一幅美的畫像即將形成，喜歡文學的我，在美的認定上，卻沒有畫家來得敏捷。

麗美被看得有些難爲情，依在我身旁，拉住我的手。

「美！」洪敬雲高興地說：「老師陳景容筆下的美女，氣質高雅，容貌非凡。」

我們情不自禁地笑成一團。

洪敬雲把我們引進藏書庫，那些分門別類的藏書，讓麗美大開眼界。但我們並沒有作太久的逗留。不知何時，屋外的雨卻落得很大很密，我們站在山房的長廊上，傾聽淅瀝淅瀝的雨聲，翠谷的美景，全在我們眼裡。

太武山房聽雨聲、看美景，或許是我們此生最美好的回憶。

6

時間過得眞快，轉眼春去秋來冬天到。

麗美由東林茶室調回山外茶室的「軍官部」，並順利地生下一名女嬰，透過管理員的介紹，請了一位中年婦人幫忙照顧。自從麗美產後，我雖然託人帶了一些營養食品送給她，但並沒有和她見過面，內心裡百感交集，充滿著矛盾，想見她，又怕見她，卻說不出是什麼因素。

一個星期天的下午，也是麗美產後的第十八天，我內心交織著難以言喻的苦楚來到她的房間。

「好久不見了。」見面的第一眼，她冷冷地說：「怕了吧，陳先生，怕讓人誤解孩子是你的骨肉，對不？你不是說過要相互照顧嗎？當我需要你、惦念著你時，你卻躲得遠遠的。我們內心到底存在的是什麼？親情，友情，愛情，或者什麼都不是。你年輕，有前途，有滿懷的理想和抱負。而我呢？」她突然停了一下，淚水已爬滿了她的臉頰：「說好聽點是侍應生，其實是世俗所謂的妓女！」她已泣不成聲。

「麗美。」我已顧不了一切，緊緊地抱住她，抱住一個軟綿綿的身體，是幸，是不幸；是希望，是禍害！我全然不知。我取出手帕，拭去她的淚痕，「對不起，麗美，這件事的處理，我是一個不及格的小學生。」

她的氣似乎消了不少，又恢復了原來的溫柔。

「給孩子取個名字吧！雖然她的來臨是她的不幸，也是我的不幸，但總不能沒名沒姓沒戶口。」

我沉思了一下，突然想到。

「麗美，我們不必相信鐵口半仙的凶吉筆劃，就叫王海麗吧，『王』是母姓，『海』是海南省，『麗』就取她母親的中間字。」我得意地說。

「王海麗，王海麗，好聽；不俗，有意義。」她高興地說，猛力地在我頰上親了一下。「喜歡文學的畢竟不一樣，命起名來全不費功夫。」

她笑了，我也跟著傻笑。笑聲充滿著這陰暗的小屋，笑聲也爲她帶來希望。孩子的誕生或許是她甜蜜的負荷，也是將來的依靠。然而，她的成長，做母親的要付出多少心血，歷經多少辛酸，才能把她拉拔長大。一粒米的成長也必須經過播種、灌溉、除草、施肥，才能有收成。人，又怎能例外，尤其在社會教育敗壞的此時，更不能有所疏忽。問題少年的起因與形成，家庭、學校、社會，都必須負起相同的責任。生子容易，養子也不難，教子卻是一種無形的心理負荷。尤其是生長在一個不良的環境下，父母所付出的更是異於常人數倍，這是不能否認的事實。社會是個大染缸，在這變幻無窮的人生舞台上，願麗美的演出多采多姿，有聲有色。

7

從福利中心轉呈上來的侍應生出入境申請書中，我發現麗美抱著海麗的照片與申請書，出境的理由是探親。在特約茶室的管理規則裡，侍應生只要服務滿三個月，而有正當理由都可申請出境，如服務未滿三個月，必須扣除台北召募站的召募費，在來去頻繁的出入境中，不得不作慎重的審核。當然，麗美來金已有一段時間了，她有返台探親的權利，然而，讓我感到迷惑不解的是，從未聽她提起過。

那晚，天氣有些悶熱，閃爍在遠方的星星更加明亮，但沒有月光照耀的大地，卻顯得有點漆黑陰沉，給人平添了一絲恐怖感。我們挽著手，漫步在太湖幽靜的堤岸上。累了，就坐在低垂的柳樹下聽蛙聲、聽蟲叫。

「出境證已經辦好了，什麼時候走？」我打破寂靜的夜空，低聲地說。

「第一個航次就走，越快越好。海麗已逐漸地懂事，不能不讓她離開這個環境。」她激動地說。

「什麼時候回來？」

「把海麗安頓好再說。」

突然，我怕失去了她，緊緊地把她摟進懷裡，把臉貼在她的頰上。她默不作聲，也沒有抗拒，讓這漆黑的星空屬於我倆。在蛙兒與蟲兒的見證下，我們已失去理智；把人性最脆弱的情感暴露在這美麗的柳樹下，繾綣纏綿之後，我的淚水卻不聽指揮地滾下來。

「怎麼流淚了呢？」她用手摸摸我的臉，「你是後悔和我在一起？」

「不，不，麗美，我怕失去妳。」我把她抱得更緊，摟得更緊。

「只要你願意，只要你不以有色眼光來看我，陳先生，天涯海角永遠等著你。」

「麗美，別再叫陳先生了，就改口叫我名字吧！」

「不，不管我們將來的結局如何，你是我心中永遠的陳先生。」

我搖搖頭，像飲下一杯苦澀的烈酒，心裡是那麼的不是滋味，難道苦澀之後眞的是甜蜜？抑或是更苦，更澀！內心浮起無數的問號，但願時光能給我一個滿意的答案。

等待的日子總是那麼地漫長，那麼地令人心急。

轉眼，麗美的假期已結束，但人卻沒回來，甚至也沒有她任何的信息。據側面瞭解，她一些重要的衣物都以包裹寄回台灣，是否眞的不回來了？讓我感到不解。這份得來容易的情感，怎麼失去也這麼快？當我想以身投向她時，卻消逝的無影無蹤。我的情緒低落到了極點，想撫慰它，或許只有麗美火樣熱烈的心。

終於，我收到一封信。

陳先生：

經過多方面的考慮，我下定決心不回金門了。不回金門不是想離開你，而是要離開那個沒有人性尊嚴的環境，以及遠離那段不幸的記憶。對你，對我，對孩子都是好的。雖然暫時不能見面，我會信守對你的承諾——天涯海角永遠等著你。

在我們來往的這些日子裡，我深深地發現到，你是一位標準的金門青年：你以苦學自修來彌補學歷的不足，你以腳踏實地的工作精神換取現在的職位，這是時下一般青年所沒有的。

在紅塵中打滾了這麼多年，對人性的善惡與美醜，我的觀察較實際，雖然你讀過克羅齊的《美學》，但只是理論，並沒有親身體驗與印證。在這個現實的社會裡，陳先生，你是一張白紙。

弟弟已從師大畢業，而且分發到中部的一所中學任教。從事教職是他終身的志願，現在如此，將來也不會改變。他自信能養活我，養活我這位曾經為了家而入火坑的姐姐。姐姐的不幸更是他心中永遠的痛。

當我洗完沾滿污泥的雙手，我將用這雙乾淨的手洗滌我內心的污點，把一個乾淨的我，完美的我交給你，任憑天涯海角……。

祝福你

麗美

麗美返台的第一年，我們仍保持一星期一封信的紀錄，彼此的瞭解遠勝與日俱增的感情。我們曾經擬訂往後的生活方式，在偏遠的小農村建立一個幸福美滿的小家庭，養一群雞鴨，頭戴斗笠手持青杖趕著羊兒上山吃草，遠離塵囂，過著與世無爭清新平淡的日子。然而，這只是空幻而已，當麗美的信在我書桌上疊至編號第七十六號時，卻突然中斷，任憑我信與電報相互交投，都被退了。退回的並不是那些紙片，而是我投入的情感！我感到茫然，我的精神已崩潰，我幻想的再也不是美好的未來，而是現在的痛苦和難過——三年，五年，十年……。

8

不知什麼時候，淚水已爬滿了我整個臉頰，我猛而地驚醒。麗美仍然緊緊地依偎在我身旁，她取出柔軟的小手帕，輕輕地爲我拭去淚痕。

「你在想……」她摸摸我的臉。

「想我們的過去。」

「委屈你了。」

「不，我沒受到委屈，只是在我心理沒有任何準備下，突然間音信全無，我感到前所未有的悲傷和苦楚。」

她苦笑地搖搖頭。

「別以爲我是一個負心的人，當我接到香港親戚的通知，歷經多少波折，趕回海口繼承爺爺這片產業，在那個年代，一個女人家，我吃的苦頭不會比你少！」她憤而地離開房間。我無語地低著頭，不一會，她提著一個小箱子走進來。

「你看看。」她打開小箱子，「我從台灣經香港到海口，帶出來的是什麼？是黃金、是白銀、抑或是新台幣？」她把一疊信用力地放在桌子上，提高嗓門說：「我帶出來的是你寫給我的七十六封信！」她說完後，放聲地哭了，是否要哭出內心的委屈和心中的怨恨？

我從椅上站了起來，一把抱住她，怕她又從我身旁離去。她哭喪著臉，猛力環抱著我。

哭吧，麗美，就讓我們永遠擁抱在一起，痛痛快快地哭一場。從春天哭到夏天；從秋天哭到冬天，哭瞎了雙眼；流乾了眼淚。我擁著妳，妳擁著我，同進天國，同遊地府吧！

彼此化解了一些誤解，我們失控的情緒也逐漸地穩定，從她到海口繼承祖父遺留的產業，再如何跟香港的財團合建酒店，都作了一番陳述。我也坦白地告訴她，與她失去連絡的第二年，便辭去原有的工作，擺了一個小書攤，賣些書報和雜誌，只求溫飽，與世無爭。然而，她怎能想到，廿餘年前那個在她心目中肯上進、有理想、有抱負的青年，竟甘心如此過一生。

今晚，睡在這貴賓套房裡卻輾轉難眠，我拉開窗簾，海口的夜已深沉，幾盞街燈無精打采地閃爍著，只有路燈下的椰子樹，孤單地搖曳著那長而低垂的樹葉，「睡吧！明兒還得早起呢。」我喃喃自語。

然而，大腦與小腦卻不停地交戰著，昏昏沉沉地，不知道什麼時候進入夢鄉。

第二天，床頭呼叫起床的鈴聲響了，而我卻四肢無力，頭昏腦脹，身體的每一個部位都是熾熱滾燙的，而且口乾舌燥，意識朦朧，我病了，是高燒。

麗美找來住店醫師，吃藥打針雙管齊下，並禁止我參加旅行團的一切活動。我再三的懇求，希望能隨旅行團一起出發，但總是力不從心，爬起來又倒了下去。麗美也順勢訓了我幾句。

「你不是想跟旅行團到『三亞』，到『通什』嗎？快起來呀，你就去住『苗家』、『黎寨』吧！」

我神色凄迷地苦笑著，無精打采地閉上眼，只感到眼角也濕了。

「廿幾年的孤單歲月，應該更堅強，更能自我照顧。請問陳先生，今天如果躺下的是我，你該怎麼辦，該怎樣來照顧我？」

我被問得啞口無語。

麗美找來領隊，團友們也相繼地來探視我的病情。從他們的眼神，我心知肚明，他們想說的可能是：「這個古怪的陳老頭，走的是什麼運呀！」。領隊同意我不隨團出遊，但必須在七月廿四日下午一點半準時到海口機場，我們還有下一個行程——福州、泉州、廈門。然而，麗美卻再度與領隊交涉、溝通，把我隨團旅遊的行程全部否決掉，並取回由領隊代爲保管的「護照」和「台胞證」，我也不再堅持什麼，一切就由她安排吧！

經過整整二天的服藥與休息，我的高燒退了，虛弱的身體也逐漸地復元。

「有了健康的身體，還怕沒地方玩。」麗美總是這樣說。

來到海口，已是第五天了，麗美並沒有爲我作任何行程的安排。每天忙上忙下。早餐後她交代助理孫小姐帶我上美容間理髮，並再三地叮嚀，要我把蒼蒼的白髮染黑；吹風抹油，修面刮鬍。長久的不修邊幅，窩窩囊囊，已快過完一生，如今則要改頭換面，倒也像一部機器人，由操縱者來擺佈。

裡裡外外，麗美都深情地爲我打點。理完髮；穿了新衣，在大鏡子前面一照，除了眼角的魚尾紋外，把年輕時的我全翻印了出來。我在鏡前久久地停留，左照、右照，前照、後照，長久沒有的滿足感，此刻都湧上了心頭。麗美也在我身旁出現，她輕輕地拍拍我的肩。

「陳先生，廿幾年了，你並沒有變，反而更加地成熟，簡單的修飾一番，展露出中年男性特有的氣質。」她拉著我的手，再度走到鏡前，我們情不自禁相視而笑。

9

麗美爲我安排的第一個旅遊點是「東坡書院」。

「文人嘛，總得先看看文人。」她笑著說。

海麗酒店的公務車從海口市的西邊馳駛，經過洋浦經濟自由港公路，向左轉，順著那彎曲的泥土路行走，在一片茂盛的夾竹桃樹下停車。遠遠望去，東坡書院四個大字熠熠生輝地掛在門框上。蘇軾被貶至古儋州三年的坎坷歲月讓我久久地深思著。

麗美撐起一把粉紅色的印花洋傘，淡藍色的洋裝，白色的高跟鞋，把她襯托得更高雅、更明媚。助理孫小姐提著她的皮包和行動電話尾隨在後。我們步上台階，走過彎彎曲曲的走廊，穿過蓮花池，來到東坡書院的主體建築——「載酒堂」。如以古建築的藝術來看，載酒堂只不過是一幢平平凡凡的建築物。然而，它卻能吸引無數的文人墨客和旅遊者前來觀賞，我們不得不敬佩蘇氏的文采。

堂中陳列了歷代文人名士爲東坡書院所題的詩文碑刻，我細心地觀賞和品味，企圖想在腦海裡記下一些什麼。出生海南的孫小姐比手畫腳地想爲我講解，麗美卻阻止了她。

「孫小姐，我們站一邊，讓他自己看，看個過癮；讓他自己想，想個痛快！」

我並沒有理會她們，把所有的精神，完全投入在大堂的詩文碑刻裡。停留較久的則是在「東坡笠屐」的塑像前，只見蘇軾手執詩書，昂頭挺胸，目光炯炯，具有古儋州的平民裝束，又有文人的清雅氣質，蘇軾的詩人精神，將永恆地留在我們心中。

我來踏遍珠崖路
要覽東坡載酒堂

此刻，我的心情跟明代提學張匀並沒有兩樣，我得意地笑笑。麗美與孫小姐純粹陪我而來，對這些詩文碑刻，似乎興趣缺缺。當我全神貫注地欣賞時，幾乎忘了她們的存在。而我除了細心觀賞外，並取出隨身攜帶的紙筆，作了些簡單的紀錄。

看完東坡書院，我們轉回鄰近的「五公祠」。

首先映入眼簾的是一座古色古香的建築物，紅牆綠瓦，飛檐崢嶸，素有「海南第一樓」之稱。

進入五公祠，麗美笑著說：

「剛才在東坡書院讓你看過了吧。現代文人看古代文人，到底是你看他，還是他看你，看了足足兩個小時。五公祠供奉的是歷史人物，就讓孫小姐爲你介紹吧。」

我傻傻地笑笑。

孫小姐走近我，微微地向我點點頭說：

「所謂的五公，指的是唐代被貶來海南島的宰相李德裕，宋代愛國忠臣李綱、李光、趙鼎、劉銓。五公中，李德裕是唐代一位較有開拓思想的政治家，由於政見不同而發生『李牛之爭』，唐宣宗偏信讒言而將他貶到荊南，次貶潮州，再貶崖州，六十三歲之年卒于貶所。

李綱等四位都是宋代名臣，靖康之難後，李綱是抗金主戰派，但宋高宗聽信投降派而將他貶到澶州。李光也是抗金主戰派，結果遭秦檜陷害，先後貶來吉陽。趙鼎力主抗金，全力支持岳飛，也遭秦檜所害，貶至吉陽。胡銓則於紹興八年，冒死上書請斬秦檜等投降派，結果被貶福州，再貶吉陽。」

「謝謝妳，孫小姐。」她介紹完後，我禮貌地向她點點頭。待孫小姐走離了我們，我輕聲地對麗美說：

「我不是來參觀五公祠的，是來上歷史課。」

麗美白了我一眼，輕聲地回了我一句：

「別小看人家，海大歷史研究所的高材生。」

所有的旅遊行程，在麗美刻意地安排，以及孫小姐詳細而風趣的介紹下，我們遊覽了「萬泉河」、「東山嶺」、「牙龍灣」、「南灣猴島」，地域橫跨了「興隆縣」、「陵水縣」，而後來到海南最南端的濱海城市——「三亞」。

到了三亞市，我們參觀了那充滿著浪漫氣息的「鹿回頭公園」。麗美卻迫不及待地要帶我到「天涯海角」，我不知道此地風光有多綺麗，但「天涯海角」這四個字對我並不陌生，麗美重複地不知說過多少次。

我們來到一個沙白水清的海灘上，南面是茫茫的大海，遠遠望去，水天一色，漁舟帆影出沒其間，像似天地盡頭。或許，這就是所謂的「天涯」吧！然而，在那堆怪石嶙峋處，一塊巨大的巖石深深地刻著「海角」二個紅色的大字，也足可讓我們聯想到「天之涯」、「海之角」的由來。

距離海灘的不遠處，在高大的椰子樹下，我們坐在那碧草如茵的地上。孫小姐買來三顆新鮮的椰子，當那清涼爽口的椰汁吸進口裡時，她又以史學家的口吻講起了「天涯海角」的傳奇故事：

「在很久以前，從南方來的海賊，搶掠漁民，霸佔漁船，欺壓得漁民無家可歸，無物可食。有一天，忽然飛來一隻神鷹，在天空展開一雙巨大無比的翅膀，撤下一陣圓石，把賊船砸得粉碎，挽救了漁民。那些圓石至今仍然散亂地留在海灣的沙灘上，成了懲罰海賊的見證。後來人們在那些巨石上題刻『天涯』與『海角』，開始叫這裡爲『天涯海角』。」

孫小姐講完後，也讓我深深地體會到，不管身在任何一個旅遊點，都有它悅耳而動人的傳奇故事。

然而，百聞不如一見，面對湛藍無際的浩瀚大海，聆聽浪濤拍岸的聲響，在椰樹的蔭影下，品嚐海南新鮮的椰汁。看那一對對年輕的男男女女，從身旁走過，我指著他們說：

「麗美，我們也曾經年輕過。」

她微微地笑笑，把手伸了過來，讓我緊緊地握住。突然，她拉起了我的手站了起來，指著大海，以傷感的口吻說：

「陳先生，那就是『天涯』，這兒就是『海角』，不要忘了，在天涯，在海角，我們要互相照顧。」

我把她摟進懷裡，重新握緊她的手，然而，卻握不住溜走的時光，逝去的歲月。

10

轉眼，來到海口已廿五天了，同行的團友，或許他們已遊完了福州、泉州、廈門而回到家鄉了吧？雖然與麗美重逢值得高興，但也讓我錯失許多旅遊的機會，可是我並沒有因此而感到遺憾。看到麗美每天忙上忙下，還得陪我到處走走看看，實在也有點兒過意不去，甚至想幫點忙也插不上手，倒像是一條寄生蟲，寄生在這豪華的酒店裡，吃、喝、玩、樂！

從「天涯海角」回來後，我告訴麗美不去「通什」、也不到「文昌」。

「爲什麼呢？你不是一直想到通什看看『苗族』『黎寨』嗎？喝了『孔宋家酒』不到「文昌」看看宋美齡的祖居，你可別後悔。」她用警告的語氣說。

「台胞證三十天的觀光期限快到了，以後再去吧！」我低聲地說。

「三十天的觀光期限？」她重複我的語調，疑惑地說：「你有沒有搞錯？」她白了我一眼，順手拿起電話：「商務中心，請查一下台胞觀光簽證一期幾天？」

我清晰地聽到，對方回答是九十天。

「陳先生，你都聽見了吧？是不是海南沒有你留戀的地方？還是有人虧待了你？金門一別就是廿幾年，你只不過住了廿幾天，這幾天當中我們談的只是從前和現在，難道不該談談未來？」她不悅地說。

「未來？」我重複著，內心卻充滿難以言喻的苦楚。

「那年我們認識時，只不過是廿幾歲；今天再重逢，無情的時光卻往前推進了廿幾年。陳先生，人生還有幾個十年廿年？難道你一點也不珍惜嗎？」她高聲地說。

我無言地聆聽她的訓示，不知道要如何向她解釋才好。

「麗美，我必須先回金門一趟，把一些瑣事處理好再回來。」我試著向她解釋。

她久久的沉思，終於說：

「也好。陳先生，不要忘了我們的幸福完全掌握在你的手中。海南的事業不僅是我的事業，也是你的事業，海麗的乖巧你可以看得出來，她身分證上空白的『父』欄裡，正等待著你的名字來填補。」

我神情凝重地點點頭。不錯，在短暫的人生旅途中，彷彿就在昨晚的睡夢裡，更像大海裡的波浪，一波過去又一波，從不為人類留下任何痕跡。可憐的人類，不管你享盡榮華富貴，或是沿街行乞，屆時；黃土覆蓋的只是白骨一堆，還能計較什麼？又能企求什麼？

麗美請商務中心為我訂了八月八日中國南方航空公司上午十點，由海口飛往香港的班機，然後轉華航下午一點廿分由香港飛桃園中正機場，每一段行程她都細心地為我計算著；轉機時不必等太久，回到台北天色也不會太晚。她的深情，數學上任何公式都無法計算出正確的答案，而必須用我們的兩顆心才能解題。

距離回鄉的日子漸漸近了，五十餘年的鄉土情懷，我並沒有被甜蜜的日子所蒙蔽。

雖然離開它只短短的廿幾天，一份思鄉的情愁卻油然而生，或許，「月」眞的是故鄉圓，「水」也是故鄉甜。

麗美爲我打點了一切，還買了海南名產：咖啡、胡椒、椰子糖要我帶回送朋友，並由商務中心辦理托運，在中正機場提貨。

「給你一個月的時間總夠了吧？回來時什麼都不必帶，但你那些寶貝書除外。」她再三地叮嚀和交代。

「謝謝妳，麗美，這些年來環境把妳磨練得更堅強，更有見解，處處爲別人設想。」我由衷地說。

「少跟我來這一套！」她白了我一眼，一絲得意的微笑同時從她的唇角掠過。而後繼續地說：「九月廿九號我到香港接你，我們先逛逛「海洋公園」，嚐嚐「東方明珠」船上的海鮮。然後轉北京看十月一號天安門廣場的閱兵。長城、故宮、天壇、北海公園、明十三陵都是我們的重點行程。」

「妳那來那麼多時間呀？」我有點懷疑。

「放心，我自有安排。遊完北京，我們到武漢看黃鶴樓、到長江看三峽、到桂林看山水、到重慶看山城、到廈門看金門。」她嚴肅而認眞地說。

我輕輕地點點頭，內心卻交織著幸福與痛苦的抉擇。在茫茫人海裡，在這變幻無常的社會裡，我該選擇什麼？一年的中學教育，滿頭蒼蒼白髮，老人的斑紋已在臉上自然地衍生著。難道我該重新讀書，取得傲人的學歷。把髮絲染黑，用虛僞來遮掩一切；用先進的美容劑，把老人斑漂白。才能立足在海南這個現實的社會，才能與麗美美麗的容顏相搭配。險惡的人類啊！你們不是口口聲聲喊著要改革這個不良的社會，要建立一個祥和和完美的社會，爲什麼無法取下人類勢利的雙眼？爲什麼？爲什麼？

11

懷抱著返鄉的興奮心情，但也有幾分離愁。

一早麗美就來幫我收拾行李，所有的舊衣物都不能帶回，竟連旅行袋也換成新的。刻意地把我打扮成上流社會裡的紳士，缺少的可能只剩煙斗和雪茄，任憑你滿腦的四書五經，也抵不過一條繫在頸上的領帶。我能說什麼？能拒絕什麼？只能默默地承受那生命中不可缺少的情誼。

「信封裡裝的是二仟美金，任何銀行都可兌換，也夠你回來的費用。台北飛香港的班次很多，訂好票打電話給我，到時我會到啓德機場接你。」

「麗美，我身上還有錢呀！」我順手取出信封袋，想退回給她。

「我倒要看看你把我當成誰呀！我的安排可能讓你不滿意，但對不起；陳先生，不滿意也得接受，知道嗎？」她重重地拍拍我的肩，笑著說。

服務生把我簡單的行李提到大堂，麗美挽著我，原先掛在脣角上的那絲笑容也不見了，難道眞的「是離愁別有一番滋味在心頭」嗎？

來到大堂，海麗走近了我，雙手放在背後，神祕兮兮地問我：

「陳叔叔，你知道今天是什麼日子嗎？」

「今天是叔叔返鄉的日子。」我笑著說。

「錯。」她搖搖手說：「今天是八月八號也是八八父親節，陳叔叔，祝您父親節快樂。」說完後，她把預先準備好的乙份禮物雙手呈獻給我。

「謝謝妳，海麗，我做夢也沒想到。」我由衷地感激著。

「小丫頭，什麼時候把西洋那套玩意兒學來了。」麗美笑著說。

我在商務中心與辦公室裡，一一向職工們道聲謝謝，說聲再見，海麗卻催促我上車。

「謝謝妳，海麗，叔叔也跟妳說聲再見。」我向她揮揮手。

她雙眼緊緊地凝視著我，眼眶終於紅了。而後靠近了我一步，低聲地說：「別忘了，九月廿九號媽媽在香港等你。」一滴淚水終於滾落在她俏麗的臉龐。

我微微地向她點點頭，麗美拉著我的手，悶不吭聲地進入車內，路旁高大的椰子樹，依舊搖曳著翠綠的長葉，海南的天空依舊湛藍。或許，此時無聲勝有聲。

進入候機室，孫小姐已替我辦好登機的各項手續。距離起飛的時間已不遠。麗美的眼眶已紅，她低聲地對我說：

「命運要我們自己來開創，幸福卻掌握在你手中，人生再也沒有幾個十年廿年可等待。請你不要忘了，你是我心中永恆的陳先生，九月廿九香港見，我們將展開邁向幸福人生的另一個旅程！」

我含淚地向她揮揮手，逕自走向證照查驗台，中國南方航空公司飛往香港的班機已在停機坪上等候，我緩緩地踏上登機的台階。回頭一看，那斗大的「海口」兩字中間依然飄著五星旗。剛才湛藍的天空現在卻烏雲密佈，難道我甘心在這烏雲下做條寄生蟲？我解開繫在頸上的領帶，虛僞的假紳士不是我該追求的，榮華富貴只不過是繚繞的雲煙，來得快，去得也快。我將在這佈滿荊棘的人生旅途裡，繼續我孤單的行程。

再見，海南島。

海南島，再見。

一九九六年作品。選自《再見海南島，海南島再見》

海南寄來滿地情

一九九六年初冬的一個晌午，遠航的班機因受氣候的影響而延誤了航次，那幾份賴以維生的「零售報」也因而遲到。和往常一樣，我搬了一張小椅子，坐在騎樓下，把分開印行的「副刊」，一份份地夾在「正刊」裡面。

一個上了年紀的老年人，難免會手腳遲鈍、腦力減退，這種自然老化的現象，似乎沒有什麼好驚訝的；倘使要怪，就怪這無情的歲月吧。尤其是一個孤單的老人，既無萬貫家財可防老，復無一技之長可謀生，依靠的是擺在騎樓下的小小書報攤，自個兒省吃儉用，倒也勉可維生。唯一感到安慰的是在這個知識爆炸的時代裡，能多看些書報雜誌，吸收一點新知識，何嘗不是心靈上最大的慰藉。周夢蝶先生能在武昌街的書報攤上寫詩，而我呢？那份對文學的狂熱也隨著時光的消逝而逐漸減溫。看多了；寫少了，無形中就暴露出眼高手低的窘態，想重新回復到爾時那段燦爛的時光，已是不能與不可能。

夾好《中國時報》，我把它平放在架子上，突然一部郵車停在門口，郵差緩緩地走近我身旁，拿著一份快遞郵件要我簽收，寄件人是臺北「長春旅行社」。這家旅行社彷彿很眼熟，我突然想起那是去年到海南島旅遊，負責安排行程與領隊的旅行社。或許，寄來的可能是一些攬客的旅遊廣告吧，我不在意地把它擺在一邊，逕行地工作著。況且，我已沒有多餘的款項再出去旅遊，去年一趟海南行，已花掉大半生的儲蓄。雖然，回程時麗美給了我二千元美金，但這筆錢是要做爲我回海南的旅費，並非我以勞力賺取的，豈能任意地動用它。

夾完《聯合報》，突然；我對那份快遞郵件起了很大的疑問，如果是單純的旅遊廣告，何必多花十幾倍的郵資用快遞郵件交寄？我顧不了散落一地而尚未夾好的報紙，撕開封口取出那疊厚厚的紙製品，當「海麗酒店」的專用信套出現在我眼前時，讓我感到十分的訝異。封套上用迴紋針別了一張小紙條，上面清晰地寫著：

陳先生：

代轉海南省海口市「海麗酒店」王總經理大札乙封，敬請查收，並請逕與王總連繫。

臺北長春旅行社業務部

一九九六年十一月廿日

我神情凝重地取下那枚別著便條紙的迴紋針，迫切地想看看厚厚的信套裡裝的是什麼，然而，我的手卻不停地顫抖，想急速地打開封口竟是那麼地難。我深吸了一口氣，定下忐忑不安的心，顫抖著手，一分一釐慢慢地把它撕開。當我取出信箋時，那一個個清麗娟秀的字跡，對我來說竟是那麼地熟悉。而每一字，就像一個個細胞在我體內繁衍著；每句話，就像一滴滴鮮血，不停地在我心靈深處奔流著……。

在箋上，她寫著——

陳先生：

如果說「一日不見，如隔三秋」，海南一別已記不清是我們生命中的第幾個秋天了？日前，臺北友人寄來你在報上發表的大作——〈再見海南島，海南島再見〉的剪報，廿餘年接觸到的是簡體字，繁體字讀來倍感吃力。然而，看完後，我奪眶而出的淚水不是感情的脆弱而是眞情的流露。我已不能自己，緊握住十二篇剪報，把自己深鎖在十五樓你曾住過的貴賓套房裡。自你返金後，我已把這間套房關閉不對外營業。你從金門穿來的衣服鞋襪仍然存放在衣櫥裡，破舊的旅行袋依然擺在矮櫃上，你看過的《海南日報》

整齊地疊放在書桌旁，我要以我的誠心眞意等著你回來。

數年來在我內心銘刻的，自始至終只有你的身影，廿餘年前中斷的音信，此時是否又將重演，難道你還在怪我——一個歷盡滄桑的女人。儘管歲月無情、世事難料，但我依稀記得那個留著小平頭，穿著卡其制服，腋下夾著紅色卷宗的俊俏青年。如果我沒猜錯，或許是他平生第一次進入侍應生房間吧。那時我笑在心裡，一個純樸的小男生，他能在這些歷盡滄桑的侍應生房裡，檢查出什麼東西。而你卻一絲不苟、有條不紊，以親切的語氣來詢問、來瞭解你所經管的業務，教我不心服也難。尤其當我們相識相知時，你並沒有心存玩弄和欺騙，始終以一顆眞誠的心來待我，讓我受到前所未有的禮遇和尊重。

尤其在那個戒嚴軍管時期的封閉年代，在民風純樸的金門島上，有誰能容忍一位純潔的青年與滿身汙穢的神女交往？我深知你內心承受著一股無名的壓力，但你並不計一切毀譽，依然誠心誠意，自然自在地和我在一起。我們沒有相互利用，不講利害關係，有的是以心交心、坦誠面對！

過去的，似乎都被你講完了，我沒有重複的必要。短短二十餘天的相處，我更堅信你有清高的人格，以及傲人的文人風骨，不貪、不圖、不求什麼，令人倍感敬佩。尤其在海南這個現實而充滿著色情與暴力的社會，你的中規中矩反映出這裡的膚淺和人們的無知。也讓我想起六〇年代日本鬼子以戰後暴發户的姿態到臺灣買春，在北投花天酒地當散財童子，儼然像上流社會的富豪，其實這是他們卑劣下賤的人格在發酵，總有一天，會受到上天的譴責和報應。

現在的海南也類似以前的北投；自從開放爲經濟特區後，遊客從四面八方湧來，內地的女子也相繼地來這裡淘金，她們出賣靈肉換取金錢、追求虛榮。這個地方已逐漸成爲男人的天堂，青年朋友的樂園，怎不教人難過與憂心。

或許，我的一番心意，已遭受你的誤解，並非想把你妝扮成上流社會的紳士，也不忍心讓你在這裡做條寄生蟲，而是冀望你能提起精神，跟上時代潮流，過著有尊嚴、有意義的現時代生活，以便喚回我們失去的春天。況且，海南的事業也是我們共同的事業，你的投入，勢必能減輕我肩負的重擔。

以你的苦學實幹，以及對工作的熱忱，不只是海麗酒店需要你，我王麗美更需要你，而你那堅持己見的個性，卻是我心中永遠的悲痛。廿餘年的孤軍奮鬥，我已心身俱疲，往肚裡吞的淚水又有誰能看得見？而你此時所思所想，已與爾時不盡相同，是什麼毒素腐蝕你的腦力、改變你的想法？難道是那無情的歲月、逝去的青春年華。

不錯，你不願看見五星旗下的海口，你的愛國情操我理解，我始終未曾遺忘在中華民國的臺灣省出生受教育，只是時代已變，大環境也變了，兩地只有一個共同的信念——同是炎黃子孫，其他的都是政治上的紛爭，輪不到我們這些平民百姓來談論或憂心。

此刻，海口正下著雨。雨在你的筆下能幻化成華麗的篇章，而我卻不能。誠然蔚藍的天空有烏雲密佈的時候，雨也有停的一刻，宇宙的變化即使無窮盡，但我必須眞摯而坦誠地告訴你，王麗美的心是永遠不變的，如果沒有那份眞心實情，相逢何必相思，相思又何必相憐惜。

今天，我們不知該相信緣分還是命運，儘管在我們體內奔流的已不再是年輕時的熱血，但在短暫的人生旅途裡，我們必須相互扶持和照顧。別忘了我的前半生是在悲傷痛苦的日子渡過，難道老天忍心再讓我後半生的幸福成空？或許，我的安排不盡你意，但何不把你心中的眞言實語坦然地相告，我願意爲我們的幸福遷就一切，你不認爲逃避現實不是解決問題的妥善辦法嗎？

並非我往自己臉上貼金，王麗美若要嫁人的話，隨時都有人要。然而，我沒有，廿年前曾許下諾言要把一個完美的我交給你，不管環境如何變遷，都無法改變我的初衷。也只有你才是我最忠實的依靠，才能給我永恆的幸福！

短短廿幾天的相處，我深深地覺得，你高興的只是踏上故國河山的土地，以及我們的重逢，並沒有眞正的快樂。惟有頓足停留最久的「東坡書院」才是你的最愛；你集中精神投入在所有的碑石中，忘了自我的存在。或許，那天才是你最興奮、最愜意的一天。可是你卻忘了海南是一個文風鼎盛的地方，還有「瓊台書院」、「文昌孔廟」、「邱浚故居」、「張逸雲紀念館」、「海瑞墓」、「定安古城」……，正等待著你去遊覽呢！

從「三亞」回來，你堅持不到「文昌」，我心裡已有數，以你對文學的熱衷，相對地也會關心近代的名人文物，你情願放棄一覽宋美齡的祖居。你的愛鄉情懷、思鄉情愁，似乎已遠超對我的愛。而我能說些什麼呢？想留你，除了留住你的人外，也必須留住你的心。

從九月廿五日起，我再三地交代商務中心廿四小時輪值，不願錯過任何一通你打來的電話。有什麼變化，總得告訴我一聲。然而，你沒有，你的擇善固執，讓我又恨又傷心。上天總是這樣愚弄人，爲什麼要讓我們再相見、再重逢？爲什麼要再次地激起我們心湖中的漣漪，讓我們的心永遠不能平靜？十萬個爲什麼，竟然連一個爲什麼，都無法獲取圓滿的答案。內心除了悲傷痛苦外，更有一份前所未有的無力感和失落感。

海麗總是不解地問：

「媽媽，陳叔叔是不是不喜歡我們？」

「不會的，海麗。」

「那他不是答應媽媽在香港見面，爲什麼失約呢？」

「他還沒有想通。」

孩子迷惑不解地搖搖頭，而我能向她說什麼，解釋什麼。是的，你還沒有想通；是現在沒有想通，還是永遠永遠都想不通！

既然你沒有重回海南的意願，我曾經想過要回金門。經過商務中心查詢的結果，目前開放的只是單方面的觀光旅遊，探親必須是一等親。而在金門，誰又是我的一等親呢？我也曾經想過，要把海南的事業轉移在海麗的名下，把户籍遷到香港或澳門，然後就可以自由進出臺灣、金門。可是律師告訴我，轉移必須辦理「贈與」，依「中國」的法律要扣繳一筆爲數可觀的「贈與稅」。左思右想總讓我悵然不知所措。律師安慰我說，隨著兩岸開放的腳步，或許不久即可相互往來，我只有衷心地期盼這一天的到來了。

倘若你此時此刻能回到我身邊，那不知該有多好。儘管我再三地重複這句話，然我深知在短時間是不可能實現的。如果你還愛我，還懷念我們的過去，爲什麼不肯聽我一次，不要心存悲觀，要珍惜現在，讓我們共同擁抱這個美麗的新世界，建立一個快樂、幸福、美滿的家庭。屆時，我會把你的生活起居安排得讓你完全滿意爲止。在雨天，我甘心爲你撐傘；在夜裡，我情願爲你提燈。

假如你依然堅持己見，不改變你的想法，雖然，你向海南島說再見，但並沒有說不見我王麗美。因而，我肯定；更深信你不是一個無情無義的金門人。

即使此時此刻不能相見，今年明年不能相逢，而我想見你的心已堅，思念的情懷依舊在，無論在海南、在金門，在天涯、在海角，

——你是我心中永恆的陳先生！

麗美

一九九六年十一月十日於海口

看完麗美的信，那一張張盈滿著深情的信箋已從我的手中滑落在地上，淚水也情不自禁地爬滿我多皺的面龐。我淒然地搖搖頭，是她的癡情；還是我的無情，歲月並沒有給我一個滿意的答覆。此刻，我心中承受的何止是千斤萬擔，廿餘年的情緣，是剪不斷還是理還亂？無情的時光已輾過我們金色的青春年華，她眞能遠離海南那盞閃爍耀眼的霓虹燈，放棄上流社會尊貴的頭銜和丰采，忍受寂寞和我共同生活在許白灣那片草地上，養上一群牛羊和雞鴨，過著與世無爭的人生歲月？

或許，我是不該對她的感情生疑的，人生又有幾個十年二十年，海麗己長成，麗美肩挑的重擔理應由她來分擔。在有限的人生歲月裡，且讓我們相互扶持、相互依靠吧！然而，我必須坦誠地告訴她，不管故國河山變不變色，重回海南非我所願，我將在這祥和、敦厚、純樸的金門島上等著她。

直到——地老，天荒！

一九九六年作品。選自《再見海南島　海南島再見》

離島特約茶室業務檢查

在副主任王將軍的領隊下，我會同主計處、政三組等相關人員，搭乘「武昌一號」的專船來到烈嶼，針對守備區所屬的營站、電影院、物資托運站，以及金防部直屬的東林、青岐、后宅等特約茶室，做例行性的督導檢查。

副主任由守備區政戰部主任陪同，在文康中心主持政戰幹部座談，並沒有與我們同行。在業務上雖然必須會同主計和政三，但所有的檢查項目和範圍，全由政五組來主導，承辦單位邀請他們共同參與，只不過是相互尊重、共同背書，替長官負責。

在守備區政二科派車的支援下，我們以整個上午的時間看完所屬單位的會計報表與瞭解一些業務狀況。整體而言，大過錯沒有，小缺點卻一大堆，這也是軍中福利業務常見的缺失，但我們必須一一作成紀錄，飭其檢討改進。

中午，守備區師長和主任陪同我們在虎風山莊進餐，面對如此的場景，可說不計其數。雖然滿桌佳餚，但將軍食量少、又不苟言笑，這頓飯吃來是倍感難過。將軍喝完最後一口湯，放下筷子要我們慢吃，儘管肚子尚未填飽，眼睛還盯著桌上的菜餚，卻也不得不放下碗筷跟著起身。

特約茶室是較複雜的單位，在體制上雖然由福利中心督導，實際上許多命令都由主管是項業務的政五組直接下達。無論例行檢查或突擊檢查，並不必事先知會福利中心，只要經過副主任批准，就可代表司令官去執行。

依我數年來承辦福利業務的經驗，離島茶室所發生的弊端遠較本島爲高，因爲它距離督導和管理單位遠，直屬的又是金防部，守備區、鄉公所都管不到他們。茶室的管理主任，就猶如是一家之長，從管理員、售票員、工友和侍應生，都必須聽從他一人的指揮。一些品德較差的管理主任，白吃、白喝不打緊，要侍應生免費陪他過夜的情事時有所聞。而可憐的侍應生則是敢怒不敢言，往往都是吃虧了事，對那些爲所欲爲、爲非作歹的老色魔，也無可奈何。

我們先到位於西宅村郊的東林茶室，它有員工六人，侍應生十餘人，大部分都是年輕而面貌較佳者，屬於乙級茶室。管理主任是中校營長退伍的程在學，他雖然單身，但品德操守不在話下，帳目清楚、待人誠懇，對侍應生也照顧有加。然而，基於職責所在，我不得不詢問售票員：

「程主任買過你們小姐的票嗎？」

「有。」售票員簡潔地答。

「他買的是什麼票？」

「晚上的加班票。」

「有沒有固定找那一位小姐？」

「沒有，」售票員據實地說：「他通常會選年紀大一點的。」

依規定，無眷的員工可以買夜間九點以後的加班票，票價是軍官票的二倍。我從提包內取出那本厚重的侍應生簡歷冊，找出幾位年紀較大的加以查證，結果是與售票員說的相吻合，並沒有白吃、白嫖等不法情事，對於如此的管理幹部，我們是更加放心了。

繼而地，我們來到小島北半邊的后宅茶室，依我們的分類，它是屬於丙級茶室，員工僅四人，侍應生六人，管理主任是上尉退伍的黃成武。他原本是山外茶室的管理員，平常的表現並不盡如人意，但他卻是前任副司令官的老部屬，組長不得不勉爲其難，交代要調整他的職務。然而，來到后宅已半年了，竟連簡單的月報表也狀況百出，時而政四組也有不利於他的反映資料送到組裡，雖然轉由福利中心查處，但始終不見福利中心的覆文。趁著此次的督導檢查，我已理出幾點重要的案情，將一一加以求證和釐清。

坦白說，后宅茶室地勢高低起伏，交通不便，如果純以商業立場來考量，似乎不可能在這個小小的區域另設茶室。它每月的人事與業務費用就高達萬餘元，如果以它的營業狀況來分析，實際的盈餘並不多，但爲了服務官兵，爲了替駐守在這裡的將士解決性的需求，從未去計較它的盈虧。

黃成武見我們一行人，除了倒茶遞煙、鞠躬哈腰外，並誇讚他們茶室裡的侍應生，個個待人誠懇、服務親切、功夫一流。他那小丑般的舉動和低級的語言，讓我感到噁心。我支開他，逕自走進餐廳，圓形的餐桌上滿佈著一層油污，低矮的櫃子裡散發出一股腥味，裡面擺滿著尚未吃完的魚肉罐頭和豆腐乳。恰巧，一位侍應生走進來，她驚訝地看了我一眼。

「小姐，我能和妳談談、問妳幾個問題嗎？」我禮貌地向她點點頭說。

「你是金防部來的？」她瞄了一下我胸前配掛的職員證，卻難掩臉上的滄桑。

「是的，」我解釋著，「是督導福利單位的金防部政五組。」

「那正好，」她蒼白的臉上浮起一絲喜悅，低聲地說：「你能不能把我們那個爛主任調走？」

「爲什麼？」我假裝不解地問。

「難道你們上級單位沒看到他那副嘴臉，還是官官相護，包庇著他？」她收起了臉上的笑容，不悅地說。

「只要有具體的證據，我們一定依法嚴辦。」

「聽說他的後台很硬，你們辦得了他嗎？」

「長官最痛恨的就是這些知法犯法、爲非作歹的人，」我提出保證，「一旦查證屬實，絕對嚴辦！」

「你看看，」她突然站起，打開櫃子，「上級每個月發給我們三百元副食費，他給我們吃的是什麼，連點油水都沒有，比豬吃的還不如。」她氣憤地說：「我們幹這種工作，吃不飽、沒營養，體力不足能賣票、能賺錢嗎？每位小姐都是自備罐頭或小菜才能下飯。更離譜的是，買一張票，要糟蹋我們整個晚上，喝起酒來更像瘋子似的，要我們變換姿勢做獸交，如有不從，就威脅要把我們遣送回台灣去！」她愈說愈生氣，「經常在晚上，還會約些不三不四的朋友在這裡飲酒作樂，不僅要我們相陪伴，還當眾毛手毛腳，吃免費豆腐，不把我們當人看。不信，你可以去問問其他人！」

我神情凝重地點點頭，而後說：「這些事情妳們有沒有向總室反映過？」

「二號林美霞曾經向總室的副經理報告過，不但沒有效，還被調到大膽去。」她說後，竟有點兒懼怕地，「你可不能說是我說的，要不然我就慘了！」

「妳放心，」我提出保證，「如果查證屬實，絕對會給妳們一個合理的交代。」

我依她所述做了詳細的紀錄，並從售票員、工友、炊事以及其他侍應生處一一加以查證。起初他們都吞吞吐吐不敢實言，經我再三地勸說，他們才在紀錄上簽名作證。證據已如此齊全，黃成武的惡形惡狀亦已原形畢露，再高的靠山，或許已保不住他這個管理主任的位子，依我的權責，我敢向后宅茶室的員工做如此的保證。

青歧茶室在島上的南端，它是一棟一落四櫸頭的民房，原屋主僑居南洋，由茶室編列預算，每月以三百元租金向代管人租用。屋內經過一番整修和改建，始勉強容納六位侍應生和四位員工，但它每月的營業額卻與后宅相差無幾。管理主任是上尉退役的張逸軒，他爲人忠厚樸實，國學造詣很深，談吐文雅風趣，寫得一手好字，尤其書法更是蒼勁有力。車在古厝的門口埕停下，遠遠我們就看到一副陳舊而有趣的對聯：

金門廈門門對門
大炮小炮炮打炮

如果我沒猜錯，這副字意傳神的趣聯，絕對是出自張逸軒的手筆。看完一些例行的報表以及核對部分資料後，我又訪談了幾位侍應生，她們對於張逸軒的爲人都給予高度的肯定，但對售票員不按順序售票卻稍有微辭。這些小問題我並沒有做成紀錄，只私下提醒張逸軒主任注意改善，但也依權責提出警告：倘若售票員售票時不依常規輪流，任由他與侍應生利益交換，一經查覺絕不寬貸。

我們並沒有在青歧停留太久，在回程的船上，我腦裡浮現的全是那些歷盡滄桑的侍應生的影子。她們並非是天生的軍妓，依我長期所做的探訪和瞭解，大部分都是家庭因素，讓她們承受心靈與肉體的雙重苦痛。當然，有些侍應生也會隱瞞事實的眞相，不願輕易地談起自身的遭遇。在一百六十餘位侍應生裡，或許每人都有一個不欲人知的淒涼故事，又有誰能覺察到其中的辛酸？或許只有她們自己清楚。當她們遠離家人，來到這個小島上討生活時，人性的尊嚴已蕩然無存，她們亦已深知：客人花錢買票是爲了要從她們身上得到某一方面的快感，她們只是一種幫助男人洩慾的工具而已。但萬萬沒想到，有些管理幹部根本不把她們當人看，后宅茶室只不過是冰山一角，獸性如黃成武者大有人在，無論特約茶室的管理辦法訂定得如何嚴格，依然不能把那些敗類除盡，依然不能杜絕那些屢見不鮮的弊端，這似乎是我們必須詳加檢討的地方。

二〇〇四年作品。摘錄自《日落馬山》第三章

安歧機動茶室之設立

奉總統指示，規劃長達六年的慈湖築堤工程已然成熟，並決定於近期施工，由駐軍的黃河部隊負責所有工程，將興建一條長五百五十公尺，高八公尺的海堤。一旦竣工，除了防堵敵軍的船隻入侵外，又可增加海埔新生地七十餘公頃，蓄水量一百二十餘萬立方公尺，無論國防或民生，都有其不可輕忽之價值。

黃河部隊選派屬下的一個旅，專門負責是項工程。巧而，該旅政戰處長曾經擔任過政五組中校參謀官，對組裡的福利、康樂和慰勞慰問業務相當熟悉，在政戰會報裡，針對慈湖築堤工程，官兵不眠不休、日夜趕工的辛勞，提出數點建言：

一、請在工地附近設立機動茶室，以解決施工官兵性的需求。

二、請派藝工團隊蒞臨工地演出，以紓解官兵身心上的疲勞和壓力。

三、請派遣免稅福利品專車，每天固定到工地巡迴服務，以方便官兵選購。

以上三點建議，主任當場裁決由政五組從速辦理，不得有誤。而三項中的二項，均屬福利部門的業務，派遣免稅福利品巡迴服務專車，馬上就可進行，機動茶室的設立確讓我傷透腦筋。雖然侍應生的調派不成問題，但最現實的問題卻是房舍，總不能像施工官兵在野外紮營，搭一間帆布帳棚就可營業。

經與福利中心和金城總室密切地研商，唯一可行的辦法就是就近租用民房，方能爭取最高的時效。於是我們數度走訪距離施工官兵紮營最近的村落，最後選擇安歧村一棟無人居住的民房。然而，在民情純樸、民風保守的金門，屋主聽說是要做爲機動茶室的處所，馬上推翻原先的承諾，堅決地反對把房屋租給茶室，我們又陷入一個充滿變數的困境裡。於是我們運用各種關係，提高租金，並透過地方官員加以遊說，最後總算簽立一年的承租合約，讓大家都鬆了一口氣。

雖然找到了房子，但破損的門窗要整修，斑剝的牆壁要粉刷，總室搬來的舊床鋪必須補強，還要自備一部小型發電機以方便夜間營業之用，的的確確是千頭萬緒，被搞得人仰馬翻，疲憊不堪。

好不容易一切就緒，金城總室雖然從各分室臨時調來四位侍應生，但偏偏來了四位既老又醜的老侍應生，那些勞苦功高的施工官兵看了也要反彈三尺，那有性慾可言。

尤其對那些二十來歲的充員戰士來說，誠然做不了他們的媽，做他們的姐總綽綽有餘。因此，幾天下來，幾乎是門可羅雀，四人售出的票數，遠不如庵前茶室一位侍應生一天的售票量。長官雖然肯定我們的工作效力，對總室調來這幾位「老美人」卻也有些微辭。

我已洞察到長官的心意，措詞強硬地要金城總室馬上調派庵前茶室軍官部新進的兩名侍應生，以及總室軍官部票房最高的侍應生二人，從速到安歧換班。相信以軍官部的侍應生來服務這些爲國辛勞的將士們，一定能讓他們感到滿意，方不致於辜負長官關懷他們的一番苦心。

數百位官兵日夜輪流趕工，輪休的官兵也能暫時獲得精神上的慰藉，藝工隊適時來演出，購買免稅福利品的弟兄絡繹不絕，安歧機動茶室的售票處官不讓士，士不讓兵，排隊等買票。從他們古銅色的皮膚，看不出有那位官兵因此而臉紅，當他們從侍應生房裡走出來的那一刻，更見不到一絲兒倦意，每個人的臉上都充滿著喜悅的笑容。

那天，主任代表司令官犒賞施工部隊五萬元加菜金，三條屠宰過的大肥豬，以及每人一件由婦聯會送的三槍牌棉毛衫，並要求藝工隊搭建臨時舞台，以全新節目做大型的演出。

部隊指揮官也同時宣布，上午十點到下午一點五十分集體在營休假，除了觀賞藝工團隊的表演外，中午加菜會餐，二點恢復施工。主任並與全體官兵一同觀賞，同進午餐。

藝工隊所有隊員也獲邀與全體官兵共餐，幾位較活躍的女隊員在隊長的領軍下，分別穿梭在每一個角落，以茶代酒向每一桌官兵致上最虔誠的敬意，也陪同這些勞苦功高的將士，共進此生難忘的午餐。

因爲業務上的關係，我和組裡承辦慰勞慰問的王中校，以及主任的侍從官，也有幸在這片臨時搭建的帳棚下與他們共享。

克難的餐桌上擺著「梅干扣肉」、「紅燒獅子頭」、「炒三鮮」、「紅燒魚」以及滿滿的一盆「大鍋菜」，另加一瓶「紅露酒」，二瓶「口樂汽水」。八個人坐在低矮的板凳上圍成一桌，而在這八人之中卻插了一朵花，不歪不斜地坐在我的旁邊，她就是藝工隊那位唱「一朵小花」的王蘭芬。

王蘭芬個兒不高，看來也有點瘦弱，但她卻有一張清麗可愛的臉龐，唱起「一朵小花」那種高亢悅人的音色，以及優雅的氣質和神韻，可說無人能出其右。但不知是聽多了，還是聽厭了？儘管她們一票女生，經常到組裡找康樂官，彼此之間也頗爲熟識，然而我並沒有特別去注意她們其中的任何一人。

坦白說，和這些女生打交道，只有增加困擾，休想得到什麼便宜。但一些老參謀卻有不一樣的想法，幾口迷湯下肚後，常被她們耍得團團轉。乾爹、乾女兒，乾哥、乾妹妹，到處可聽、可見，而後任由她們需索和使喚，這似乎也是藝工隊另一種特色和文化，我們又何必替她們擔憂。

每桌一瓶紅露酒是醉不倒人的，它只不過是增加會餐時一點歡樂的氣氛。鄰桌相繼地傳來猜酒拳的聲音，從「一枝嘖嘖，二個相好」到「三星高照，四季發財」，每一位官兵幾乎都把疲倦拋棄在腦後，把歡樂帶到餐桌上，彼此藉著這個難得的機會，邊吃邊聊或開開無傷大雅的玩笑。

「王蘭芬，」侍從官爲她倒了些汽水，笑著說：「妳應該先敬敬王中校。」

「王中校……」王蘭芬舉起杯，還沒說完。

「什麼王中校，」我搶著說：「叫乾爹才對。」

「你老弟別胡扯好不好，」王中校笑得合不攏嘴，「我那來的福氣，有這麼一位漂亮的乾女兒。」

「王蘭芬，別管那麼多了，先叫乾爹再說。」我催促著說。

「原來三百年前還是同一家呢，」侍從官也幫起了腔，「當然要叫乾爹。」

「你們別耍寶好不好，」王中校笑紅了臉，對著我說：「我那有這個福份。」

「是你自願放棄的，可不能怪我喔。」我提出警告，而後對著王蘭芬說：「既然王中校沒有這個意願，妳就叫我乾爹好了。」

「什麼？」王蘭芬紅著臉，驚叫了一聲，順手搥了我一下，「你今年幾歲？」

「歲數不是理由啦，」我笑著說：「妳們藝工隊的女生，不是挺喜歡做人家的乾女兒嗎？光政一組的何中校就收了二、三個。」

「可不是，」侍從官說：「何中校身上的油水都快給搾乾了，那層皮也任由她們慢慢地剝，總有一天那幾根老骨頭也保不住了。」

「我可沒有那麼沒格調，」她有些兒不悅地辯解著說：「我到現在連一個乾爹也沒有，你們別冤枉人好不好。」

「開玩笑啦，妳千萬別見怪。」我趕緊打圓場，順手夾了一片扣肉放進她的碗裡，「吃一塊肥肉，快一點長大好嫁人。」

「別以爲你才是大人，」她不甘示弱地，「如果你繼續辦特約茶室的業務，當心會討不到老婆。」

「爲什麼？」我不解地問。

「誰不知道你經常往特約茶室跑，」她伸了一下舌頭，「做些什麼事，誰知道？」

「這點妳就有所不知啦，」王中校替我辯解著，「人家可是規規矩矩的在辦事。」

「近水樓台先得月嘛！」王蘭芬笑著，「說不定陳大哥已經從裡面找好了對象。」

「妳別愈扯愈遠，」我不悅地，「假如眞的娶一位侍應生回家，不被老爸活活打死，也會被趕出家門。」

「開玩笑啦，」王蘭芬陪著笑臉，「我知道你的爲人。」

「我敢保證，」侍從官肯定地，「如果陳大哥把妳王蘭芬娶回家，一定會受到陳家二老的歡迎。」

「你可別亂說，」王蘭芬收起了笑容，「我可高攀不上，也沒有那種福份。」而後轉向我，「陳大哥，你說是不是？」

「小花永遠不會開在我家的粉牆下，」我開玩笑地，「也不會有人願意陪著我，騎著白馬去到那山上的古樹下。」

「這不就是王蘭芬的招牌歌嗎？」王中校說：「你怎麼記得那麼清楚？」

「豈止清楚，幾乎可以倒背如流。」我說。

「王蘭芬就是靠『一朵小花』唱遍天下的，」侍從官笑著，「除了這首歌外，我沒有聽她演唱過其他歌曲。」

「我也有如此的同感。」我呼應著。

「你們別看扁我，」王蘭芬雖然有些兒不悅，但卻信心滿滿，「我會唱的歌可多著呢！」

「空口無憑，」我消遣她，「如果眞有本事的話，不妨現在秀幾首讓大家聽聽。」

「你去問問我們隊長，只要他准許的話，我馬上站在人群中唱十首，好讓你們心服口服。」她有些兒激動地。

我們被說得啞口無言，原先歡愉的氣氛此刻卻有點僵。

彼此間沉默了一會，突然，王蘭芬問我說：「陳大哥，吃過飯後，你可不可以帶我到安歧茶室參觀參觀？」

「我是沒有這份勇氣的，況且，安歧茶室也沒有什麼可供參觀的地方。一棟古厝，一個管理員兼售票員，四位侍應生，一個提水兼打雜的工友，每個房間一張床、一個梳妝台、一只水桶、一個臉盆，如此簡單而已，又有什麼好參觀的。」我坦白地說。

「你別緊張，」王蘭芬笑嘻嘻地，「跟你開玩笑啦！」

「如果我敢陪妳去，諒妳也沒有膽量走進那個小房間。」

「你們不會談點別的嗎？」侍從官含笑地說：「看到桌上油膩膩的扣肉，再聽你們談特約茶室，讓人感到噁心。」

「騙鬼，」王蘭芬不屑地，「你們男生最喜歡聽的就是這些，人有時會有偷窺的慾望，難道你不覺得裡面充滿著神秘的色彩？」

「所以妳想一探究竟？」侍從官反問她。

她點點頭，微微地笑著。

「王蘭芬說得沒有錯，幾乎每位侍應生的背後，都有一個感人的故事。」我神情黯然地說：「如果我是一個作家，一定能從其中發覺到許多不欲人知的故事，再透過文學之筆，把它書寫成章。」

「爲什麼非要作家才能寫？」王蘭芬逼人地問。

「因爲作家有綿密的思維、清明的心智和敏銳的觀察力，惟有透過他們，始能筆底生花，把一篇完整的故事呈現在讀者面前，讓讀者感同身受，猶如置身在其中。」

「陳大哥，從你現在的言談中，彷彿就是一位作家，要不然，怎麼會對作家的心思瞭解得那麼地透徹。」王蘭芬看著我說。

「我只是有感而發，哪有本事當作家。」

「眞的是這樣嗎？」她以一對疑惑的眼睛看著我，「怎麼好多人都說你很有『學問』。」

「我很有學問？」我重複著她的話，「王蘭芬，妳看走眼了，我只不過是懂得一點公文的竅門，知道『主旨』、『說明』、『擬辦』的用法，在這裡混碗飯吃，若要論知識，可能遠不及妳呢！」

「過分謙虛就是虛僞，你不認爲嗎？」

我笑笑，不想和她繼續談論下去，況且，自幼失學的我，又有什麼資格與人談學問。

「你默認了，是不是？」

「默認並不代表承認。」我順勢改變話題，「趕快把妳碗裡的扣肉吃掉，涼了就不好吃。」

「這片扣肉就請你吃吧！」她把扣肉夾到我碗裡，模仿我先前的口吻，笑著說：「多吃塊肥肉，長壯點，好討老婆。」

「謝謝妳的美意，」我看看她笑著說：「將來一旦討老婆，第一顆紅色炸彈一定先炸妳，非把妳炸得皮開肉綻才甘心！」

「那倒未必，」王中校啜了一口紅露酒，開玩笑地說：「如果有緣的話，誰敢保證你們不能配成雙，屆時挨炸的可就是我們啦！」

王蘭芬抬起頭，瞪了他一眼，羞人答答地看看我。

「你長官存心讓我們臉紅是不是？」我的臉上有一股無名的熾熱。

「有什麼好臉紅的，」王中校瞄了王蘭芬一眼，而後對著我說：「男未婚、女未嫁，我倒認爲你們很合適。」

「那就這樣說定了，」侍從官笑著，「要辦喜事就趁早，以免夜長夢多，等一下就請主任替你們證婚吧！」

「有膽量現在就請主任來，」王蘭芬白了他一眼，不屑地說：「每次看到你，都是手撫著手槍，畢恭畢敬地站在主任身旁，好像一個小媳婦似的，我就不信你有這份勇氣。」

「要不要試試看？」侍從官從椅上站起。

王蘭芬看看我，不好意思地笑笑。

「好了，好了，」我趕緊轉換話題打圓場，以免彼此尷尬，「別人划拳，我們胡扯。趕快吃吧！待會兒主任放下筷子，我們還沒吃飽，那就難爲情了。」

彼此間都有一份默契和同感。

在野外吃了一頓豐盛的午餐，的確是別有一番滋味在心頭。

不一會兒，主任已起身，侍從官快速地走到他身旁，不同身分的人也各自回到工作崗位上，帳棚下的簡易餐廳頓時又感到無比的寂寞和悽涼。

組長和王中校已先行離去，我則搭乘臨時調來支援的吉普車重返安歧。車剛停下，一陣陣尖銳而刺耳的爭吵聲，相繼地傳來。我走近一看，院子裡已擠滿了圍觀的人群，管理員竟然站在人群中看熱鬧，一位侍應生正怒指著身旁的老士官說：

「你自己不中用還要怪我！」

「妳總要給我一點時間啊，怎麼能一下子就把我趕下床？」

「老娘是做生意的，不是你老婆，你要搞清楚！」侍應生說著說著竟叉起了腰：「你睜開眼睛看看，還有好幾位客人買我的票，在門口排隊等侯；我已經讓你磨了二十幾分鐘，你還是不行，能怪我、能怪我嗎？」

「老子花錢就是要來享受的，妳他媽的不會用點功夫呀！」

「呸！」侍應生吐了一抹口水，「下流，不要臉！」

「有種妳再罵一句，」老士官指著她，氣憤地說：「老子不拿槍斡掉妳才怪！不信，妳試試看！」

我不能再袖手旁觀，輕輕地撥開人群，來到他們中間，示意侍應生先回房，轉而以安撫的口吻對著老士官說：「班長，先別激動，有話慢慢說。」

「你是誰？」他不客氣地問。

「我是金防部政五組福利業務承辦人。」我指著胸前配掛的擎天職員證。

「你有沒有看到這些臭娘們的服務態度？」他氣憤地責問我。

「大人不計小人過嘛，」我輕輕地拍拍他的肩，緩緩地陪他走出茶室的大門，低聲地說：「有什麼事好好講，別發那麼大的脾氣。」

「你不知道，這些臭娘們不給她們一點顏色看看是不行的，」他依然憤怒地，「你評評理，我一上床，她就快一點，快一點地猛催。我年紀一大把了，怎麼能與那些年輕小伙子比。經她那麼地一催，我的心裡一慌張，那話兒卻又偏偏不翹，她竟發火趕我下床。你看看，這叫什麼服務嘛！又不是不要錢的勞軍品，眞氣人！」

「可能是你日夜趕工身體太勞累了吧？這種事情有時候是勉強不得的。」我安慰他說：「剛才那位小姐的服務態度是有檢討的必要，你也不必太介意，以後不要買她的票就是了。好好保重，這裡還有其他三位軍官部調來的小姐，既年輕又漂亮，下次再來時，或許就能隨心所欲，讓你滿足了！」

他不好意思地笑笑。

「其實這些侍應生也是蠻可憐的，爲了要多賺幾文錢寄回台灣養家活口，來到這個炮火下的戰地討生活，有時情緒較不穩定，的確是需要客人的包容和同情。」我順勢提醒他說：「不過班長你也要注意，千萬不要動不動就要拿槍幹掉人家，這種言詞不管是眞是假，都是違法的行爲。」

「我只是一時氣憤，想嚇唬嚇唬她。」他坦誠地說。

「不錯，你的出發點只是想嚇唬嚇唬她，但在法律的層面上，卻有不一樣的認定，它的罪名不是『威脅』就是『恐嚇』，一旦罪名成立，必須受到軍法的制裁，屆時想要辯解也遲了。」

「謝謝你，老弟，我服了你。說眞的，我本身的行爲也有差池，尤其在公共場所大吵大鬧，更有失一位革命軍人的人格和紀律，以後我會改正的！」

「好了，你也別自責，大家說清楚也就沒事了，有機會到武揚坑道找我。」

「謝謝你。」

目送他的離去，心裡卻有一份無名的愧疚感。想必先前他是懷抱著滿懷的喜悅和興奮走進茶室的，而此時卻猶如一個孤單的老人，在黃昏暮色裡踽踽獨行。他將走向何處？許是沒有親情溫暖的軍營吧。

處理這種紛爭不知凡幾，依我的經驗來判斷，對付這些走遍東南西北、歷經風霜雨雪的老士官，柔性的勸說遠勝硬性的指責。對於那些年輕的充員戰士，卻只要一句「再鬧就送軍法嚴辦，讓你退不了伍」的重話，足可讓他們膽顫心驚、不寒而慄。

當然，茶室也有值得檢討的地方，親切的服務是最基本的要求，又有誰願意花錢買氣受。而當侍應生情緒低落與客人有所紛爭時，管理幹部更應當從速釐清事實的眞相，適時介入，全心全意去排除和化解，把大事化小，小事化無，以免擴大事端。一旦客人失去理智，別說是拿槍把她幹掉，綁著手榴彈和侍應生同歸於盡的情事也曾經發生過。在這個複雜的環境裡，爲了避免不幸的事件再次發生，管理幹部的應變能力是相當重要的，這似乎也是考驗他們智慧的開始。

顯然地，安歧機動茶室的管理員非但沒有盡責，反而站在人群中看熱鬧，這是極不妥當的做法。除了現場提出糾正外，我們也會依據特約茶室管理辦法，把他列入年度考核，調整他的職務，以維紀律。

然而，當我上車準備離去時，卻被王蘭芬一夥攔下。

「陳大哥，」王蘭芬尖聲地喊著，「我們是專程來參觀安歧茶室的。」一夥人哈哈大笑。

「表演完了，午餐也吃過了，妳們還不回隊上啊？」我打開車門下了車，不解地問。

「下午放假，」王蘭芬走近我，拉拉我的衣袖，「聽說安歧茶室美女多，我們專程來看看啊！」

「妳們眞的有點三八，」我不屑地看了她一眼，「這種地方是不適合妳們來參觀的。」

「爲什麼你可以在裡面走動？」

「你經常往組裡跑，難道還不知道我辦的是什麼業務？」

「爲什麼組長和王中校他們都回去了，獨獨你還留戀這裡不願走，是不是想多看美女一眼？」

「小鬼，」我伸出手，做了一個要打她的手勢，「再胡說就揍妳！」

「你打得過我們嗎？」她指著同夥，笑著說：「只要你一動手，我們就會剝掉你的皮。」

「別那麼凶巴巴的，」我瞪了她一眼，「將來有誰敢娶妳才怪！」

「你放心，本姑娘心中已有意中人。」

「恭喜妳啦，」我消遣她說：「你的意中人可能就是政本部那位老士官長吧？」大夥兒同聲笑著。

「你去死啦！」她的臉一紅，伸手搥了我一下，「他比我爸還老。」

「那麼就是廚房那位蒸饅頭的麻子班長囉。」

「你把我看成阿珠還是阿花啦？」

「除了他們兩位外，還會有誰是妳的意中人呢？」

「陳大哥，你笨啊，你眞笨啊！」那位長髮披肩、會變魔術、又會耍特技的女孩說。

「好、好、好，妳們都聰明，算我笨。」我搖搖頭，看看腕錶，「時間不早了，我下午還有事。」我啓開車門，把公事包放在座椅上，指著前方說：「前面那棟一落四櫸頭的古厝就是安歧機動茶室，只要管理員允許妳們進去參觀，我沒有意見。」我說後，意有所指地，「不過妳們也要注意，不要讓人家誤認爲妳們是侍應生，那就糟糕了。」

「跟你開玩笑啦，」王蘭芬笑著說：「即使我們吃了熊心豹子膽，也沒有進去參觀的勇氣。」

「那妳們預備到哪裡？」我關心地問。

「到古寧頭，看看古戰場。」王蘭芬說著，卻突然改變了話題，「陳大哥，我有幾個問題想問問你。」

「妳隨時隨地都可以問。」我不在乎地說，她們卻聚精會神地目視著我。

「聽說這些侍應生，都是犯過法的女囚犯以及受取締的私娼，被遣送到外島從事這種性工作的？」

「沒有這回事，」我搖搖手說：「國軍特約茶室的設立，是國防部依據內政部頒布的『台灣省各縣市公娼管理辦法』的法源來籌設的。我們在台北設有『召募站』，每召募一位侍應生，必須付給召募站一千三百元召募費。想來金門服務的侍應生，除了必須達到法定年齡外，還要本人同意書、切結書，經過政四組透過各縣市的警察局，安全查核無前科、無顧慮後，才准許她們來金門服務。絕對沒有把女囚犯以及被取締的私娼送到外島從事這種工作的情事。」

「她們爲什麼願意到這裡來？是否會有逼良爲娼的情事呢？」

「我辦理福利業務已經好幾年了，從我手中申請入境或出境者可說是難以計數，從未發現有逼良爲娼之不法情事發生。坦白說，能找到台北召募站的門路者，大部分都是從事這種行業的公娼，當然亦有少數是例外。她們之所以甘願冒炮火的危險來這裡討生活，或許是基於二點理由：其一、金門有十餘萬大兵，多數是沒有家眷的老士官，他們若想發洩壓抑的性慾，只有特約茶室這個地方可去；儘管有些侍應生已人老珠黃，但還是能輕易地在這裡討生活。其二、金門爲戰地，治安向來良好，沒有流氓地痞來干擾，或收取保護費等不法情事；而且特約茶室是軍方所經營，無論自身安全、性病防治，以及既得的福利，都優於台灣一般民營的妓院，她們可以無後顧之憂，安心地在這裡工作。這二點或許是她們自願來金門服務的最大原因吧？！」

「她們一個月能賺多少錢呢？」

「依我長期審核她們的會計報表來說，每個人的售票數可說落差很大，男人的審美觀完全建立在女人的面貌上，這是不容否認的事實。也因此，年輕貌美的侍應生，較受官兵的青睞，賺的錢當然也比較多；但老一點的侍應生亦有她們謀生的方法，可說人人都有一套賺錢的本領。我曾經發現到有一位侍應生，一個月竟然買出千餘張票，當然裡面也包含著一些加班票，平均每天接客四十餘人次。當我查閱她的年籍冊時，從照片上看，除了年輕又有一張清麗漂亮的臉龐外，竟然還是高中畢業生，的確讓我感到驚訝和不可思議。」

「高中畢業生，爲什麼還要下海從事這種工作，你見過她嗎？」

「雖然我沒有親自訪談過她，但不乏是家庭因素的緣故。天底下絕對沒有天生的妓女，一年合約到期後，她也就離開了。但願回去是從良，而不是在紅塵中打滾。」我聲音低沈而感性地說。

「原來你也有一副菩薩心腸啊！」王蘭芬笑著說。

「人不僅有感情，也要有愛心，別以爲我麻木不仁。」我嚴肅地說。

「你對誰有感情啦？」王蘭芬斜著頭，調皮地問，「是愛上庵前茶室的美女，還是安歧茶室的小妞？」

「妳別愈扯愈遠，」我有點兒不悅，竟脫口說：「我對妳有感情啦，愛的是妳！」

想不到這句氣話竟讓王蘭芬紅了臉，其他人則拍手叫好，我卻得理不饒人地，「怎麼啦，臉紅了是不是？以後膽敢再胡扯，我一定要和妳帶著小花一起回家，回到我家的古樹下。」

她們一夥人興奮地拍著手，高聲地唱起，「同看雨後雲空的片片彩霞，片片彩霞……」

王蘭芬羞澀地低著頭，久久說不出話來。

「好啦，別不好意思了，」我柔聲地，「跟妳鬧著玩的，千萬別介意。」而後也提高了分貝，指著她，笑著說：「不過我還是要警告妳，以後如果再胡說八道的話，妳摘下小花想送給我，我也不要了！」

眼。

終於，她抬起頭笑了，笑得很燦爛、很愜意、很開心，讓人情不自禁地想多看她一眼。

然而，她的笑，並沒有在我平靜的心湖激起一絲兒漣漪，我的心海裡只惦記著一個人，她的名字叫黃鶯。而黃鶯是否會惦念著我呢？這是我不敢想像的問題。

二〇〇四年作品。摘錄自《日落馬山》第五章

特約茶室社會部籌設與關閉

特約茶室「社會部」的設立，我已在年度第四次福利委員會議中，做成提案，向司令官提出報告，恭請裁示。

在場的尚有督導政戰部的副司令官，以及主任，督導政二、三、五組的副主任，主計處長，政三、五組長，福利中心主任，各組處的承辦參謀……等。幾乎所有涉及到福利業務的人員都到齊了，只要司令官在會中裁示，往後的作業勢必更順遂，在會稿中，更不會有任何一個單位，提出相反的意見，這是一位參謀人員最樂意見到的。

經過詳細的說明和書面報告後，在草擬的辦法中，我概略地寫著：

一、社會部設立之目的，是爲解決無眷公教員工之性需求，激勵員工工作士氣，減少不必要之男女紛爭，以安定社會爲前提。

二、本部擬在金城總室先行試辦六個月，營業時間暫訂爲晚間八時至十時，票價由福利中心會同特約茶室研擬報部審核後訂定之，俟其成效得失再作檢討。

三、擬函知政委會、中央駐金單位，飭令金門縣政府，針對無眷公教員工，確實調查，再統一造冊報部審核，並依權責由福利中心製作「識別證」，金城總室憑證售票，不得有假冒公教之情事發生。

四、恭請核示。

司令官在徵詢與會人員意見時，並沒有任何單位提出異議。主任指示說：各單位呈報上來的名冊，必須先送政四組會同警察局安全查核，如有品德不端者，不得發證。司令官最後裁決：依五組所擬，試辦六個月再做檢討。

社會部的籌設雖然定案了，但承辦單位並非發文了事，仍然要按權責督導福利中心和金城總室依法執行。

實際上無眷的公教員工，在公教機關裡，所佔的比例並不高，大部分是從軍中退役轉任的老芋仔。金門本地的無眷員工，多數是一些年輕小伙子們，限於保守的民風，善良的習俗，以及道德層面的考量，寧願壓抑著自己的性慾，也不好意思到茶室去尋歡。因此，轟動一時的社會部，算是雷大雨小，不如預期。

社會部正式開放的那天，我會同政三、主計以及福利中心相關人員，親自坐鎮在金城總室的售票處。售票員把一本張貼著照片，以及書寫著服務單位、級職、姓名、籍貫、出生年月日的無眷公教員工名冊放在桌上，蓋著「金門防衛司令部政治作戰部第五組」橢圓形圖章的娛樂票擺在售票口前，除了購買「加班票」的官兵可以繼續留在侍應生房裡娛樂外，其他一律清場，把整個空間留給無眷的公教員工使用。

八點不到，已有好些人在門外徘徊或走動，眞正到了售票時間，卻只有少數幾人在售票口前排隊等買票。

坦白說，來到這種地方，新手最怕遇見熟人，一旦成了常客之後，彼此卻有心照不宣之感；誰會笑誰，誰又能干涉誰？唯一較尷尬的是長官與部屬互不相讓的場面，但這種機會畢竟不多，長官看到部屬都會自動閃開，部屬遇見長官，想逃都惟恐不及，豈敢同時排隊。

當然，如果同時看上一位侍應生，先後秩序在所難免，無論是軍官或士兵，科長或工友，先「到」先「進」的規矩必須遵守，它不僅合理也是正常的現象，只因爲這裡是特種營業場所，並非依職位和官階分大小的辦公室。

我們要求售票員，務必詳實核對身分，方可售票，不得有任何的疏失。在我們坐鎭的二個小時裡，都能遵從配合，嚴格把關。但那天只售出十餘張公教員工娛樂票，與門外湊熱鬧的人潮相比，簡直不成比例。往後是否會有無眷的員工結伴而來呢，還是想來的不好意思來，不該來的來了一大群？

「計劃」、「執行」、「考核」是參謀人員必須遵守的規章。在籌設社會部的案件中，我不僅完成了計劃，現在也開始執行，未來是考核它的成效，以便六個月後檢討它的存廢。

然而，事情並非如我想像的那麼順遂，雖然售出的票數不斷地成長，由原先的十餘張，到十天後的百餘張，二十天後的二百餘張，但這卻是問題開始的癥結。

匿名向司令官、主任陳情的信件相繼地到來，依常理而言，這些匿名信可以不處理，但司令官、主任辦公室交下來的都是經過長官批示：「交政五組查辦」的信函，那一位參謀膽敢不處理。

若依這些匿名信的內容來歸納，發信人部分是公教員工的家屬，亦有部分是家庭主婦，或是由他們的子女來代筆。陳情的事由，幾乎清一色是因爲特約茶室開放社會部，讓她們的夫婿沉迷於侍應生的美色中而不能自持，希望能速予關閉，以免破壞她們幸福美滿的家庭，並維護地區善良的風俗。

對於這些無頭公案和燙手山芋，的確讓我傷透了腦筋。我試圖把這些匿名信透過政四的保防系統，看看是否能查到發信人的住址和背景，以便釐清事實的眞相。另一方面必須徹查是否有一般民眾或有眷公教員工，向同僚以及朋友借用識別證，假冒無眷員工的身分，矇騙售票人員，抑或是私自與售票員勾結，以達到他們進入茶室尋歡的目的。

當然家花不如野花香，從事這個行業的侍應生，都有她們不欲人知的一面，只有身歷其境者，始能印證它的神奇，親嚐它的甜頭，繼而沉迷不悟，不僅影響家庭和諧，也爲社會製造事端。

經過政四透過保防系統，多方查證、比對字跡，我們發覺有一封類似學生筆跡的信，正是綽號叫「矮豬」的兒子所寫。矮豬是一位屠宰商，身體粗壯又有錢，雖然長相不怎麼樣，但爲人四海，頗有江湖兄弟的味道，如此的角色，只要出手大方，當然很快就能與青樓女子一拍即合。

但他並非軍人，亦非無眷的公教員工，他是利用什麼關係進去的？依常理判斷，既然能與侍應生博感情，絕不是三天二天能成事的。從他太太悲傷哭訴的情形來看，或許已暗中來往了一段時間了。而今，是否企圖想藉著社會部的成立，無眷公教員工不必著軍服時，委請熟人替他買票，明目張膽地進去摸魚，延續他的舊情？果眞如此的話，金城總室的管理人員，亦有未盡責之處。依規定侍應生也不能接待一般民眾；至於矮豬，無論他利用什麼關係進入特約茶室嫖妓，都屬違法的行為。

於是我會同福利中心的監察官和福利官深入瞭解和調查，引起這起糾紛的侍應生是金城總室士官兵部十五號的邱美華，宜蘭羅東人，二十八歲，來金門服務已三年多了，圓圓甜甜的臉，平日票房不錯。

我們把她請到經理室。

「邱小姐，有幾個問題想請教請教妳，請與我們合作。」我有點不客氣地說。

她點點頭，起初有一些驚慌，而後則是蠻不在乎。

「妳認識一位叫矮豬的老百姓嗎？」我接著問。

「認識，買過我好幾次票，」她承認著說：「他出手大方，每次都會另給小費，禮拜一休假時曾經請我吃過幾次飯，對我很好，曾經開玩笑說要娶我做他的小老婆。」

「難道你不知道我們茶室是不對一般民眾開放的？」

「他穿的是軍服，依規定買了票，我沒有權利要他出示任何證件，也沒有不接客的理由。」她辯解著說。

「妳知道不知道他是怎麼進來的？」我繼續問。

「這個問題必須問管理員。」

「這段時間他買的是什麼票，穿的是什麼服裝？」

「買的是社會票，穿的是便服。他也坦白告訴我說：他並非軍人，也不是什麼公務員。雖然知道他的身分，但我們是認票不認人的，只要有錢賺就好。」

「他與售票員、管理員有沒有什麼關係，妳聽他提起過嗎？」

「沒有，」她想了一下，「小徑的劉管理員曾經和我們一起吃過飯。」

「妳到過他家嗎？」

「矮豬曾經帶我去過幾次，他老婆很凶，最近一次竟然拿掃帚要打我，卻被矮豬擋住了，而且還打了她一巴掌。」

「妳知道不知道矮豬的老婆，爲了這些事鬧自殺又鬧離婚，還叫她兒子寫信四處陳情？」

她沉默不語。

「他們家發生這種事，妳也有道義上的責任，妳想過沒有？」

「如果眞是因我而起的話，我會疏遠他的，」她不屑地看了我一眼，「婊子有情也無情！」

「妳是什麼意思？」我不悅地問。

「沒有什麼意思，我是實話實說。」她依然不屑地，「你們只知道要求我們關在這個小房間裡多賣幾張票、多賺一點錢、多爲那些勞苦功高的戰士們服務，但就是忘了我們也是人！」

「妳們冒著炮火，承受二十小時的海上顚簸，離鄉背井來金門的目的是什麼？」我有點氣憤。

「不錯，我們是爲了賺錢，」她激動地，「但你們上級也要記住，既然把我們當人看，就必須多點人性的關懷！」

「公家虧待過妳們嗎？」我依然氣憤地，「給妳們一個舒適安全的賺錢環境，供妳們吃住、醫療，流產時補助妳們的營養費，緊急災難時，借給妳們安家費。」我指著她，毫不客氣地說：「妳說說看，是那一位受到虐待，是那一位受到非人性的管理？」

「過多的干涉，就是非人性，」她大聲地辯解著說：「我們是人，是有感情的女人，不是天生的娼妓，誰不想早一點離開這個鬼地方，找一個可靠的男人過一生！」

「我同意妳的看法，但也希望妳不要忘了身處的環境，」我依然激動地說：「如果破壞別人的家庭，換取自身的幸福，那是天理不容的！」

「像我們這種女人，和男人同居、做人家小老婆的多得是，找一個姘頭混飯吃的也大有人在。請問，接受男人的施捨有罪嗎？你怎麼能說我破壞人家的家庭！」她激動地說。

「妳怎麼能用這種態度說話！」金城總室的劉經理怒指著她說。

「我的態度怎麼樣？」她雙手叉腰，憤怒而尖聲地反問他。

「再這樣傲慢無禮，就把妳遣送回去！」劉經理從椅上站起來，指著她高聲地說。

「你神氣什麼，你神氣什麼！」她不客氣地指著劉經理，「你們不要用這個理由來威脅我！」而後竟不顧羞恥地說：「只要老娘願意脫褲子，到處都有錢賺，別以為你們金門的『炮』大！」

「妳不要臉！」劉經理依然高聲地。

「不要臉的是你！」她更加氣憤地，「老娘剛調來總室時，你買了一張士官兵票，搞了我一個晚上，你要臉嗎、你要臉嗎？」

「妳胡說八道！」劉經理不好意思地看看我。

「好了，別再吵！」我站了起來，雖然滿懷的不高興，但爲了替劉經理留點顏面，對著侍應生說：「妳先回去。」

「老實告訴你啦，」她的心情已稍微地平靜，「不要什麼事都怪罪我們，該檢討的是這些人！」她指著劉經理說，而後轉身就走。

「再胡說八道，我就對妳不客氣！」劉經理向前跨了二步，瞪了她一眼，罵了一句，「妳媽的！」

「別和她們計較啦！」我打著圓場，讓他先有一個台階下，但也不客氣地說：「反正清者自清，濁者自濁，紙永遠包不住火。」

「福利官、監察官他們都知道我的爲人，」劉經理向我解釋著說：「我是不會亂搞的。」

我笑笑，沒有回應他。心想，這些人還眞是靠山吃山，靠海吃海，五十元一張的士官兵票，搞了人家一個晚上，是眞？是假？證據會說話，由不得他自己辯解，我心裡暗笑著。

不可否認地，福利單位所有員工都是金防部的雇員，雖然職務是依學識、工作能力、操守和年資來任命，但經理和管理主任的職位，並非是一成不變的終身職，小差錯雖然不一定會被免職，但我們會列入年終考核，俟機調整他們的職務，絕對沒有永遠的經理和管理主任。

在諸多的陳情案件中，儘管透過保防系統協助調查，卻依然不能全部釐清，唯一必須檢討的，可能是茶室內部的管控。

爲了避免再生事端，針對有問題的人與事，我們必須先做一個處置。首先被遣返的是侍應生邱美華，雖然她有一套自認爲很充分的理由，但如果讓她繼續待在金門和矮豬交往，勢必會造成更多的困擾。

她說得沒有錯，只要願意脫褲子，到處有錢賺。然而她也必須瞭解，金防部特約茶室少了她這位侍應生並不會關門，還有一百六十餘位年齡大小不一、美醜參差不齊的侍應生，願意繼續留在這個反攻大陸的最前哨，爲十萬大軍服務。而且設在台北的召募站，正不斷地召募新的侍應生，像邱美華如此的條件，可說多得很。

我們也查出：矮豬是透過小徑茶室管理員與金城總室售票員和管理員的關係，順利地買票進場的，看來雖是小事一樁，但若按我們頒佈的「特約茶室管理辦法」來認定，則是屬於重大的違紀案件，小徑茶室管理員與金城總室售票員、管理員同時遭受解雇處分已成定局，誰也無法替他們求情說項。

針對矮豬的行爲，我們也放出風聲，倘若膽敢再冒充軍人或利用什麼方式進入茶室嫖妓，一經查覺，馬上移送「明德班」管訓，絕不寬貸。攸關如此的案例，我們也以司令官的名義，飭令金門縣政府，在村里民大會上加強宣導，以免一般百姓，重蹈矮豬的覆轍。倘若貪圖一時的歡樂，被送明德班管訓，那是得不償失的。

總而言之，社會部的開放，對一些無眷的公教員工來說，的確能暫時紓解一下壓抑許久的性慾，雖不能以「功德無量」來彰顯，但長官的苦心和美意，承辦單位所花費的精神和苦心，並非筆墨所能形容的。

如果那些無眷的公教員工和侍應生，眞是男歡女愛、看對眼，能從其中尋找到他們的終身伴侶，對他或她來說，無疑都是好事一樁，大家也會同聲來祝福他們的。但事實並非如此，每到星期一侍應生休假時，城內的飯店或館子，幾乎都有公教員工或一般民眾，陪著侍應生在裡面飲酒作樂，甚至酒後鬧事。

從側面瞭解，多數是在茶室認識而被邀約出來的，也有部分是受到利誘而來的。如果公教員工非上班時間，一般民眾沒有家眷，和侍應生一起吃吃飯，只要不出事倒也無所謂。偏偏有一些老婆盯得緊的，一旦發現她們的夫婿和茶室的侍應生飲酒作樂或打情罵俏，鐵定是吃不完兜著走。當場和老婆拉扯者有之，鬧到警察所的也大有人在，所有的事端都被歸咎於社會部的設立和開放。一些受害的婦女指責軍方，把特約茶室那些三八查某放出來胡作非爲，除了破壞她們幸福美滿的家庭外，更敗壞金門純樸善良的社會風俗，司令官實在眞「夭壽」！

面對如此的社會輿論與民間壓力，不僅陳情的信件加多，政四組所屬的「一〇一工作站」以及「反情報隊」也屢有負面的反映情資移送組裡參考，距離試辦時間的六個月尚遠，福利部門幾乎被搞得雞犬不寧，承辦人被折磨得昏頭轉向。

於是我親向組長報告後遞上簽呈，把發生過的原委，在簽呈上做極詳細的分析和說明，在擬辦中我寫下：

一、爲維護地區善良風俗、純樸民風，以及百姓家庭和諧，並避免引起不必要之紛爭與民怨，擬提前結束特約茶室社會部之試辦。

二、奉核可後擬飭令福利中心轉特約茶室遵照，副知各單位知照，並自即日起生效。

三、恭請核示。

組長帶著簽呈，親自向副主任、主任、副司令官報告，終於獲得司令官「如擬」的批示，也正式讓社會部劃下一個不完美的句點。無眷的公教員工又重新回到有「性」而無處發洩的原點，一些想在裡面偷雞摸狗的老百姓或社會人士，勢必也不得其門而入。

特約茶室原本就是軍中樂園，豈可軍民同樂，社會部的結束，讓它回復到原先的安寧，也讓民風純樸的金門，得以保持善良的傳統風俗。若依價值觀來認定，是得而不是失；但若依人性的觀點而言，對那些無眷的公教員工則有失公平。

然而，在金門、在這個反攻大陸的最前哨，在戒嚴軍管的體制下，司令官的一句話，就是命令，誰膽敢反抗不聽從？不公平的事一籮筐，不合理的事一大堆，奈何、奈何，誰又能奈何！

二〇〇四年作品。摘錄自《日落馬山》第七章

山外茶室槍殺案件與沈姓私娼處理事件

臨近時序的霜降，冬雨卻不放過島嶼的任何一個角落，雨勢之大歷年少見，雖然造成許多不便，但對農人來說，卻是明年春耕的好預兆。但對組裡而言，依然有處理不完的事件，任你年輕力壯、身懷十八般武藝，修得再高的道行，亦有筋疲力竭的時候。

寒氣逼人的雨天，誰不想早一點躲在被窩裡取暖，而當我剛躺下，厚重的棉被尚未暖和我的身軀時，門外急促的敲門聲又把我喚起。

「經理、經理，」是組裡傳令兵急迫的聲音，「快起來、快起來，山外茶室出事了、出事了！」

我披上外套，趕緊打開房門，「出什麼事啦？」

「山外茶室打死人了，」他依然急促地：「組長在辦公室等你，叫你快點去！」

「什麼？」我驚訝地，「向組長報告，我馬上來！」

我穿上衣服，火速地往組裡跑，卻在坑道口遇見神情慌張的組長，以及組裡的駕駛兵。

「走、走、走，」組長揮著手：「趕快去看看！」

「要不要請福利官一起去？」我請示組長，無論他的辦事能力受到多少質疑，畢竟他的級職是中校福利官，有些公文沒有他的簽章還眞不行呢。

「叫他幹什麼，」組長有所不滿地，「讓他吃飯、睡覺、等升官！整個福利業務如果不是你一手撐下來，連我這個組長都幹不成了，他還能升上中校。一天到晚到處關說想當師科長，有一天讓主任發火了，不把他調部屬軍官才怪！」

我不能表示任何的意見，無論我的業務有多麼地繁重，職權有多麼地高漲，畢竟我只是一位聘員，與現役者是有所差異的。唯一自我安慰的是，我在工作上的表現，能充分地獲得長官的授權和信任。

冒雨跟著組長快步走，在他情緒極端低落的此時，我不敢先問明茶室發生事故的原委。

「那些管理員眞他媽的沒有用！」組長在車上竟罵了起來，「這一下可好了，出了人命啦，不把這些窩囊廢一個個全開除也不行！」

「先瞭解一下再說吧！」我神情凝重地說。

組長默默無語地凝視著擋風玻璃上不停地左右擺動的雨刷，駕駛也加快了車速，山外茶室士官兵部五號房門口已圍著好些人，我探頭一看，一具滿身是血、頭髮散亂、臉部扭曲的女屍，倒在血跡斑斑的床上。水泥地下是一具雙眼上翻，鬢邊沾血，死狀悽慘的軍人屍體，一把制式手槍滑落在血泊中，靜靜地陪著死去的主人。我驚訝地一轉身，站在木麻黃樹下深吸了一口氣，久久說不出話來。

依我的判斷，這絕對是一樁不折不扣的感情糾紛。一些年紀稍大的侍應生，和那些走遍大江南北的老芋仔博感情，在茶室，可說是屢見不鮮；但爲什麼會演變成命案，的確讓人百思不解。

目視如此悲慘的情景，內心不禁打了一個寒顫，一股嗆鼻的血腥味隨風飄來，讓我感到噁心。這也是我平生第一次看過那麼悽慘的場面，尤其在這個冷颼的雨夜裡，更讓人感到無限的驚慌和恐懼。同行的組長，不知有什麼禁忌，始終離現場遠遠的。只見他雙手往背後圈著，神情凝重，不停地在那棵高大的木麻黃樹下，來回地踱步。

「報案了沒有？」我低聲地詢問站在身旁的管理主任。

「福利中心已經向憲兵隊報過案了，也向政戰管制室報備過了。」他心有餘悸地說。

「你跟管理員留下，其他員工生，請他們各自回房，不要出來、不得聲張。」我交代他說：「等一下把侍應生的履歷冊拿來讓我看看。」

他點點頭。

不一會兒，福利中心主任、監察官、福利官陪著軍事檢察官、軍醫，以及憲調人員來了，老士官所屬單位的有關人員也被通知到場。經過初步勘驗的結果，老士官是以四五手槍，對準侍應生的心臟，一槍把她擊斃，然後朝自己的太陽穴射進一槍而斃命。其他有關槍擊案件的細節和原因，必須再做進一步的調查。

軍方迅速地派人把老士官的屍體運走，福利中心也協調救護車，把侍應生的屍體送尚義醫院暫時冰存，等候調查完畢再做處理。

從茶室的履歷冊上看，該名侍應生名叫何秀子，台灣南投人，三十六歲，來金門服務已滿五年，屬於高齡侍應生，平日票房並不理想。

「五號房間的私人物品不得擅自移動，房內的血跡清洗過後暫時上鎖。」我再次地交代管理主任，「她平常與那些女伴走得較近，爲什麼會發生這種不幸的事件？你明天務必要把調查報告書直接送到組裡，不必經過總室和福利中心轉送。」

我說完後，福利中心主任、監察官和福利官陪著組長緩緩地走到我們身邊。

「你們幾點停止賣票？」組長問管理主任。

「報告組長，八點停止賣票，九點清場，加班票十點。」他立正站好向組長報告著說。

「這件事是什麼時候發生的？」組長問。

「聽到槍聲是十點四十分左右。」

「是不是你們沒有徹底的清場，才會發生這種不幸的事件？」組長氣憤地指責他說：「要是你們按規定清場，再派管理員巡視一遍，客人留在侍應生房裡，怎麼會不知道，這種憾事也就不會發生！」

他低著頭，不敢吭聲。

「有沒有人聽到裡面有爭吵聲或什麼的？」

「外面雨下得很大，我並沒有聽到，也沒有人來向我報告。」

「隔壁的三號、六號呢？」

「三號流產住院，六號在性病防治中心治療。」

「人命關天啊，你們知道不知道？要是司令官追究下來，你們一個個都得捲舖蓋走路！」組長說出重話，又重複了一句，「你們知道不知道？」

回到太武山谷，已是凌晨時分，步上營業部的石階，剛走過女員工宿舍的門口，寒冷加上饑餓，我彷彿又聞到一股嗆鼻難受的血腥味，讓我感到反胃，我竟俯在牆邊猛嘔著。然而，連續嘔了好幾聲，並沒有吐出什麼東西，反而驚醒了熟睡中的女員工。

「怎麼了，」是會計李小姐的關懷聲，「不舒服嗎？」她說著，竟伸手扶著我，「看你頭上淋了雨，衣服也濕了，不感冒才怪。」

我沒有回應她，又是一陣反胃的嘔聲，因爲我聞到一股無名的香味，不管是少女的幽香，還是她的體香，都讓我難以忍受。

她輕輕地攙扶著我的手臂，緩緩地陪我走回寢室，爲我捻亮檯燈。

「什麼地方不舒服啦？」她又一次關心地問。

「沒有。」我搖搖頭說。

「天那麼冷，雨那麼大，你三更半夜到哪裡去？」

「山外茶室出事了。」我一想到那股嗆鼻的血腥味，又想吐。

「出什麼大事，還要勞你三更半夜去處理？」

「打死人了，」我依然有些驚恐，「一位老班長用手槍把侍應生活活打死了，自己也自殺了。小小的房間，床上是血，地上也是血，看到那種悲慘的場面，聞到那股血腥味，到現在還想吐。」

「怎麼會發生這種事，嚇死人了。」

「可能是感情糾紛吧？詳細情形還在調查。」

「茶室實在太複雜了，」她有些憂心地，「你爲什麼不專任福利站經理就好，還要到組裡兼辦那麼多業務。尤其是一個未婚的青年，經常跑茶室，不怕人家說閒話啊？」

「人在江湖，身不由己，」我有些兒感嘆，「只要自己行得正，有什麼好怕的！」

「再這樣下去，你會討不到老婆的！」她笑著說。

「只好聽天由命。」

「其實我是多慮了，誰不曉得你名『主』有『花』了。還有那個唱『一朵小花』的王蘭芬，也看上你啦。」她有些心酸地。

「她們個個都看上我，爲什麼單單妳沒有看上我？」我有些兒不悅，存心消遣她。

她靦腆地笑笑，一陣美麗的嫣紅，快速地飛過她的臉頰。

「其實緣分這種東西有時是很難講的，」我繼續說：「果眞有一天把黃鶯娶回家，她能不能適應我們農家生活，還是一個未知數。隨著感情的進展，有時也讓我憂心。」

「娶回家再說吧，」她輕鬆地，「有時人會隨著環境而改變。」

「那就晚了。」

「那是你自找的，能怨誰、怪誰？」

「老實說，這裡也非我們久留之地，」我苦澀地笑笑，「有一天必須回歸田園。如果不是黃鶯，我倒希望娶一位能適應我們農家生活的老婆，一起上山下海，過著與世無爭的日子。」

「廢話少說！」她不屑地看我一眼，也有些訝異，「你會種田？」

「別忘了我是在鄉村長大的，許多農事都難不倒我。」

「說來輕鬆喲，」她看看我，笑著說：「憑你這副模樣，如果想回家種田，還得好好再鍛鍊鍛鍊。」

「找一天我表演幾招讓妳看看，好讓妳知道我農耕的本事。」

「時間不早了，不跟你抬槓啦，」她站起身，「天氣又濕又冷，我給你沖杯牛奶，喝後好睡覺。」

「妳休息吧，我自己來。」

「你自己來？」她白了我一眼，「早知道你要說這句話，我就不說了。」

「妳怎麼愈看愈不像我的會計。」我笑著說。

「像什麼呢？」她迷惑不解地問。

「我的大姐。」

「是不是我閒事管多了，」她一轉身，丟下一句，「狗咬呂洞賓，不識好人心！」

我坐在沙發上，右手托著頭，微閉著眼，想起茶室那幕悲慘又恐怖的槍殺情景，心裡依然不是滋味，始終難以釋懷。

二條人命，就這麼一霎眼自人間消失。何秀子的家人，再也等不到她以靈肉換取來的金錢，寄回去接濟他們的善行了。而可憐的老班長，反攻大陸的號角尚未響起，歸鄉的美夢尚未達成，卻爲情所困，客死異鄉，怎不教人淒然淚下呢？

「牛奶泡好了，趁熱喝了好睡覺。」李小姐把杯子輕輕地放在桌上，而後掩上門，不一會兒，她那婀娜多姿的身影，就被悽涼的雨夜所吞噬，留下一個孤單的我，陪著黑夜等天明。

第二天，依然是冷颼的雨天。

我等不及山外茶室的調查報告，逕自坐著組長的座車，直駛山外茶室。而我卻沒有勇氣走前門，囑咐駕駛從監獄右邊的泥土路前行，把車停在茶室的後門口，而後推開那扇紅色的邊門，直接往管理主任的辦公室走去。

辦公室裡，管理主任正在詢問一位侍應生，管理員坐在一旁做紀錄，他們禮貌地站起，似乎也知道我的來意。

「怎麼樣了？」我走近管理員身旁，順手拿起桌上已寫好的幾張紀錄，仔細地看著。

「快問完了。」管理主任說。

然而，當我看完那幾張紀錄，的確大失所望。歪歪斜斜的字跡，錯字別字連篇，加上答非所問的內容，如何能呈給長官批閱？雖然他倆同是屆齡退伍的軍官，但其文筆之差，簡直不可思議。於是我參照他們詢問的內容，歸納成簡單的幾點，重新詢問士官兵部十二號侍應生林美照。

「林小姐，妳是與何秀子同時來金門服務的嗎？」我問。

「是的，我們以前同在雲林新寶島妓女戶接客，因爲不願被那些地痞流氓欺壓，才選擇來金門工作。在金門五年多，我們都維持著很好的姐妹感情。」

「妳認識那位老班長嗎？」

「認識，王班長是廣東人，在金門也很多年了，除了秀子調到小金門外，無論在大金門的任何地方，都會去買她的票。」

「妳聽過何秀子談到王班長嗎？」

「王班長對秀子很好，經常買東西送她，吃的、用的都有，確實在她身上花了不少錢。秀子的母親生病時，還借給她一萬元。王班長也曾經向秀子求過婚，要秀子嫁給他。」

「何秀子答應了嗎？」

「我們在歡場中打滾十幾年了，客人的甜言蜜語聽多了，那會輕易地接受人家的求婚；幾乎沒有人盲目地跟人家走，如果說有，也是極少數。況且，秀子也知道王班長的經濟能力，除了借給她的一萬元外，只剩下幾千元的『國軍同袍儲蓄劵』。一個上士班長，一個月又能領取多少餉錢？一旦嫁給他，往後的日子要怎麼過？」

「是不是因爲何秀子拒絕王班長的求婚，王班長才會下這個毒手？」

「不，秀子並沒有當場拒絕，還告訴王班長，以後慢慢再說吧。」

「他們曾經爭吵過嗎？妳有沒有聽說過？」

「王班長染上梅毒已有一段時間了，近來似乎更嚴重，心情不僅不好，情緒也有些不穩定。秀子要他戴保險套他不肯，罵秀子變心、不愛他了，發誓以後不再買秀子的票，要秀子還他一萬元借款。」

「何秀子還他錢了嗎？」

「一萬元不是一筆小數目，秀子曾經爲這件事傷透了腦筋。本來想做會頭，但卻找不到會腳；想向人家借，偏偏遇到這些一天賣不到幾張票的窮姐妹，所以一直沒有錢還。」

「王班長是不是逼得很緊？」

「看來王班長眞的生氣了，不僅不再買她的票，而且經常板著臉來討錢，甚至還說了重話，說秀子騙他的感情，又騙他的錢，如果不快一點解決，有一天要給她好看。但秀子並不在意，以爲是王班長一時的氣話，相信不敢對她怎麼樣的，想不到不幸的事件還是發生了……。」林美照紅了眼眶，哽咽地說不下去。

我沒有繼續詢問，內心也倍感沉重。依我的經驗而言，茶室發生十次事故，幾乎九次與感情的糾葛及金錢的牽扯有關，但每件事經過排解後，都能圓滿地解決。此次發生這種難以挽回的不幸事件，的確讓人感到遺憾和驚訝。

侍應生是否會因此而記取這個血淋淋的教訓，還是依然要以感情做幌子，以性命做賭注，以爲那些老士官成家心切、善良好欺，想盡各種辦法和手段，詐取他們數年來省吃儉用聚積的革命錢財？

人的忍耐度是有限的，當那些在金門島上等待反攻大陸回老家的老芋仔，忍無可忍時，勢必會以最激烈的手段加以反撲，而那些可憐的侍應生，剛嚐到甜頭，隨即又嚐到彈頭的苦滋味，心不甘情不願地陪著恩客，一起走上黃泉路。

好不容易把這件棘手的問題處理完，身兼金門戰地政務委員會秘書長的主任，在主持防區某項治安會報，針對縣警局提報的資料中，有一項「杜絕私娼猖獗，以維地區善良風氣」的問題，當場裁示交由政五組研擬處理。

金門地區民風純樸、百姓善良已是眾所皆知的事；加上長期戒嚴軍管，個個成了順民，也是不爭的事實，依常理推測，哪有私娼存在的問題和空間。

在縣警局移送的資料中，以及政四的社會輿情反映，我們發現到一對住在金城的沈姓母女，以住宅做爲掩護，私自從事色情交易，其對象不僅是一般民眾，甚至還有公教員工，除了嚴重影響社會風氣外，也成了性病防治上的一個死角。

綜觀主任交辦的原意，除了要我們詳查沈姓母女從事色情的原因外，在不抵觸法令的範疇下，讓沈女進入茶室服務，並嚴禁沈母再從事性交易的工作，還給金門一個純淨沒有色情污染的空間。

經過調查，沈母以前即爲金城茶室的侍應生，並在茶室生下沈女，後從良，嫁給一位在金門定居的退伍軍人。其夫因無固定職業，經濟不穩，生活困頓，不久因病去逝，留下沈姓母女相依爲命，爲了生活，沈母竟重操舊業。

而不幸，沈女長大後，卻被自己的親生母親拖下海，從此母女自立山頭，靠賣淫爲業。雖然屢被警方取締和拘留，但母女依然我行我素，絲毫沒有悔意，不僅敗壞金門純樸的民風，更是三民主義模範縣的一大諷刺。

首先我們請金城總室派人先和她們溝通，並轉達長官的旨意，但無論用什麼方式來勸說或曉以大義，都不被她們接受，甚且還惱羞成怒，臭罵金城總室人員一頓；並放話，誰膽敢再踏進沈家一步，除了潑灑糞便，更要用掃帚把他打出去，任誰聽了也會膽怯。

聽完金城總室報告後，組長氣憤地說：「我偏不信。」

然而，「不信」並非光說說而已，必須以身去試探和求證。於是，經過參謀作業和協調，第一處憲兵科派了二名武裝憲兵，政三組派出督導「明德班」的監察官，由組長領隊，會同警察局以及鎮、里公所有關人員，再次地來到沈家。

沈姓母女眼見有大軍壓境的情勢，把門閂得緊緊的，任由副里長高聲叫喊，也不願把門打開。一夥人不得其門而入，也不能任意地破壞人家的門窗，而且還要時時加以注意，以防備她眞的把糞便潑出來，大事沒有辦成，卻先成了臭人，那是誰也不願見到的情景。

「報告組長，」我突然想出一個小點子，「這裡留下憲兵和警察就好，讓他們站在較隱蔽的地方，只要沈家一開門，馬上衝進去，她想重新關門也來不及了。其他人就近到金城總室，隨時等候通知。」

「這也是一個辦法。」組長看看其他人，並沒有人提出相反的意見。

「副里長也留在這裡好了。」縣警局的保防課長說。

我們一夥人剛到金城總室，馬上接獲沈家大門已開啓的訊息，憲警人員也已進屋待命，這回沈姓母女想重關房門已非易事，除非問題能順利地解決。

見到沈姓母女，的確讓我感到訝異。沈母已人老珠黃，臉上滿佈著滄桑，雖然擦了一些脂粉，但依舊掩飾不了歲月在她臉上烙下的痕跡。如此的一個老女人，爲何還能靠出賣靈肉在這個島上討生活，讓我百思莫解。或許是這個戒嚴軍管的小島，沒有一處可供發洩性慾的地方，只要能解決性的需求，似乎也不在意年齡的大小，以及美麗和醜陋。

倒是沈女，長得白白胖胖的，雖然沒有傲人的姿色，但年輕就是本錢，比起庵前茶室軍官部的侍應生毫不遜色，這似乎也是這對母女，能在首善之區的金城，無懼於警方的取締，自立山頭的最大主因。

若依常情來判斷，絕對是有哪一位恩客，或有頭有臉的社會人士和高官，做爲她們的靠山，才能讓她們生存下去。但僅憑臆測是沒有說服力的，凡事講求的是證據，只要有一點小小的證據，再羅織一些罪名，在這個以軍領政的戒嚴地區，想辦一個人，簡直易如反掌。

組長、課長、副里長費盡多少唇舌，依然不爲沈母接受，監察官要把她送「明德班」

管訓，更惱怒了她。

「我脫了半輩子的褲子，再長、再大的雞巴都見過，你明德班又算什麼東西！」她氣憤地指著監察官，臉不紅、氣不喘地粗話、髒話一起出口。

「妳再說一遍看看，」監察官也激動地，「妳敢再說一句髒話，不把妳關起來才怪！」

「說就說，」她雙手叉起了腰，「你金防部敢把我怎麼樣！」

「憲兵，」組長大爲光火，示意憲兵，「把她押起來！」

二位武裝憲兵走了過去，警察也跟進，沈母剛才理直氣壯的銳氣，竟禁不起考驗，神情凝重地不敢再出聲。

我乘機走近她身旁，示意憲兵、警察往後退，她既然有所懼怕，勢必也會軟化，這也是曉以大義的最好時機。

「沈太太，妳的處境大家都很同情，上級長官的意思是希望妳能好好保重，不要再重操這種有傷身體的舊業……」我還沒有說完。

「不做這種事，我們母女能做什麼？誰給我們飯吃？誰給我們飯吃！」她依然激動地。

「沈小姐已經長大了，她可以養活妳了，」我不亢不卑地說：「如果妳答應我們的請求，不再從事這種有損社會善良風氣的工作。只要沈小姐有意願，我們可以安排她進入金城總室服務，一方面可以賺錢奉養妳，二方面可以就近照顧妳，三方面茶室有完善的工作環境和醫療服務，每週派軍醫做抹片檢查，每季抽血檢查，一旦得了性病，次日就送性病防治中心治療。妳是知道的，從事這種行業賺錢固然重要，萬一染上性病而延遲送醫，那是得不償失的。現在的特約茶室，跟妳以前在茶室時完全不一樣了，請妳相信我的話。」我頓了一下，又繼續說：「如果沈小姐願意從良，不再從事這種工作，那是再好不過了。無論她將來願意赴台習藝或謀生，抑或是留在金門謀取其他的工作，如遇到什麼困難，相信上級長官一定會設法幫她解決的。」

「你這位年輕人說得還有點道理。」她看看我，而後指著組長和監察官，對我說：「這些阿北哥，以爲要把我關起來或送明德班管訓，我就會怕他們。二顆梅花、三顆梅花有什麼了不起，我以前接過的客人，現在都是一顆星、二顆星！坦白說，我們阿英沒有讀過什麼書，也沒有一技之長，我想還是讓她到茶室去，先賺幾年錢再說。」她說完，看看一旁的女兒。

「沈小姐，妳有什麼意見嗎？」我轉向她，禮貌地問。

她微微地搖搖頭，用一對無奈的眼神凝視著沈母，彷彿告訴我們說：「一切由母親作主」。

從她羞澀而樸實的表情來看，我們實在難以想像她會是一個私娼。如果我沒猜錯，無論前因或後果，絕對是沈母一手促成，雖然令人痛心，但又能奈何。我們也相信天理昭彰，一個把自己親生骨肉推進火坑的劊子手，絕對會得到應有的報應！

「沈太太，我們就這樣說定了，有關沈小姐到茶室服務的細節，我會請金城總室的劉經理來和妳詳談。但從今天起，妳千萬要記住，絕對不能再做那種事啦！年紀大了，保重身體比什麼都重要，將來一旦沈小姐找到好對象結婚生子，妳就可以當阿嬤了。」

她一掃剛才的陰霾，臉上浮起一抹燦爛的微笑，「話先講好，我女兒年輕又漂亮，要把她安排到軍官部去，說不定將來可以嫁一個軍官。千萬別讓她到士官兵部，去接待那些可以當她爸爸的老北哥。」

「這一點我向妳保證，絕對沒問題。」我肯定地說。

「如果做不到，我就找你這個年輕人算帳！」她嚴正地警告我說。

「放心啦。」我斷然地說。

我們含笑地步出沈家，事情是否眞能就此解決？雖然沒有十分把握，但面對這些歷經滄桑的老娼妓，適時曉以大義或許遠勝於用激烈的言辭來恐嚇和施壓。

組長說我有一套，監察官說我比他行，對於他們的讚賞，我並沒有太大的喜悅，只因爲它是我承辦的業務之一，豈敢居功。

沈姓母女的事圓滿地解決了，從此之後，這個純淨的小島嶼，又恢復它原先的純樸，三民主義模範縣的旗幟又高高地被舉起，沈家也養了一隻凶惡的大狼狗，經過訓練後，專門咬那些想到這裡尋歡的老豬哥。

從特約茶室呈報的會計報表來看，沈女每月的售票紀錄，已凌駕庵前茶室新進的侍應生，養活一個小家庭已綽綽有餘。

但我們還是冀望年輕的沈小姐，能找到一個好歸宿，早日離開這塊僅供十萬大軍娛樂的園地，過著相夫教子、幸福美滿的家庭生活。畢竟，歲月不饒人，青春年華有盡時，人世間並沒有天生的妓女，倘若她們能重新認定社會的價值觀，敞開心胸、坦然面對，洗淨曾經被污染過的雙手，揚起生命之帆，航向一個光明、燦爛、全新的港灣，人生對她們來說，或許，會更有意義吧！

二〇〇四年作品。摘錄自《日落馬山》第九章

將軍與蓬萊米

1

今天，無意中在報上看到一則訃聞，那是將軍與世長辭的消息。

2

認識將軍，是三十餘年前的事。他中等身材，略顯肥胖，緊身的草綠色軍服，熨燙得平平整整，腰帶上的銅環擦拭得閃閃發光。但黑紗帶並沒有扣緊腰際，而是鬆鬆地滑落在微凸的下腹。稀疏的髮絲採四六分邊，用資生堂髮腊緊緊地黏貼在頭皮上。多皺的臉龐長年掛著一絲微笑，而那份笑，與他那對不正眼瞧人的三角眼相較，並不對稱。從東看來，給人的感覺是皮笑肉不笑；從西一望，不僅奸滑且帶點色，這就是將軍醜陋的臉譜，而不是慈祥的容顏。

那年，我任職於金防部政五組，將軍調來政戰部當副主任時，只是一個上校，然佔的卻是少將缺。翌年元旦，在各方不看好下，卻風生水起好運來，順利地升了將軍。從台北受階回來後，他刻意地巡視坑道內所有的辦公室，除了接受各組組長和諸參謀的恭賀外，其最終目的當然是要耍將軍的威風，也藉此告訴眾家，他可是與海、空軍副司令官、主任、參謀長、首席副參謀長，砲、後指部指揮官、作戰協調中心總協調官，同是少將官階，一副得意忘形的模樣讓人覺得可笑。雖然此生與將軍絕緣，但在大單位看多了星星，再增加一顆，也就感覺不出有什麼稀奇了。儘管如此，在將軍面前，誰膽敢不必恭必敬、立正站好。

將軍督導的雖是一、三、四組和辦理黨務的金城辦公室，然而，他卻是首席副主任，一旦主任赴台公幹或返台休假，座落於武揚營區的政戰部，即由他當家。

將軍並非老廣，卻嗜食狗肉。

將軍酒量不錯，酒品則奇差。

政戰部所有的官兵，幾乎無人不知、沒人不曉。

即使我們的業務並非將軍所督導，但我還是經常被傳喚，而且每次都與特約茶室有關。將軍除了關心特約茶室的營業狀況外，對於內部情形、人員調動、侍應生票房紀錄……等等，凡涉及到特約茶室的事宜，幾乎無所不問。起初我並不以爲意，久了，倒也知道其中的一些蹊蹺。原來，將軍不僅嗜食狗肉，二杯黃湯下肚後，更喜歡到庵前茶室買票尋歡，無形中，對特約茶室的業務也就格外地關心。坦白說，庵前茶室的營業對象原本就是少校以上軍官，有將官願意進去買票，何嘗不是它的光榮，身爲業務承辦人，當然是與有榮焉。

據說吃狗肉能強身禦寒，喝狗鞭酒能壯陽補腎，而兩者都是將軍的最愛。若依將軍強壯的身體，又不必養精蓄銳等待反攻大陸，每週到庵前茶室買張票相信是沒有問題的。除了侍應生所得外，金防部又可獲得好幾千塊的福利金，三個月累計下來更是一筆可觀的數字，當我在福利委員會向司令官報告時，絕對會得到肯定和讚揚，但卻不能說是將軍的功勞。除了公務外，將軍座落於政戰管制室旁邊的辦公室，並不是每位參謀都能隨便進去，也並非想見就能見到將軍不正眼看人的容態。而我卻有幸，在一個酷寒的週末，陪同將軍在武揚文康中心吃了一頓狗肉。在座的還有組長、藝工隊楊隊長、顏小姐以及文康中心管理員劉士官長等人。

「狗肉」文雅一點的稱它為「香肉」。第一次看到這二個字，是一九七〇年初冬，在高雄處理廢金屬品的時候。那天陪同唐榮鋼鐵公司相關人員到十三號碼頭，看完那堆破銅爛鐵已是中午，當我準備回國軍英雄館午餐，經過一棟鐵皮與木板搭蓋而成的違章建築時，遠遠就聞到一股中藥的香味。門外的木板上掛著一塊「香肉上市」的小招牌，早已有人坐在簡陋的桌椅上品嚐著熱騰騰的香肉。然我心裡卻一直在想：香肉到底是什麼肉？看他們一個個吃得津津有味，又隨風飄來陣陣當歸香，的確讓我垂涎三尺。

剛右轉進入五福四路，我隨即又轉回頭，從容地走進香肉店，在靠牆的一個角落坐下，掌櫃和跑堂的都是上了年紀的退伍老兵。

「老弟，香肉？」

我點點頭。

「要大碗還是小碗的？」

「隨便。」

不一會兒，跑堂的已為我端來一大碗香肉，我用筷子輕輕地翻攪了一下，除了有好幾塊連皮帶骨的肉品外，湯裡還有少許的中藥材，以及曬乾後再放進去燉的橘子皮。然而，就在我大快朵頤時，卻看見另一張桌下用麻繩拴著兩隻大黑狗，正趴在地上啃著骨頭。我放下筷子，目視碗中連皮帶骨的香肉，腦裡卻不停地思索著：或許，我現在吃的正是狗肉，而桌下的狗正啃著同類的骨頭。雖然有點不可思議，但我還是把滿滿的一碗香肉吃完，也同時和狗結下了樑子，每次相遇，不是被吠、就是被追，甚至被咬。

我始終不明白，士官長爲什麼捨得把那隻既乖巧又可愛的小黑狗殺掉？烹飪後爲什麼不請主任、或者是督導福利業務的副主任來分享，反而請來這位不正眼看人的將軍？難道士官長殺狗是受到他的慫恿？還是投其所好，用狗肉來巴結他？詳細的情形我並不清楚，說多了也挽回不了那條狗命。但我還是尋機詢問士官長殺狗的原因，他無奈地告訴我說：「將軍說過好幾次了，殺就殺吧！」

那晚的狗肉大餐，眞正的主客當然是將軍。因文康中心隸屬於福利站，士官長好意邀請組長和我當陪客，組長復又邀請藝工隊長和顏小姐一起參加。組長的確是面面俱到，他深知狗肉和酒是將軍的最愛，如果沒有美女來相陪，勢必是美中不足。顏小姐不僅麗質天生、待人誠懇、唱跳俱佳，是藝工隊不可或缺的靈魂人物。組長也知道我和顏小姐很熟，他設想之週到讓我不得不佩服。坦白說，如果沒有她的參與，讓五個大男人共進狗肉大餐，其氣氛的確是單調了一點。

我帶了一瓶益壽酒陪同組長來到文康中心，士官長已擺好了碗筷，將軍、隊長和顏小姐也已就座，香噴噴的狗肉很快就端上桌。當我打開瓶蓋爲將軍斟滿酒時，他瞇著三角眼，難掩喜悅的形色，順手舉起杯，無視旁人的存在，自己先輕啜了一口，復又東挑西選，盛滿一碗肉質較佳的狗肉，就那麼狼吞虎嚥地吃了起來，只見他一口狗肉一口酒，吃得不亦樂乎。

將軍的酒品早已耳聞，今日有幸親眼目睹他的吃相，的確令人不敢苟同。酒過三巡後，他的嘴唇粘滿著油污，唇角有白色的泡沫在濡動，酒液沾在微戽的下巴上，時而還用筷子或手指伸入口中，從牙縫中剔出殘餘的食物，然後往桌上一抹，這種噁心的動作，或許只有眼前這位身經百戰的將軍才能做得出來。而在座的都是他的屬下，誰膽敢說他的吃相不文雅？

將軍已微醺，滿佈血絲的雙眼緊緊地盯著對面的顏小姐。從他帶色的眼神，很快就露出一副令人切齒的豬哥相。

「來、來，坐過來。」將軍瞇著眼，對顏小姐說：「我給妳看看手相。」

顏小姐笑笑，並沒有站起來。

「副主任您會看手相？」隊長有些疑惑。

「老實告訴你，」他指著隊長，「我嘛，十八般武藝樣樣通，手相這玩意兒，只不過是雕蟲小技。」而後轉向顏小姐，「來，坐過來，讓我瞧瞧妳那雙細嫩的小手。」

「報告副主任，我從來不看相的。」顏小姐羞澀地笑著，依然沒有站起來。

「怕什麼？」將軍搓搓手，三角眼一眨，兩道眉毛突然間豎了起來，哈哈地冷笑了二聲，而後得意地說：「我這輩子不知替多少女人看過手相、摸過多少女人的手，簡直是數也數不清啊！來，過來，讓副主任幫妳看看手相，看看什麼時候能找到好婆家。」

顏小姐伸手理理鬢邊的髮絲，尷尬地笑笑。

「妳坐過來，」坐在將軍身旁的組長站了起來，挪出椅子，面無表情地對她說：「不要辜負副主任的一番好意。」

隊長苦笑地搖搖頭。

顏小姐站起身，無奈地走到將軍的身旁，尚未坐穩，將軍已迫不及待地拉起她的手，瞇著一對色眼，仔細地端詳了好一會兒，而後輕輕地撫撫她的手背，再搓揉她的手心，興奮地對著在座的人說：「你們看看她這雙手，既白皙又柔嫩，我這輩子還沒有摸過一雙像她那麼細嫩、柔軟的小手呢！」

顏小姐收起了笑臉，內心盈滿著一股強烈的受辱感，她猛而地一掙，把手縮了回來，紅著眼眶瞪了將軍一眼，坐回自己的位置。

「怎麼了，不高興啦？」將軍的豬哥臉一拉，指著自己的領章，板著臉說：「我官那麼大，年紀也一大把了，難道還會吃妳的豆腐！」

「副主任您別生氣，」隊長陪著笑臉，「顏小姐年紀小，不懂事，請不要見怪。」

「一個在康樂隊唱歌跳舞混飯吃的女人，有什麼了不起嘛，漂亮的女人我見多了！」將軍雙眼望著天花板，不屑地說：「別以爲自己是誰！」

「你先送顏小姐回隊上。」組長對我說。

顏小姐雖然有些失態，但依然禮貌地向在座的人一鞠躬。我陪她走出文康中心的大門，她就失控地哭了起來。

「別和這種人計較啦！」我安慰她說。

「你沒看見他把我當成什麼啦，難道在康樂隊唱歌跳舞的就不是人？」她傷心地詛咒著，「這隻老色魔，遲早會得到報應的！」

「妳放心，如果他不知節制，喝起酒來三天二頭跑特約茶室，粘著『蓬萊米』不放，誠然不遭天譴，絕對會有梅毒纏身的一天。屆時，就讓梅毒的毒素慢慢地來侵蝕這隻老豬哥吧！」我有些兒激動地說。

「蓬萊米，」她迷惑不解地問，「誰是蓬萊米？」

「庵前茶室的侍應生。」我向她解釋著說：「她的本名叫黃玉蕉，人長得漂亮，票房紀錄又高，許多高官都買她的票，甚至還爲了她爭風吃醋、大打出手。我們這位豬哥將軍就是她的恩客。」

「眞有這種事？」她疑惑地問。

「我什麼時候騙過妳，」我坦誠地說：「爲了特約茶室以及蓬萊米的事，還經常被叫去訓話，有些事我實在不好意思告訴妳。」

「看他那副色瞇瞇的模樣，就知道不是一個正派的人。」

「這年頭不一樣囉，只有這種喜好酒色的人，才懂得逢迎拍馬、求官之道。」

「俗語說得好，善有善報、惡有惡報，只是時辰未到。」她咬牙切齒地說：「總有一天會得到報應的！」

「好了，我就送妳到這裡，」臨近武揚台，我停下腳步，低聲地說：「別把今晚的不愉快放在心上，早點休息，知道嗎？」

「嗯。」她含情脈脈地凝視著我，而後，落寞地向武揚台那盞微弱的燈光走去。

重回文康中心，將軍的怒氣似乎還未消，遠遠就聽到：

「他媽的，什麼玩意兒，只不過是一個唱歌跳舞的，自以為了不起啦，比她漂亮的女人多得是！」

「報告副主任，喝酒、喝酒，」士官長把杯子舉得高高的，試圖化解他的不愉快，「益壽酒喝完後，我床舖底下還有自己泡的藥酒。」

「什麼藥酒？」將軍精神一振，「用什麼藥材泡的？」

「狗鞭、人蔘、當歸、茯苓、杜仲、巴戟天、五味子、肉蓯蓉，還有鎖陽。」士官長屈指算著。

「爲什麼不早說？」將軍急迫地，「快去拿來。」

士官長一轉身，將軍終於露出一絲笑意，順手把杯中殘存的酒喝完，再把酒杯往前一推，期待下一杯狗鞭酒。而喝後是否眞能壯如狗鞭？或許，只有將軍的心裡最清楚。

「當了半輩子的官，」將軍斜著頭、瞇著眼，趾高氣揚地對在座的人說：「我既不抽煙、又不賭博，唯一的嗜好就是喝點小酒，吃吃狗肉，替女人看看手相，偶而地到軍中樂園買張票，僅僅這幾點嗜好而已，其他的我一概不沾。」他說著、說著，竟又激動了起來，「我這輩子最討厭那些假惺惺的女人，像藝工隊那位顏小姐，雖然長得不難看，但卻不識相。我只是想替她看看相、幫她解解運，你們說，看手相能不碰手嗎？摸了她一下，就不高興啦！她也不睁眼看看，我是堂堂正正中華民國陸軍少將，摸摸她的手是看得起她、抬舉她。老實說，論美艷、論姿色、論氣質，她那一點能比得上庵前茶室那位蓬萊米，每次都把老子服侍得服服貼貼的，這才叫女人！」他說後，突然轉向我，「聽說你跟顏小姐的交情不錯啊，不管是眞是假，我都要鄭重地警告你，你年輕、有前途，不要跟康樂隊那些唱歌跳舞的女人混在一起，知道不知道？」

我雙眼凝視著他，沒有做任何的回應。士官長適時取來半瓶浸泡的藥酒，將軍喜悅的神情，儼若見到既粘又爽口的蓬萊米。他拿起瓶子，仔細地端詳了一番，而後興奮地說：「這條狗鞭還眞不小，這隻狗少說也有四、五十斤重，是黑狗吧？」

「副主任好眼光，是一隻純種的黑土狗，拴在後面那株芭樂樹下餵養的，連母狗都沒有碰過。這條狗鞭，好就好在這裡，加上珍貴的中藥材，整整浸泡了一年多，喝過後馬上見效，像這種又濕又寒的鬼天氣，少穿一件毛衣也不覺得冷。」

「少穿一件毛衣有什麼屁用，」將軍不屑地，「喝過後，那話兒管用又能持久才稱得上神奇啊，其他的都是廢話！」

「副主任您一試就知道啦，」士官長笑著說：「我敢保證，喝過後馬上見效，一定能隨心所欲，讓您天天吃蓬萊米而不厭倦。」

將軍樂得哈哈大笑，其他人雖然感到羞愧，但卻懼於他的官階，無奈地附和著他那充滿淫佚的笑聲。

3

黃玉蕉來金門服務已一年多了，憑著她烏黑的大眼，甜甜的笑臉、白皙的皮膚、魔鬼般的好身材，以及年輕就是本錢的優勢，她的票房紀錄在庵前茶室始終沒有人能打破。或許也是基於這個理由，從她初踏上這塊土地，被分發到庵前茶室後，就一直沒有把她調動。因此，她所接觸到的，白天都是少校以上的軍官，晚上則是有車、有夜間通行證的高官。黃玉蕉除了年輕漂亮外，據說還有一套異於其他侍應生的謀生本領，大凡嚐過甜頭的客人，彷彿都會被她粘住似的，往後一個個都會成爲她的老主顧。上校寧願等少校出來，少將也心甘情願地枯坐在管理員辦公室等候，除非不得已，也不輕率地買其他侍應生的票。於是，眼紅的侍應生，就爲她起了一個綽號，叫——蓬萊米。

坦白說，在六〇年代戒嚴軍管時期裡，金門人吃的幾乎都是生蟲發霉的戰備米，蓬萊米對於一些沒有出過遠門的朋友來說，絕對是陌生的。雖然幾次因公赴台，在友人家吃過，它不僅潔白、米質好，吃起來既Q又爽口，其口感與戰備米相較，簡直是天壤之別。庵前茶室侍應生替她們的同夥命起這個渾名，絕對是褒而不是貶。而蓬萊米這個綽號，也逐漸地蓋過黃玉蕉的本名，讓她在軍中樂園裡，受到百般的寵愛，票房紀錄歷久不衰。

然而，高票房的侍應生，相對地也是高危險群。依特約茶室轉呈上來的會計報表來看，蓬萊米一個月裡曾經售出近一千五百多張的票數，平均一天接客二、三十人次，當然其中有小部分是加班票。儘管侍應生每週一都要做例行性的抹片檢查，三個月必須抽血檢查，但還是不能讓性病完全杜絕。試想：一個一天和幾十位男人性交的侍應生，再怎麼防範，依然防堵不了性病的侵入。然而，倒楣的並非只有侍應生，那些守候在這方島嶼等待反攻大陸，偶爾必須到特約茶室解決性事的三軍將士，也不能倖免。雖然好心的軍醫組在每處售票口都張貼「性病防治須知」，教導官兵如何防範性病，但似乎很少人會去信那套：「事前多喝水，事後要小便」或戴上免費提供的「小夜衣」，因此，中鏢的嫖客不分官或兵。

若依常情來研判，高官中鏢的機率往往會比小兵高，因為侍應生有一對勢利的雙眼，不敢得罪大官。有些高官為了能在侍應生懷裡多一點溫存，會另給小費來博取她們的歡心，以趨辦完事後，還能賴在她們床上多磨蹭磨蹭。然若依醫學常識來分析，男性在射完精後，某一方面的抵抗力會較薄弱，這個時候正是病菌侵襲的好時機，這也是高官被傳染的比率會比小兵高的主要因素。而小兵一上床，侍應生就「快一點，快一點」猛催啦。他們辦完事，馬上就走人，甚至部分老實一點的小兵，還提著褲頭，邊走邊扣皮帶環，再順便到露天小便池，撒一泡尿，把殘存在體內的毒素排放出來，如此一來，中鏢的機率當然會減少。

不出所料，將軍終於中鏢了。

並非我幸災樂禍，而是那晚我被叫去訓了一頓，心有不甘。

「特約茶室星期一的抹片檢查，你們有沒有派人去督導啊？」將軍蹺著二郎腿，雙眼看著牆壁問我說。

「報告副主任，依權責由軍醫組派人督導。」我立正站好，表情嚴肅地說。

「如果侍應生賄賂軍醫，不確實檢查，再僞造檢查紀錄來矇騙你們，該怎麼辦？」

「這種事情從未發生過。」

「庵前茶室那位叫蓬萊米的黃玉蕉，有沒有送性病防治中心治療的紀錄？」

「最近幾個星期的檢查紀錄表，好像沒有看過她的名字。」

「我就知道有問題，」將軍突然把頭轉向我，雙眼睁得大大的，「自從蓬萊米到庵前茶室後，我就沒有買過其他侍應生的票。現在好了，我鐵定是被她傳染了，下部紅腫不舒服啊，只好硬著頭皮去打針，而那些蒙古大夫竟沒有檢查出她患有性病。」他說後，用食指指指我，「你回去給我查清楚，是不是有人收了蓬萊米的紅包，擅改檢查紀錄，明知她患有性病而不送醫，還讓她繼續營業，把性病傳染給別人。」

「報告副主任，」我依舊立正站好，竟然不經意地脫口說：「玫瑰多刺，許多長得漂亮、票房紀錄高的侍應生，都是性病的高危險群，您千萬要小心啊。」

「放肆，」將軍瞪了我一眼，「還要你來教訓！」

我無言以對，雙眼目視著他。

「對於性病防治這方面，你們承辦單位要嚴加把關，不要凡事往軍醫組推，官兵的身體比什麼都重要。」將軍的口氣緩和了許多，「我官那麼大，萬一被傳染到，只要到尚義醫院打打針就沒事了，其他官兵那能像我那麼方便。」

「我們在特約茶室的每一個售票處，都張貼著『性病防治須知』的警告牌，買票的官兵只要遵照它的警語行事，被傳染的機率會降到最低。」

「裡面說些什麼？」

「歸納出來，最重要的有二點，其一是戴小夜衣……」我尚未說完。

「男人戴那種東西，還有什麼快感可言，不覺得太無趣了嗎！」將軍搶著說，而後問：「還有呢？」

「事前多喝水，事後要小便。」

「是誰說的？」

「軍醫組。」

「胡謅，」將軍不認同，「喝一肚子水，鼓著脹脹的小腹，不覺得難受嗎？像我這種將級軍官，又怎麼能和那些校官一起站在露天廁所小便。」

「其實到了特約茶室，也就不必再分官階了。」我不客氣地說：「彼此都是去買票，又得按先後順序，少校出、將軍進的情況經常會發生。爲了排除殘存在尿道裡面的毒素，和那些校級軍官站在一起小便，並沒有不妥啊，除非不怕性病纏身！」

「你的經驗還蠻豐富的嘛，」將軍非但沒有生氣，反而問我說：「你到茶室買過票沒有？」

「沒有。」我的臉頰一陣熾熱，坦誠地說。

「年輕輕的，千萬不要學壞。」將軍露出一絲難得的笑意，「如果發現蓬萊米的檢查紀錄，蓋上陽性反應的話，要趕快告訴我，好讓我心裡有一個準備，到時不戴小夜衣還眞不行呢。知道嗎？」

「是的。」我必恭必敬地答。

「你是知道的，副主任這輩子沒有什麼嗜好，僅僅酒、狗肉和女人這三樣。其他的，一概不沾。」

「既然副主任喜歡此道，又怕性病纏身，爲什麼非要找蓬萊米不可呢？依她的售票紀錄來看，平均一天接客三十幾人，那麼高的接客率，想不染病也難啊！」我說著，卻也深恐他生氣，趕緊轉換話題，「其實特約茶室每航次都有新進的侍應生，年輕姿色較佳的都優先分發到庵前茶室，副主任可以另外找一個，何必讓蓬萊米給粘住。」

「你年輕、又未婚，不懂得女人之奧妙。」將軍一改先前的嚴肅，含笑而得意地說：「蓬萊米不僅人長得漂亮，服務態度好，全身上下更充滿著濃郁的女人味，我這一生玩過的女人不知凡幾，就是沒有碰到一個像蓬萊米那樣令我滿意的。我已交代過庵前茶室管理主任，不能把她調走。你也要幫我留意一下，找機會給金城總室劉經理打聲招呼。畢竟庵前茶室的環境較單純，那些管理員和我也熟了，每次看到我來，都會主動幫我安排，免得我跟著那些小官去排隊買票。聽清楚了沒有？」

「遵照副主任的指示。」我說後，故意收腿立正，不屑地看著他。

「少跟我來這一套，」將軍瞇著眼，望著白色的牆壁，回復到不正眼看人的本性，「你的一板一眼福利單位沒有人不知道，但如果想跟我作對的話，倒楣的絕對是你，而不是我。你要給我搞清楚，別以爲我管不了你們政五組！」

「副主任的命令，政戰部有誰敢不服從的。」我話中含著一絲兒輕視。

「知道就好！」將軍已聽出我的口氣，不悅地說。

4

將軍在台灣有家眷，已是眾所皆知的事。然他在金門所作所爲，除了台灣的妻室被矇在鼓裡外，防區的最高指揮部又有誰不知。雖然主管保防業務的政四組由將軍所督導，但政四所屬的「一〇一工作站」與「反情報隊」，倘若蒐集到不利於將軍的情資，依然可以越級直達「主任辦公室」和「司令官辦公室」。因此可想而知，主任和司令官不可能不知道將軍經常到庵前茶室嫖妓的事。然而，將軍是在下班時，循著正常的管道，到庵前茶室找蓬萊米的。雖然他運用特權，事先沒有排隊買票，但事後卻依規定補了票價較高的「加班票」，並沒有違法之處，任誰也奈何不了他。除非司令官下令把特約茶室關閉，或另以行政命令規定將軍不能到特約茶室娛樂。但，這二種理由畢竟太牽強了，它或許也是讓將軍有恃無恐、公開進出庵前茶室找蓬萊米的主因。

人的心理有時是很奇怪的，政戰部有些參謀，明明知道蓬萊米是將軍的老相好，卻故意到庵前茶室買蓬萊米的票。到了禮拜天，甚至還要搶在將軍的先頭，回來後再相互地談論上床時的心得和所見所聞，以及從蓬萊米身上散發出來的稻米香。最後共同的結論是——蓬萊米不僅人長得美、粘度也夠，小弟弟進去後更如航行在金烈海域的武昌一號，讓人有飄飄欲仙、神魂顛倒之感，稍不留意還會迷航呢。難怪將軍會不計毀譽，迷戀她的美色不厭倦，並非是沒有理由的。

自從山外茶室發生槍殺案件後，爲了防止再次發生類此事件，我們經常在晚間會同相關單位，針對特約茶室營業時間終止後，是否徹底清場，做不定期的突擊檢查，以防止不肖員工和侍應生勾結，讓少許帶有夜間通行證的官兵，私自在裡面逗留，衍生出一些難以防範的事端。

那晚，我們從成功、小徑、金城一路檢查到庵前茶室，在管理主任辦公室裡，恰巧碰到了將軍。

將軍坐在老舊的沙發上，蹺著腳，品著香片茶，依他浮躁的心情來看，可能已等了一段時間。

「副主任好。」我舉起手，趕緊向他敬禮。

「你們來幹什麼？」他目視著前方，把腳蹺得高高的，而且不停地抖動著。

「報告副主任，來瞭解一下結束營業後，他們有沒有徹底的清場。」我禮貌地回答，竟順口說：「還沒輪到您啊？」

「媽的，」他把蹺起的腳放下，看看腕錶，「不知道是那一個龜孫子，搞那麼久還不出來，讓老子足足等了好幾十分鐘。」

「報告副主任，現在賣的是加班票，時間可能會延長一點，您不是有夜間通行證嗎？多等一會兒沒關係啦，蓬萊米會補償您的。」我笑著說，諒他也不好意思生氣。

「通行證有個屁用，」他不屑地瞪了我一眼，「你們不是來執行清場的嗎？等一下時間一到，連我這個將軍都會被你們趕出去！」

「誰敢？」我淡淡地笑笑，「沒人有這個膽量啦！」

「諒你們也不敢！」他神氣地說。

邱管理主任適時地走進來，向將軍哈腰敬禮。

「報告副主任，蓬萊米已接完客，房門已打開了。」

將軍精神一振，快速地站了起來，順手摸摸頭、理理髮絲，而後逕自走出門外。正巧，一位手拿鋼盔、腰繫S腰帶的軍官，緩緩地從蓬萊米房裡走出來，將軍一眼就認出他是政一組的張少校。

「你到這裡幹什麼？」將軍高聲地問。

「報告副主任，查哨。」張少校有點慌張。

「來特約茶室查哨，」將軍厲聲地問：「你有沒有搞錯？」

「不，不是的，」張少校搖了一下手，緊張地說：「查哨的時間還沒到，剛好路過這裡，順便來買張票。」

「這裡漂亮的小姐那麼多，她們的票你不買，爲什麼偏偏買蓬萊米的票？」將軍指著他說：「難道你不知道我和她的關係，是不是存心和我搗蛋！」

「報告副主任，我向來都是買蓬萊米的票啊，」張少校解釋著說：「我又不知道您在外面等。」

「買她的票動作也要快一點呀！在裡面窮磨、窮磨，磨什麼東西？讓我足足等了四十分鐘。」將軍氣憤地瞪了他一眼，而後揮揮手，「趕快去查哨！」

「是。」張少校舉手向他敬禮。

將軍進房後，張少校神情落寞地走到我身旁，我拍拍他的肩，開玩笑說：

「貴官眞是『色膽包天』啊，竟然是將軍的『先進』，你這輩子在軍中的前途，鐵定是『無亮』了。」

「他媽的，我以爲這麼晚了，不會遇見熟人，先來買張票再去查哨，想不到竟碰到鬼。」他有些在意地，「眞是倒了八輩子的楣！」

「別太在意啦，」我安慰他說：「按規定買票，又不是白嫖；他能來，你爲什麼不能來？」

「話雖不錯，」他依然有些顧慮，「我們和他相處已不是一天二天了，政戰部誰不知道他的爲人？沉迷酒色的長官，心胸不僅狹小，手段也格外地毒辣。」

「沒那麼嚴重啦！了不起到他辦公室去聽聽訓。」我不在乎地，「不怕貴官您見笑，爲了特約茶室和侍應生的事，我是經常被叫去刮鬍子的。」

「你們的業務，不是羊副主任督導的嗎？」他不解地問。

「人家是將軍，官大。」我帶點嘲諷，「外表看來一副無精打釆的樣子，但一喝起酒、吃起狗肉、談起女人，精神就來了。如果我沒猜錯，他對自己督導的業務一定不感興趣，只有特約茶室才是他最關心的，主任應該讓他督導政五組的業務才對。」

「媽的，看見我買蓬萊米的票就不高興啦，眞是小鼻子小眼睛。」他有些憤慨，「有家有眷的人，還經常跑特約茶室，比我們這些王老五還不如、還低賤！有種就把她娶回家當小老婆，以後就沒有人會跟他爭了。」

「貴官也不要太高興，」我笑著提醒他說：「蓬萊米雖然好吃，但吃多了，也會有消化不良的副作用，別中鏢了！」

「這點老弟你放心，」他得意地說：「我二十幾歲出來當兵，跑遍台澎金馬的軍中樂園，從來沒有中過鏢。」

「將軍就沒像你那麼幸運囉。」

「什麼，」他訝異地，「他中鏢了？」

「被蓬萊米傳染的。」我有點兒多嘴。

「你怎麼知道的？」他迷惑不解地問。

「難道你不知道，將軍是我的『知交』啊！」

「原來你們同流合汙啊，」他指著我笑笑，而後嚴肅地說：「老天有眼，一個有妻室的人，還沉迷於侍應生的美色，眞是罪有應得。」

「好了，別再扯啦！」我提醒他，「趕快去查哨，待會兒將軍出來，看到你還在這裡，絕對會挨刮的。」

「他會那麼快辦完事嗎？」張少校反問我，而後低聲地說：「蓬萊米曾經告訴我，將軍不僅花樣多、名堂也不少，二杯黃湯下肚後，還會有一些下三流的變態動作，不把她當人看。人家蓬萊米雖然是一個妓女，但也有她的人格和尊嚴，爲了能在這裡討生活，只好啞巴吃黃蓮，不得不屈服於將軍的淫威。今天我倒要看看你們如何清場，如果時間一到，能準時把將軍請出去，那便是英雄；倘若不能，就是狗熊！」

「法令與特權永遠處在二個不同的極端，」我無奈地笑笑，「這點我認了。」

「沒種，對不對？你們這些人啊，全是狗熊！」他興奮地拍了一下手。

「別得意，定論也不要下太早，誰是眞正的狗熊還是一個未知數。」我淡淡地笑笑。

不久，張少校的身影已從武揚營區消失，他的新職是烈嶼守備區旅政戰官。儘管他有完整的學經歷，佔中校缺的希望很大，然而，將軍督導的是一、三、四組的業務，政戰人事歸政一，只要他一句話或一張小紙條，想把一位看不順眼的少校平調出去，簡直是易如反掌。總而言之，張少校千不該、萬不該，不該在蓬萊米那張咭吱有聲的床上當「先鋒」，而且「作戰」時間也太長，復又搏起「革命」感情。是否因此而激怒將軍，抑或是另有其他因素？或許，只有將軍清楚、老天知道。

5

特約茶室連續幾個航次，來了好些年輕貌美的侍應生，依規定必須先分發到庵前茶室，除了汰舊換新、彌補缺額外，並由金城總室依權責，把一些在同一個地點，服務時間較長的侍應生，做例行性的調動，讓官兵有一份新鮮感。而在這一波調動中，蓬萊米被調到山外茶室軍官部，我是看到金城總室報請核備的公文才知道的。雖然將軍曾經交代不得把她調動，但其權責在金城總室，並有先調動後報備的明文規定，過於干涉或關說，實有失上級單位之原則。但我自己也知道，要有挨刮的心理準備。

然而，一天、二天，三天、五天過去了，依然不見將軍有傳喚我去聽訓的動作，心中暗自慶幸，莫非將軍法外施恩、不再追究？或者是他另結新歡，早已把蓬萊米忘掉？無論是基於什麼理由，對我來說，都沒有什麼意義，只要不找麻煩就好。可是，一切並不如我想像的那麼單純，原來將軍返台休假，十天假期屆滿後又回來了。

那晚，我又幸運地被傳喚，當我步上政戰管制室陸峭的石階時，心情格外地沉重，並非怕挨罵，而是對將軍的人格產生極大的懷疑。堂堂一個中華民國陸軍少將，竟然會有如此的行爲，糜爛的私生活。這種將軍，或許早已失去革命軍人的軍魂，一旦反攻大陸的號角響起，是否能和敵人做殊死戰？還是躲在蓬萊米的懷裡，做一隻縮頭烏龜？

「報告。」我在門外喊著。

「進來。」將軍的聲音震耳、難聽。

我在他的辦公桌前立正站好。

「我不是交代過你，不要把蓬萊米調到別的地方去嗎？」將軍坐在藤椅上，面向壁，怒目斜視著我。

「侍應生調動的權責是金城總室，」我深恐激怒他，低聲而禮貌地說：「可能是最近幾個航次，新進了不少年輕、姿色較佳的侍應生，才會暫時把她調動。」

「你睜大眼睛看看，蓬萊米她老嗎？姿色難看嗎？」將軍激動地，「我官那麼大，不僅沒有嫌棄過她，反而讓我沉迷，那些少、中、上校軍官還會看不上眼嗎？」

「特約茶室調動的命令已經發佈，侍應生也按規定到新單位報到了，下一次找機會再把她調回去吧？」我低聲低調地說。

「你們擺明和我作對！」將軍怒氣沖沖、聲音高亢。

「報告副主任，誰膽敢和您作對，」我有點氣憤，但馬上又回復到低調，「爲了調動一位侍應生，讓您生那麼大的氣，實在感到羞愧。坦白說，山外茶室距離這裡很近，以後您不是更方便嗎？」

「方便個屁！」將軍轉頭狠狠地瞪了我一眼，「山外茶室軍官部人多又複雜，去買票的都是一些小尉官，我是少將耶，」他指指領上閃閃發光的星星，「你睜大眼睛看看，我是少將、我是將軍呀，怎麼好意思去跟那些小官爭先後。」

「副主任您還是可以採用老方法啊，」我爲他出點子，「跟以前到庵前茶室一樣，先在管理員辦公室等候，再請他們替您安排，不就行了嗎？」

「我不是告訴過你，山外軍官部人多又複雜。你動動腦筋想想看嘛，蓬萊米人長得那麼漂亮，服務態度又好，將來一定會有很多人買她的票。而那些小尉官，都是一些沒讀過什麼書的人，懂得什麼衛生常識！這下好了，讓她被那麼多人搞，不得性病才怪！」將軍憂慮地說：「一旦得到性病，還會傳染給別人，你知道不知道？」

「革命軍人上前線，刀槍大砲都不怕，相對地；敢到特約茶室買票的人，那會怕性病纏身。」我故意說。

「你不要強詞奪理，盡說些風涼話！」將軍不悅地。

「我是實話實說，」我辯解著，也企圖給他一點小小的難堪，「副主任您不是也中過鏢嗎，現在不也沒事了。」

「你知道我吃了多少藥、打過多少針？甚至不敢回台灣休假，怕傳染給我太太。」

「既然怕，就不要……」我不敢把「去」字說出口。

「你年輕又還沒有結婚，不懂！」他非但沒有生氣，反而轉頭對我說：「男女床第間的事，不懂神奇也奧妙。我是一個有品味、也注重情趣，性慾又強的男人，偏偏我的太太她冷感、不懂情趣，長得又難看，每次在一起，幾乎讓我沒有性慾可言。人生嘛，如果在這一方面不能滿足自己的需求，再多的金錢、再大的官，活著也沒有什麼意義。」

「這就是您到特約茶室的最大理由？」我大膽地問。

「坦白說，從事這種行業的女人，她們懂得如何讓男人盡興。尤其是蓬萊米這個小女子，她不僅漂亮、豐滿，懂得情趣，更有一套不易在其他女人身上找到的好功夫。你說說看，如此的一個女人，能讓我不傾心嗎？也只有像她這樣的女人，才能滿足我的性需求。」將軍說著說著，又把頭轉向牆壁，「今天，你們把她調離了庵前，往後只會造成我的不便，你要交代金城總室，快一點把她調回去，知道不知道？」

「是。」我不敢怠慢。

「我這個人嘛，一向是奉公守法、盡忠職守、任勞任怨地替國家做事，別的不良嗜好我全沒有，單單只喝點小酒，吃吃狗肉，玩玩女人。這些事主任、司令官甚至總司令全都知道，他們又能把我怎樣？我少將還不是照升。」將軍用警告的語氣，「今天找你來，是想和你溝通溝通，並不是求你，這點你要搞清楚！雖然你們五組的業務不是我督導的，如果想找你們的碴，辦法多得是！」將軍說著，突然把話鋒一轉，「政一組張少校怎麼走的，相信你是一清二楚。那晚你不是也在場嗎？查哨不查哨，還要先到軍樂園買張票；裡面十幾位小姐不找，偏偏買蓬萊米的票，讓我枯等一個晚上。這種不識相的參謀，不管他辦事能力有多強、學經歷有多麼完整，我是不會看在眼裡的。」

「張少校在裡面辦事，怎麼會知道您在外頭等？」我鼓起勇氣，替他抱不平。

「他整整搞了人家一個多鐘頭，如果人人像他那樣，蓬萊米受得了嗎？」將軍心中萌起一股強烈的同情心。

「那天我們到庵前茶室看清場，副主任您不也是在蓬萊米房裡待了一個多小時。」我笑著說。

「我是少將，他是少校，將、校能相比嗎？」將軍不悅地。

「同樣是庵前茶室軍官票，並沒有將、校之分。」

「渾蛋，」將軍怒氣沖沖地拍了一下桌子，「你存心和我抬槓是不是？我一生爲國盡忠、爲國效勞，特約茶室每個月發給我幾張免費慰勞票也不爲過啊！我花錢買票，好不容易找到一個老相好，你們卻偏偏和我作對，把她東調西調，搞什麼嘛！」將軍憤而地站起，猛力地把手一揮，「出去、出去，希望你盡快把蓬萊米調回庵前，要不然的話，大家就等著瞧！」

我抬頭看了他一眼，忘了應有的禮貌，轉身就走。步下管制室的石階，我不斷地反覆思考，如此之長官，是否值得我們尊敬？這種沉迷於酒色的狗肉將軍，其人格已蕩然無存，早已失去革命軍人的英雄本色，是時代的悲哀、抑或是國家的不幸？相信不久的將來，就能獲得答案。

6

一個月匆匆過去了，我並無懼於將軍的淫威，充分尊重金城總室對侍應生的調配，蓬萊米依舊在山外茶室軍官部營業，我依然辦我的福利業務。雖然將軍要我等著瞧，我亦不敢怠慢和放肆，時時刻刻、隨時隨地等著將軍來「瞧」，但始終沒「瞧」出什麼，讓將軍失望透頂。

有一天，西康二號總機小姐，轉來一通將軍要找我的電話。

「報告副主任。」我禮貌地說。

「有點事請你幫忙。」將軍的聲音，竟是那麼地和藹可親。

「報告副主任，您請吩咐。」

「蓬萊米她母親死了，急著要回台灣奔喪，你快一點幫她辦理出境手續。」

「我馬上和金城總室連絡，請他們快一點把出入境申請書送過來。」

「辦好了通知我一聲。」

「是。」

將軍先前的官聲官調已不見，我心中高興了好一陣。收到蓬萊米出入境申請書，我立即擬好會辦單，經過組長蓋章後，親自到政四組會稿，而後行文請第一處爲她辦理「先電出境」，並電話向將軍報告。

「你想想辦法幫她排機位。」將軍以命令的口吻說。

「排機位？」我默唸著這三個字，剎那間傻了眼。

「人家母親死了，夠傷心啦，難道你們承辦單位就不能發揮一點愛心，替她想想辦法，幫她排排機位，好讓她早點回去奔喪！」將軍的語氣有點怪，彷彿死的是他母親。

「報告副主任，從來沒有侍應生搭機的案例。」我據實稟告。

「你們這些死腦筋，」他急促地，「無例要開例啊！」

「政四組絕對不會在『搭機三聯單』上蓋章的。」我有些激動。

「你要去協調、要去想辦法啊！」

「報告副主任，」我深吸了一口氣，「關於這點，我實在是一點辦法也沒有。」

「要你們這些飯桶參謀幹什麼！」他「卡」地一聲，把電話掛斷。

「莫名其妙！」我放下電話，氣憤地說。

「怎麼啦？」組長適時走進辦公室，關心地問。

「副主任竟然要我們替那位叫蓬萊米的侍應生排機位。」我依然氣憤難消。

「官那麼大，盡說些沒知識的話，不要理他！」組長不屑地說。

組長可以不理他，但我能嗎？不理也得理，不想接他的電話也得接，這是一個業務承辦人的無奈。畢竟，他是將軍。

「蓬萊米搭飛機的事，簽好了沒有？」第二天，將軍又打電話來關切。

「報告副主任，還沒有。」我坦誠地說。

「我已經向政四組打過招呼了，你趕快簽會他們，好送運輸組幫她排機位。」

我停頓了一下，沒有即時回應他。

「聽清楚了沒有？」他大聲地問。

「是！」我氣憤地掛斷電話。

即使有滿懷的不悅，這件事不做一個明快的處理也不行。坦白說，將軍督導的並非政五組，對於福利部門的業務和相關法令幾乎都在狀況外，而卻處處以官階來關說和施壓，爲屬下製造困擾，的確不該。於是我毫不考慮地在簽呈上寫著：

主旨：爲侍應生黃玉蕉搭機案，簽請核示。

說明：一、奉副主任牛將軍指示辦理。

二、經查，特約茶室侍應生往返台金，均乘坐軍艦，從無搭乘軍機之案例。

山外茶室軍官部侍應生黃玉蕉（綽號：蓬萊米）因母喪，奉副主任指示爲該生安排機位，俾便其返台奔喪乙節，核與本部官兵搭機辦法不符，倘若破例准其搭乘，實有不妥之處。

三、復查黃生在金服務期間，部分軍官因迷戀其姿色難以自持，時有爭風吃醋、爭吵毆鬥之情事發生，徒增管理之困擾。

擬辦：一、黃玉蕉搭機部分，因礙於法令，擬由組長馬上校親向副主任稟報。

二、為防範未然，黃生先電出境後，擬同時解雇，並飭令金城總室遵照辦理。

三、恭請鑒核。

擬好簽呈，我同時加會了承辦保防業務的政四組，以及承辦軍紀監察業務的的政三組，除了獲得他們共同背書外，並在核判區分欄的司令官處打勾，也就是這份公文必須由司令官批示。

如依公文處理程序而言，顯然地，這份簽呈只要主任批示即可，我稟呈司令官的主要目的，是讓各級長官更深一層瞭解將軍的作為，也是我存心讓他難堪的自然反應，如此地出其不意，或許是將軍始料未及的。

司令官很快地在簽呈上批了「如擬」二個字，我拿著卷宗一陣暗喜。俗語說：人外有人，天外有天。但何嘗不是官上有官呢？如純以公務來說，倘使我有任何的疏失或過錯，儘管我們的業務不是將軍所督導，我依然願意接受他的糾正。然而，爲了一個侍應生，他卻拋棄了將軍的尊嚴，不僅和屬下爭風吃醋，且獨斷專行、無理要求，的確讓人感到不可思議。

7

蓬萊米搭機不成，又遭受解雇，將軍當然知道是我從中作梗。然我並無懼於他，也藉此讓他知道我絕不接受無理的關說和脅迫。實際上將軍應該感謝我，倘若繼續泡在蓬萊米那個無底的深洞裡，久而久之，潛伏在體內的毒素或許會擴大感染，繁衍成梅毒，再由初期衍生到不可收拾的末期，屆時，勢必讓挺直的鼻樑凹陷，讓那話兒紅腫潰爛變形，一旦如此，並非到尚義醫院打上一針就可了事的。但這似乎是我的多慮，將軍自己都不怕，我們又何必替他擔憂呢？從此之後，將軍就未曾傳喚我去聽訓，亦未曾接過他任何關說或指示的電話。或許，除了蓬萊米之外，將軍不會再找其他侍應生了；而若依常情推測，像他這種好色之徒，絕對忍受不了寂寞。難道他暗中正在尋找一位能取代蓬萊米的侍應生，好滿足他飢渴的性慾？

在得知蓬萊米返台奔喪、不能再回金門後，將軍曾試圖透過福利中心主任以及特約茶室經理，看看是否還有轉圜的餘地，好讓蓬萊米留在金門，繼續爲勞苦功高的三軍軍官服務。然而，司令官的命令誰膽敢反抗不服從？雖然蓬萊米有傲人的姿色，異於其他侍應生的技巧，讓將軍陷入她美麗的漩渦而不能自持。但這裡是戰地金門、反攻大陸的最前哨，將軍的所作所爲、一言一行，司令官可說瞭若指掌。如果他的行爲再不檢點，嗜酒好色的本性依然，以軍中嚴明的紀律、長官的睿智，能矇過一時，也騙不過永遠，走遍大江南北的將軍，焉有不知情之理。然而，他的良知已被酒色矇蔽，心想的再也不是古厝牆壁上那一句句鏗鏘有力的口號，而是酒、狗肉和女人。

在戒嚴軍管時期，軍方除了披著一層神秘的面紗外，又築有一道平民百姓難以跨越的圍籬，善良的島民始終認爲：高官除了官大學問大，更有高人一等的品德和才華，但仔細地觀察，卻也不盡然。表裡不一的高官比比皆是，一些曾經身歷其境者，只是恥於揭開他們虛僞的面紗，並非全然不知情。誠然，軍中臥虎藏龍、人才濟濟，大部分將官都是身經百戰、文武兼備的將領，但亦有極少數品德不端、不學無術，僅懂得逢迎拍馬、求官之道的軍中敗類，與此時的社會形態並沒有兩樣，可說是見怪不怪。

終於，將軍調職了，出乎許多人預料，竟然是高升。有人說他懂得逢迎拍馬、求官之道；有人說他後台硬、靠山高。不管如何，他即將離開武揚營區是鐵般的事實，政戰部大部分官兵都拍手稱快，但絕對不是為了他的高升，而是恥於和這種長官共事。因為，保防、軍紀、監察、文康、民運、黨務、政治教育等均隸屬於政戰體系，政戰幹部亦被譽為是軍中楷模，豈能容許少數敗類在裡面胡作非為。雖然一時奈何不了他，倘使不思過，總有踢到鐵板的時候，只是時辰未到而已，他又能囂張跋扈到幾時。

俗語說：「天有不測風雲，人有旦夕禍福」，世事的變化的確讓人難於想像。將軍新職位尚未坐穩，卻又被調到國防部屬下的一個委員會，擔任不必天天上班的委員。若依軍中的體制和倫理而言，此次的調動，可說是將軍官場生涯、軍中生活的終結。將軍不知是遇到貴人，還是夜路走多了撞見鬼。針對這件事，小道消息有不少的傳聞，而較可靠又令人信服的一則是：某天，將軍參加一個宴會，酒過三巡後，隨即原形畢露，在眾人目光炯炯之下，竟然拉起某位年輕貌美夫人的手，要為其看手相。起初大家並不為意，只見將軍睜著一對色瞇瞇的眼，緊盯著人家的胸部，帶有腥味的手在她的手心手背輕揉細搓，復又黃腔色調，漫無節制，看得諸夫人們花容失色、驚惶不已。在座的人眼睜睜地看著將軍的醜態，但卻敢怒不敢言。恰巧，其中有某總司令夫人的知交在座，當場嚴辭斥責將軍的不是，又義憤塡膺地在總司令面前告了一狀。將軍再硬的後台，那有總司令的後台硬；再高的靠山，也沒有上將的靠山高，因此，不得不俯首認罪、四處求饒，但卻爲時已晚，先調委員再飭令退伍。於是，肩上的星光不再閃爍，呼風喚雨的神情不再。酒、狗肉、女人，成就了將軍的美夢，但也終結了將軍的一生。

8

而今，將軍已蓋棺，即使活著時有「是非成敗轉眼空」的怡然心境，但凡走過的必留下痕跡，爾時的情景歷歷在目，其功過與是非，有待史家來定奪……。

二〇〇五年作品。原載《浯江副刊》

老毛

1

「老毛」是陸軍運輸上士江中漢的綽號。只因爲他人長的矮胖，加上滿臉橫肉和落腮鬍，腦勺子又特別發達，頂上粗密的頭髮喜歡往後梳，軍帽一脫就自然地分了邊。雖然他與對岸的毛主席扯不上任何關係，但容貌卻有幾分相似。起初大家都叫他毛澤東，然而，在兩岸軍事對峙的那個年代，在「反共抗俄、殺朱拔毛」的聲聲口號中，叫他毛澤東的確有點兒刺耳和沉重。於是，大夥兒就改叫他老毛，想不到，老毛、老毛，一叫就是三十幾年，幾乎快忘了他原來的名字。

老毛是「太武守備區」指揮官陸將軍的駕駛。坦白說，太武守備區是一個臨時編組的單位，指揮官雖然貴爲少將，但整個指揮部包括指揮官，二位參謀，文書兼傳令以及駕駛，只有少得可憐的五個人。陸將軍原是第八軍副軍長，他是隨軍部輪調到金門、配屬金防部。軍長成了防衛部副司令官，軍參謀長、主任、科長成了各該單位的副座。三位副軍長或許沒有適當職位可安排，一位當了「作戰協調中心」總協調官，一位是「研究發展委員會」主任委員，另一位是「太武守備區」指揮官。他們除了人員少之外，幾乎沒有什麼業務可辦，不像一般處組那麼忙碌。身爲指揮官駕駛的老毛，當然就落得輕鬆悠閒了。

老毛是民國三十八年隨軍撤退到台灣的，復又隨部隊多次輾轉金馬外島，十餘年來已三臨金門，駐紮的時間前後長達七年之久，可說是老金門了。若依年齡來說，那些充員戰士，喚他一聲叔叔並不爲過；然而，大家都習慣叫他老毛，聽在耳裡他並不以爲忤。除了會開車外，他對烹飪也頗有心得，沒事時，經常地在他獨居的小碉堡裡，用煤油爐煮些吃的打打牙祭，再喝點小酒解解思鄉之愁。和許多北貢兵一樣，偶爾也會到特約茶室買張票，除了和侍應生短暫的溫存外，同時也解決壓抑的性慾。日子雖然過得逍遙自在，但經濟卻不太寬裕，似乎沒有在異鄉落地生根、成家立業的打算，一心一意等待反攻大陸回老家見爹娘。

在這個防區最高司令部裡，各單位除了文書、傳令、駕駛外，清一色都是官。而老毛只是一個上士駕駛，跟那些高高在上的參謀們並沒有什麼好聊的，與那些嘴上無毛的小兵也沒什麼話可說，惟獨與一位受聘於軍方的金門青年老陳無所不談。

老陳是金防部直屬福利站的主管，並在政五組兼辦防區福利業務，他有金門青年的純樸和敦厚，雖然兩人的年紀懸殊，但卻沒有任何的隔閡和代溝。他深知老毛離鄉背井、拋妻別子，追隨蔣總統、跟著國軍南征北討，而後撤退來台，復在這個小小的島嶼等待反攻大陸回老家。儘管他的家在一水之隔的對岸，但想踏上那塊土地，似乎是一個遙不可及的夢想，因此，老陳對他的一份憐憫之心油然而生，倘若老毛在經濟上遇到了困窘，只要一開口，在能力範圍內，幾乎從未讓他失望過，其他的小事更不用說了。而老毛並非是一個需索無度的人，他重義氣、講信用，從不輕率地求人，且借的都是些應急的小錢；「有借有還、再借不難」更是他一生的堅持。當然，一旦老陳需要用車請他幫忙時，他從不推辭，總會想盡辦法給他方便。也因此，這份友誼在他們內心中自然成長，爾後是否能歷久不衰、恆久不渝，就讓歲月來考驗他們的眞誠吧！

陸將軍返台休假的第二天，恰好是老毛的生日。他在碉堡裡用煤油爐燉了一小鍋紅燒肉，煮了一小盆陽春麵，開了一罐軍用鰻魚罐頭，備了一瓶紅標米酒，誠懇地邀請老陳同來小酌一番。

「老毛，」老陳帶了一瓶剛從物資供應處批來的壽酒，在碉堡外高聲地嚷著：「生日快樂！」

「快進來，快進來。」老毛在碉堡裡急促地回應著，當他看見老陳手中帶著一瓶酒時，不好意思地說：「幹麼那麼客氣？我這鍋肉、這盆子麵，也值不了你那瓶酒。」

「一本『煙酒配貨簿』才配到二瓶壽酒，」老陳把酒放在那張擺著菜餚的克難小桌上，笑著說：「難道你忘了好酒要與好友共享？尤其它是一瓶特製的壽酒，喝過後保證你和蔣總統一樣——福如東海、壽比南山。」

老毛笑笑，而後相繼地坐下。老陳扭開瓶蓋，在彼此的碗中各倒了一些酒。

「來，」老陳拿起碗，對著老毛說：「生日快樂。」

「謝啦。」老毛輕啜了一口酒。

「你如果沒出來當兵，在大陸老家或許已是兒孫滿堂了。」老陳淡淡地說。

「可不是，我結婚早，出來當兵時兒子已經三歲了。」老毛低下頭，看著碗中酒，感嘆地說：「時光一晃，二十年過去了，誰曉得他們是生？是死？」

「吉人自有天相，說不定你已當了爺爺而不自知。」老陳安慰他說。

「那有那麼好的命喲，搞不好早已被共產黨清算鬥爭殺了頭！」老毛搖搖頭，苦澀地笑笑。

「沒那麼嚴重啦，」老陳拿起筷子，看了他一眼，笑著說：「或許，不久就要反攻大陸了……」

「做夢！」老毛搶著說：「這輩子鐵定要把異鄉當故鄉了。」

「說來也是，很多人早已看開了一切，在台灣成家了。」老陳說。

「在台灣成家的都是一些大官，我們這些老骨頭，恐怕永遠沒機會囉。」老毛有點兒自卑地說。

「那也不見得，」老陳安慰他說：「在台灣成家的士官多的是，在金門落腳的也不少。」

「人家年輕、運氣好。」老毛喝了一口酒。

「你並不老，運氣也不差，可能是緣分未到吧！」

「坦白說，初到台灣的那幾年，倒是有很多機會，但內心始終有一個想法，不久就要回老家、見妻兒了。想不到妻兒沒見到，還耗掉自己的青春。」他微嘆了一口氣，神情黯然地，「過些時候就必須屆齡退伍囉，一旦離開軍中這個大家庭，往後就是孤家寡人一個，讓人不落淚也難啊！」

「別說這些感傷的話啦，」老陳再次地安慰他說：「如果非退不可，到時就留在金門算了。」

「留在金門喝西北風？」老毛不屑地看了他一眼。

「天無絕人之路，況且，金門的環境較單純。」

「話雖不錯，」老毛頓了一下，「台灣地方大，工作好找、謀生容易。」

「喝酒、喝酒，」老陳拿起碗笑著說：「退伍令八字都還沒一撇，看你窮緊張的模樣，不覺得好笑嗎？」

「就剩那麼幾個月啦，我能不憂心嗎？」老毛喝了一口酒，無奈地笑笑。

「退伍後乾脆就留在金門，我介紹你到特約茶室當工友。」老陳開玩笑地說。

「眞的，」老毛興奮地，「你老弟可不能跟我開玩笑。」

「只要你有這個意願，我一定幫忙。」老陳正經地說：「特約茶室的環境雖然複雜了點，待遇也不是很高，但並非人人想進去就能進去得了的。這個社會既勢利又現實，講的是關係、靠的是權勢。即使福利單位員工待遇低，工作量重，還是有許多人央請高官引介或關說，能如願者，並不多。」

「這點我清楚。」老毛微微地點著頭。

「特約茶室的工友是以九等二級起薪，每月薪餉三百元，另加三百元主副食費，總共是六百元，年節會另發獎金或加菜金；裡面有宿舍、有伙食團，吃住都不成問題。一旦退伍後，又可領到一筆退伍金，存在銀行還能生利息。而且金門生活水準低，消費便宜，如果自己懂得節儉、妥善運用，足夠你無憂無慮地生活一輩子，甚至養一個小家庭都沒有問題。」

「老弟，如果眞能這樣，那實在太好了，」老毛以一對感激的目光凝視著他，「這幾年來，我也買了一點『國軍同袍儲蓄券』，對往後的生活應該會更有保障。」

「有時看到你經濟不太寬裕的樣子，還誤以爲你所有的錢都花光了。」老陳的臉上浮起一絲喜悅的笑容。

「這點錢是準備反攻大陸回老家時送給老婆孩子的。」老毛又感傷地說：「如今，眼睜睜地看著回老家的美夢已破碎，它正好可作爲我葬身異鄉的棺材本。」

「別說這些感傷的話，」老陳拿起碗說：「喝酒！喝酒。」

他們同時輕啜了一口酒，但老毛的情緒似乎沒有平復。

「他媽的，什麼『一年準備，兩年反攻，三年掃蕩，五年成功』；還說：『我帶你們出來，一定會帶你們回去』，簡直都是謊言！今天仔細地一想，已被他們騙了整整二十年了……」老毛一陣哽咽，再也說不下去。

「好了，別說這些牢騷話啦，」老陳安慰他時，卻也有點憂心，「萬一不小心被政四組保防官聽到，保證你吃不完兜著走。」

「單操一個、命一條，怕什麼！」老毛激憤而不在意地說。

「在這裡發發牢騷沒關係，一旦在大庭廣眾或以後退伍成了老百姓，千萬要注意自己的言行，別爲自己增加困擾、替別人添麻煩。」老陳低聲地開導他說。

「好啦、好啦，不說了、不說了。」老毛無奈地笑笑，「簡直他媽的愈說愈生氣！」

「在這個戒嚴地區、軍管時期，多說無益，少說才能保身，這個道理相信你比我更清楚。」老陳看看他說。

「一旦退伍，我這個驢子脾氣不改還眞不行。」

「不錯，一切要謹言愼行，由不得我們牢騷滿腹、大放厥詞。」老陳趁機提醒他說：「尤其是特約茶室進出的人員很複雜，最可怕的是那些反情報隊以及臥底的線民，他們往往拿著雞毛當令箭，在裡面興風作浪、作威作福，簡直是成事不足、敗事有餘。以後如果有機會進去服務的話，必須特別注意、格外小心。」

「退伍後我會學做一個良民，凡事以工作爲重，不會爲別人、替自己製造任何的困擾。」

「我認同你的看法。」老陳肯定地說：「生在這個亂世，必須遷就現實。爾時的情景就彷彿是繚繞的雲煙，來也匆匆、去也匆匆，不値得我們去追念。把握現在、珍惜未來，才是我們應該追求的方向。」

「聽君一席話，勝讀十年書。」老毛興奮地拿起碗，「老弟，我服了你。來，乾杯、乾杯！」

老陳拿起碗一口飲下，而後含笑地看看他。在這個窄小冷清的碉堡裡，在微弱燈光的映照下，看到的雖是一個充滿喜悅的臉龐，但卻難掩內心的孤寂和落寞。這是一個悲傷、苦楚、不幸的時代，兩岸軍事爲何要對峙？兄弟爲何要相持？承受心靈與肉體雙重苦難的永遠是善良的百姓、無辜的人們。多少人有家歸不得，多少白骨深埋在異鄉的土地上，這何嘗不是時代的悲劇、炎黃子孫的不幸！

哥倆平分了半瓶壽酒，從他們興奮高亢的言談中，看來已有些微醺。如以時代背景而言，以恭祝蔣總統華誕的壽酒來爲「老毛」祝壽，的確有點諷刺，但畢竟，此「毛」非彼「毛」也。

2

「退伍」一詞，對於那些天天數饅頭的充員戰士來說，其興奮的程度不言可喻。他們脫下軍服，繳回裝備，手提金門高粱酒，打著「戰地榮歸」的旗幟光榮返鄉和家人團聚。而對於那些少小離家老大不能回、屆齡必須退伍的老兵而言，何處是他們的歸途呢？許是茫茫人海或現實社會，此刻怎不讓人潸然淚下。

老毛是少數幸運的退伍老兵，他不必跟著人家到台灣依靠同鄉、老長官或到榮民之家安養，在老陳的安排下，很快就到特約茶室金城總室報到。

報到的那一天，劉經理對他說：

「這份工作雖然只是一個燒水、提水兼打雜的工友，但卻有許多人透過各種關係來爭取。我必須坦誠告訴你，如果不是政五組陳先生的介紹，這個機會永遠不會屬於你，希望你好好幹。」

「謝謝經理，我會全力以赴的。」老毛必恭必敬地說。

「你到辦公室找事務主任，聽候他的調配和安排。」經理囑咐他說。

「是的。」老毛舉手敬禮，不敢怠慢。

金城總室對老毛來說並不陌生，因為他曾經來這裡買過票，但次數已忘了。最近一年來，他買的是士官兵部三十二號，一位名叫古秋美小姐的票。聽說古小姐來金門已經好幾年了，論姿色長得並不漂亮，看樣子年紀也不小，但待人卻十分誠懇，服務態度和床上功夫也不在話下，每次都能讓老毛盡興而歸，久而久之，就成了老相好。雖然來過無數次，但只限定在侍應生的房間，對於整個特約茶室的環境，還是相當陌生的。

金城總室佔地寬廣，四週築有高牆圍繞著，所有房舍均為紅磚灰瓦；大門朝北，入口處是售票房，隔鄰是福利社，左右各兩棟直式的建築，分隔成四十餘個小房間供侍應生營業用。左後方是廚房、餐廳和員工宿舍，以及供應熱水的火爐間。

總室有工友四人，一位負責整理辦公室以及公文傳遞，一位負責燒水，兩位負責提水，早晚的清掃工作則不分彼此。老毛接替的是燒水工作，這份差事看似簡單，做起來確實不易。一具大鍋爐，以煤炭做燃料，清晨六點之前必須起床和煤、生火，營業時間一到才有熱水可用。春、秋二季，只要保持適當溫度即可，夏季用量更少，到了冬天，必須維持高溫，始有足夠的熱水供侍應生使用。

老毛再怎麼思、怎麼想，也想不到為國辛勞了大半輩子，最後卻來到這個販賣靈肉的地方討生活。早上除了和煤、生火、燒水外，又要打掃環境，提水沖洗含有腥味、滿佈衛生紙屑的水溝，以及應付管理員臨時的使喚、小姐們的請託，從早到晚可說忙得團團轉，幾乎沒有清閒的時間。

一個雨天的晚上，上門買票的客人並不多，老毛心想：爐子裡的熱水已夠用了，便獨自一個人悠閒地從軍官部的走廊一直逛到士官兵部。恰巧，碰到三十二號古秋美。

「江班長，怎麼好久沒來買票了？」古秋美阻擋了他的去路，笑著問。

「我已經退伍了……」老毛尚未說完。

「我知道你已經退伍了，」古秋美搶著說：「難道你不知道在這裡服務的無眷員工也可以買加班票？」

「剛來的新手，忙得一場糊塗，哪裡有心思想那種事。」老毛實說。

「年輕人是愈忙愈起勁，」古秋美開玩笑地說：「老了就認老吧！別說沒有心思想那種事啦。」

「的確是老囉，連爲它犧牲奉獻一輩子的國家都不要我們了，妳說說看，夠老了吧。」老毛無奈地說。

「走，不談這些，」古秋美拉了他一下衣袖，「到我房裡坐坐，我請你喝茶。」

「不，」老毛搖搖頭，有所顧忌地說：「等一下讓管理員看到不大好。」

「怕什麼，他們還不是經常在小姐房裡聊天，」古秋美毫不客氣地說：「在裡面喝酒、過夜的大有人在。」

「那可不是開玩笑的，萬一被上級單位查到，不被撤職才怪。」老毛有些擔憂。

「新來、漂亮、老實的小姐，幾乎都被他們吃定了。你剛來，還沒看清那些人的眞面目，久了就會瞭解。」古秋美說完，同時移動著腳步，老毛緩緩地走在她的背後，跟著她進房，坐在一張圓凳上。

「你不知道那些人有多麼地惡質，」古秋美爲老毛沖了一杯香片茶，而後坐在床沿，對著老毛抱怨著說：「連一個提水的工友也不把我們看在眼裡，一旦沒有巴結好而得罪了他們，那有夠你瞧的。」

「他們敢不提水給妳們用嗎？」老毛不解地問。

「水當然會幫我們提，」古秋美無奈地說：「軍官部六號的楊秀玲，她年輕漂亮，票房紀錄高，認識很多大官，但有點高傲，不賣他們的帳。這下可好了，夏天幫她提的是滾燙的熱水，冬天提的是馬上就冷卻的溫水，把她整得哇哇叫，楊秀玲又能把他們怎樣？」

「可以向管理員反映啊。」老毛不平地說。

「他們永遠有充分的理由：夏天氣溫高，煤炭易燃，熱水一下子就變成滾水；冬天水溫低，燒了一個小時還燒不熱，能怪誰呢？」古秋美激動地說。

「提水本來就是工友的職責，難道還要送紅包？」

「送紅包倒是不必，讓他們佔佔便宜倒是眞的。」

「佔什麼便宜？」

「那要看個人的手腕。」

「原來提水還有好處啊，」老毛訝異地，「難怪燒水的工作沒人願意做。」

「江班長，」古秋美突然轉變話題說：「你還眞有辦法，一退伍馬上就有工作，是誰介紹你來的？」

「一位金門朋友。」

「金門人都是介紹他們同鄉進來工作的，怎麼會介紹你呢？」古秋美好奇地問：「你的朋友在哪裡做事？」

「金防部，」老毛據實相告：「我們這裡的業務，就是他承辦的。」

「這就難怪啦，」古秋美說後，想了一下，「那個人個子不高，瘦瘦的，穿卡其制服，經常到這裡查東問西的，是不是那個人？」

「不錯，就是他。」

「我們辦公室那些人都很怕他，也很討厭他。」

「他爲人正直，辦事一絲不苟，痛恨那些爲非作歹的小人。」

「他一來，大家都緊張了，每次管理員都會警告我們不要亂講話。」

「人家有知識、講是非，不像我老毛草包不講理。」

「老毛，誰是老毛？」古秋美疑惑地問。

「妳看看我長得像誰？」老毛笑著說：「在金防部的時候，大家都說我長得像共黨頭子，起初叫我毛澤東，後來就乾脆叫我老毛。」

「現在仔細地看來，還眞有點像。」古秋美打量了他一番，笑著說：「老毛這個綽號叫起來也蠻親切的。以後不叫你江班長了，就叫你老毛，好不好？」

「當然好。」老毛興奮地和她開玩笑，「妳在這裡脫褲子爲三軍將士服務，我在這裡當工友爲妳們服務，雖然彼此的工作性質不一樣，但我們不僅是現在的同事、也曾經是老相好啊。」

「你是我的恩客啦，」古秋美笑著說：「謝謝你以前的捧場，往後還得請老毛您多多照顧我的生意。」

「古小姐……」老毛還沒說完。

「叫我阿美就好。」古秋美搶著說。

「好，阿美，」老毛喜悅的形色溢於言表，「坦白說，妳的服務態度不在話下，每次買妳的票，待人總是那麼親切誠懇，讓我這個離家二十餘年的老兵，內心充滿著一股無名的溫馨。」

「以後如果有需要的話，不要忘了買我的票，讓我多做一點生意、增加一些收入，好養兒育女。千萬別看到年輕漂亮的小姐，就忘了我這個老相好喔。」

「坦白說，我老毛雖然又老又醜，但還不是一個寡情薄義的男人。雖然我花錢買票有選擇小姐的權利，多數人是以年輕貌美爲對象，而我則是以溫柔體貼爲主。除了想解決壓抑的性慾外，更想從女性的身體中，獲得一些溫暖。」老毛說後，又好奇地問，「妳剛才怎麼說：『增加一點收入，好養兒育女』，難道妳結婚了？」

「幹我們這一行的，難道非要結婚才能生小孩？」古秋美反問他，而後說：「除了經期外，時時刻刻都有懷孕的可能。一旦懷孕了，能拿掉最好，萬一生了一個父不詳的孩子，也是無可奈何的事。」

「妳有孩子了？」

古秋美點點頭。

「多大？」老毛關心地問：「男孩？還是女孩？」

「男孩，已經三歲了。」

「誰幫妳帶？」

「請一位本地的阿嫂幫忙照顧。」

「台灣還有什麼親人？」

「死光光了，全都死光光了。」古秋美微嘆了一口氣，「唉，不談這些，一旦談起，簡直會讓我血脈賁張。」

「既然沒有了親人，小孩就是妳最後的依靠。」老毛雙眼流露出一絲同情的眼神，「在孩子身上要多花點時間，好好照顧和教導，長大必然會成器。」

「養大一個孩子談何容易啊，」古秋美有些感傷，「人生這條路，我走得倍感艱辛，有時眞想一死了之。」

「千萬不能有這種想法，只要活著就有希望。」老毛安慰她說。

「你不知道，有些人根本不把我們當人看！」

「別忘了，我們是爲自己而活的。」

「話雖不錯，但妓女也有自尊心啊，有時候實在忍受不了別人的奚落。」古秋美感嘆著，「可憐喔！」

「再怎麼可憐，也沒有我們這些老兵的可憐，」老毛搖搖頭，有點兒感傷，「青年時轟轟烈烈的爲國家馳騁沙場和敵人做殊死戰，如今老了，沒有利用價値了，被解甲後有家也歸不得，孤零零的，一個人流落在異鄉的土地上自生自滅，教人不悲傷也難啊！」

「你在大陸結過婚沒有？」古秋美關心地問。

「出來時，孩子已經三歲了，」老毛淡淡地說：「現在不知是生？還是死？只好聽天由命了。」

「生在這個亂世，無辜的孩子也必須承受相同的苦難，造物者實在太不公平了。」

「不要怨天尤人。」老毛站了起來，苦澀地一笑，「時間不早了，改天找機會再聊吧！以後如果有需要我幫忙的地方，妳儘管吩咐，只要有空，我老毛一定效勞。」

「謝謝你，」古秋美禮貌地對他笑笑，也順便提醒他，「不要忘了，如果生理上有需要，要買三十二號古秋美的票，好好記住喔。」

老毛點點頭，踏著輕盈的腳步，含笑地步出士官兵部三十二號古秋美的房間。

屋外的雨依然滴滴答答的落著，他穿過長廊，走出甬道，回到幽暗的火爐間，在盛放煤炭的箱子裡灑水攪拌後再添煤封爐。不一會兒，濃煙從煙囪冒出，一股刺鼻的煤煙味直撲他的鼻孔。或許，往後的人生歲月，注定要在這個幽暗的小房間裡度過。未來是炭火燃燒時的光明，還是封爐後的黑暗？這並不是一個退伍老兵所能左右的。他的心裡充滿著期待，但也有幾分失去時的落寞。

3

老毛的來歷金城總室所有的員工都很清楚，他雖然只是一個退伍上士，卻是他們上級單位的業務承辦人介紹來的；除了侍應生外，儘管所有職工的職務、資歷都比他高或深，但卻也不得不設防，惟恐有些事讓他知道了，會向上級打小報告，徒增許多不必要的困擾。

其實老毛並不是那種人，他個性耿直、是非分明，更清楚自己在這個單位所扮演的角色。儘管從軍時喜歡在好友面前發發牢騷，但此時已是一個平民百姓，因此，他非常珍惜這份得來不易的工作。把環境水溝沖洗打掃乾淨，在營業時間保持爐水的溫度，偶爾地幫忙提提水，這些才是他的職責，其他的事，他無權過問，也從不多嘴，更不能替好心介紹他來工作的朋友製造任何的困擾。

星期一是特約茶室的公休日，侍應生必須先接受軍醫單位的抹片檢查，工友必須把環境打掃完畢才能放假。金門籍的員工回家去了，侍應生難得一個禮拜才有一天假期，大部分都出去逛街購物或看場電影，以調劑一下身心。

單身而無家可歸的老毛，總會利用假日，把身上那套袖子和衣領被燻黑又充滿著一股濃濃煤煙味的衣服換下來洗。洗衣對他們這些常年在軍中服役的老兵來說，簡直易如反掌，但侍應生就不一樣了，她們的衣服幾乎都包給鄰近的阿婆阿嫂來洗滌。當然，也有極少數較節儉的侍應生會自己洗。

老毛把一堆髒衣服放在一只鐵桶裡，剛注滿水，水馬上變成黑色。想不到在軍中，穿著一向整齊清潔的自己，一退伍，就變得邋裏邋遢，看到如此的情景，內心不禁湧起一股無名的悲傷。快五十歲的人啦，還要自己洗衣，如果不是在這裡工作，勢必還要自己煮飯。他後悔當初一心一意只等待反攻大陸回老家，沒有在台灣成家的打算，要不，今天也不會落得燒水給妓女洗屁股的下場。老毛想著想著，情不自禁地悲從心中來，一滴眼淚潸然而下。

「老毛，你在洗衣服啊？」

他一聽，就知道是三十二號古秋美的聲音。轉頭一看，古秋美右手牽著一個小男孩，緩緩地走過來。

「妳沒出去玩啊？」老毛迎了過去，向小男孩拍拍手，而後問：「他就是妳的孩子？」

古秋美含笑地點點頭。

「哇，長得眞可愛，」老毛蹲下身，拉起他的小手，「叫什麼名字？」

小孩有點羞澀，一轉身，緊緊地抱著古秋美的大腿。

「他叫小傑，」古秋美代他答：「古志傑。」

「小傑乖，」老毛摸摸他的頭，而後輕輕地拉拉他的手說：「來，伯伯抱抱。」

小傑依然抱住古秋美的大腿。

「叫伯伯不覺得奇怪嗎？」古秋美笑著說。

「有什麼好奇怪的，」老毛看看她，笑著說：「妳仔細想想，買妳的票的弟兄，還會有誰比我更老的？」

「說不定是你播的種。」古秋美樂得哈哈大笑，從事這種工作久了，和客人打情罵俏慣了，這種玩笑話對她們來說，似乎是極爲平常的事。

「我那有這個福份，」老毛也深知她在開玩笑，「流落他鄉這麼多年了，如果眞有一個這麼乖巧可愛的孩子，此生不僅沒有任何的冀求，死也無憾了。」

「慢慢等吧，老毛，」古秋美含笑地挖苦他說：「你沒聽到，部隊的早晚點名，還經常高唱：『反攻的時候到了，動員的號角響了』，聽起來多麼地震撼人心啊！眞到了那一天，回老家抱的可不是兒子，而是孫子囉。」

「不怕妳笑，」老毛露出一絲苦笑，「我整整做了二十幾年的美夢，如今隨著屆齡退伍，也徹底地粉碎這個盤據在心頭的夢想。」

「既然有意在這個地方落腳，如果有機會，應該成個家，將來也有個伴。」古秋美關心地說。

「年紀一大把了，想成家，談何容易。」老毛無奈地說。

「不要老是把自己想像成一個老頭子，」古秋美開導他說：「雖然你屆齡退伍、離開了軍中，但五十歲不到、身體又那麼強壯，往後的路還長著呢！如果能找一個後半生能相互關懷照顧的伴侶，那是再好不過了。」

「難啊，」老毛搖搖頭，「想也不敢想。」

「你可以請你那位金門朋友幫你留意一下啊！」古秋美爲他出點子，「不一定要黃花閨女，只要有誠心、有眞意，能夠相互依靠終生的都可以。譬如說：丈夫早逝的，或是一些心身肢體有殘缺的啦！只要條件不要太高，應該很容易找到的。」

「一位被解甲而淪落在異鄉的退伍老兵，想擁有一個屬於自己的家，只有衷心地期待，那有挑剔的權利。但機會往往是可遇而不可求的。」老毛不敢寄予厚望。

「機會總是留給有心人。」古秋美淡淡地笑笑。

「妳呢？」老毛反問她，「以後有什麼打算？」

「做一天妓女，脫一天褲子，還能有什麼打算。」古秋美灑脫地說。

「不，妳不能有如此的想法，」老毛不認同的說，「妳現在已經有了孩子，孩子就是妳未來的希望。說眞的，如果有適合的對象，該成家的是妳而不是我。」

「不怕你笑，在風塵中打滾了十幾年，甜言蜜語的男人看多了。有錢、有地位的人不會要我；沒錢的，我也不想嫁，情投意合的男人難尋。我看這輩子啊，算了！」

「慢慢找，妳才三十幾歲，年輕得很。」

「像我們這種歷盡滄桑的女人，一旦到了這個歲數，如果臉上不抹點粉，唇上不塗點唇膏，早已是老太婆一個，想年輕也年輕不起來了。」古秋美說後，輕瞄了老毛一眼說：「雖然你已屆齡退伍，但並不表示你老了，你看起來不僅精神飽滿，更有一顆年輕的心，要說年輕，應該是你。」

「不瞞你說，我們家是務農的，從小跟隨著父母上山下田，練就一副強壯的體魄；復又隨軍東征北討，雖然吃了不少苦，但也增強不少體力。若要論力氣，時下一些年輕人，還眞不是我的對手呢。」老毛坦誠地說，而後又開了自己玩笑，「如果不是屆齡退伍，成天和那些年輕的充員戰士嘻嘻哈哈的，日子過得逍遙自在，還誤以爲自己是三十八呢！」

「既然回不了老家，就要遷就現實、看開一切，經常保持一顆愉悅的心，珍惜活著時的每一個時光，這樣，人生才有意義。」古秋美說後，斜著頭，調皮地問：「你不覺得嗎？」

「謝謝妳的開導，人生的確是這樣，想活得快樂，必須認命和活在當下。」老毛雙眼注視著她，「妳、我的際遇雖然不同，但卻沒有理由不爲生而活。尤其是妳，孩子已經三歲了，爲了他，必須要有離開這個行業的打算，讓孩子有一個安定舒適的家以及受教育的環境。」

「這個問題我曾經想過，可是，一旦離開這個行業，我又能做什麼？」古秋美有些無奈的說，「小時候被養父母凌虐得半死，長大後被逼迫進妓院當娼妓；起初是賺錢替他們還債，然後是籌錢幫他們醫病，再來是支付他們的喪葬費，最後自己是兩手空空；現在想搭一間茅草屋都困難，休想有一個安定舒適的家。不是在你面前訴苦，人生這條路，我走得實在比別人更艱辛啊！」

「妳的處境的確讓人心生同情，但我必須誠摯地告訴妳，天無絕人之路，只要有心，一切慢慢來吧！如果能用自己的雙手打造一個屬於自己的家，比什麼都可貴，相信妳能做得到。」老毛鼓勵她說。

「老毛，謝謝你的支持，」古秋美由衷地說：「爲孩子打造一個安定舒適的家，是我這輩子唯一的希望。」

「不，還有一個……」老毛沒說完。

「還有什麼？」古秋美睜大眼睛，不解地問。

「追求妳未來的幸福。」

「一個妓女夢想找到幸福？」古秋美神情凝重地，「就像你們這些撤退到這個海島的老兵，反攻大陸是一個遙不可及的美夢一樣。」

「不，那是不能相提並論的。」老毛搖搖頭，「坦白說，這世界並沒有天生的妓女，多數是受現實的環境所逼迫。只要妳的條件不要太高，對方又不計前嫌，往後能相互尊重、同甘共苦，一定能建立一個幸福美滿的家庭。而我們這些老兵，當初沒有戰死在沙場，現在注定要屍埋異鄉，反攻大陸的美夢，將隨著我們腐蝕的身軀化爲塵埃。」

「如果有機會，你會接受一個妓女和你一起生活嗎？」古秋美以試探性的口吻問。

「人一旦到了老年，怕的是被玩弄和心靈上的創傷。如果雙方都有眞誠相待的共識，有一個家畢竟是可貴的；試想，一個有家歸不得的退伍老兵，他有什麼資格挑三揀四的？」

「如果有機會，希望你不要錯過。」古秋美笑笑。

「不怕妳笑，這個機會永遠不會降臨在我頭上。」

「怎麼說呢？」古秋美疑惑地問。

「說一句不客氣的話，妳們從事這種工作，往往會遭受社會上某些人的歧視和奚落，但人格和自尊與一般人並無兩樣。如果不花錢買票，誰有資格要求妳們提供性服務？而除了滿足他們的性慾外，又有誰願意接受他們非分的要求？因此，我始終認爲妳們必須受到應有的尊重。既然彼此的人格是相等的，便有追尋幸福的權利，絕不會因自己曾經從事性工作，就隨隨便便嫁一個自己不喜歡的男人，輕率地把自身的幸福葬送掉。就拿軍官部那位年輕漂亮的六號楊秀玲來講，說不定那些買過她的票的校級軍官想娶她，她還看不上眼呢！由此可想而知，有誰會對一位在這裡當工友的退伍老兵感到興趣、想和他廝守終生的？當然，如果是那些經常女扮男裝、喜歡賭博酗酒，欠一屁股債的老小姐；並非我說大話，想嫁給我，我也不想要。」老毛滔滔不絕地說。

「其實男女之間的事，有時也必須靠緣分。」古秋美淡淡地說：「幹我們這一行而後從良嫁人的不少，但幸福美滿的並不多。」

「爲什麼？」

「多數男人喜歡翻舊帳。」

「既然有緣在一起，爲什麼不能學習寬恕和包容？」

「說來容易，做起來難唷，眞正到了撕破臉的時候，誰也顧不了誰的面子和自尊。」

古秋美說後，抱起小孩，移動腳步，「你洗衣服吧！我想帶小傑出去走走，有空再聊。」

「假如有需要我幫忙的地方，儘管吩咐。」老毛笑著說：「雖然我只是個工友，但我有我的工作，並非是人人可以使喚的。」

「謝謝你，老毛，這點我知道。」古秋美向他點點頭，卻情不自禁地又開起了玩笑，「記住，如果憋不住想發洩的話，不要忘了買三十二號古秋美的票。小女子時時刻刻歡迎你的光臨，別人服務三軍，我專門服侍老兵。」

「老囉，沒勁啦！」老毛順口說著，並打從心底發出一絲會心的微笑。然而，他老嗎？眞的沒勁了嗎？卻也不盡然。從他健康的體魄，正常的生理狀況來說，都構成不了一個「老」字。唯一有的，或許是反攻大陸無望，退伍後又回不了家，內心所衍生出來的憤懣。但這種激憤，勢必會隨著遠走的時光而淡化，回復到一個正常人的心理狀態。

4

自從介紹老毛到特約茶室當工友後，老陳也經常趁著公務之便，順便探望他，甚至在滿佈煤煙的火爐間也和他聊得很愉快。

「還習慣吧？」老陳總是這樣問：「如果有什麼困難，要隨時告訴我。」

「很好、很好，」老毛以感激的口吻說：「在這裡有吃有住，又有錢可拿，大家相處得很愉快，沒什麼困難啦！」

「工作上呢？」老陳又關心地說：「如果燒水太辛苦，我請經理幫你調整一下，到辦公室送公文。」

「不必麻煩了，」老毛坦誠地說：「剛來時，生火較生疏，現在已是駕輕就熟了。有時候他們忙不過來，我還主動幫他們提水送到侍應生的房間。幾位票房較高的小姐，有時還會大發慈悲，給點小費；說來，真有點不好意思。」

「這也沒什麼不好意思的，又不是你開口或伸手向她們要，」老陳開導他說：「以前常聽人家說婊子無情，現在仔細地想想，也不能一概而論。人一旦相處久了，都會有感情存在，你尊重她，相對地，她也會尊重你。雖然只是幾塊錢小費，但它的意義卻不一樣，至少可以肯定你是誠心誠意爲她們服務的。」

「這個地方，簡直都以侍應生的美醜作爲票房紀錄的標準。年輕漂亮的侍應生，門口大排長龍；老一點的，卻是門可羅雀、一天賣不到幾張票，實在很可憐。」

「其實有時候也要看她們的服務態度。」老陳解釋著說：「如果待人誠懇親切，服務態度好，還是會得到許多老兵的青睞。」

「說來也是，」老毛肯定地說：「還沒退伍之前，一來到這裡，我買的幾乎都是三十二號古秋美的票。她人長的並不漂亮，年紀也不小了，又有一個三歲大的孩子，但待人卻十分誠懇，服務態度也不在話下，看樣子生意還不錯呢！」

「特約茶室一百六十幾位侍應生，從二十到四十幾歲都有，老的比年輕的多，美的比醜的少，知識水準也參差不齊，但人人都有一套謀生的本領，把女性的原始本能，發揮得淋漓盡致。多少生活困頓的家庭仰賴她們的接濟，多少人依靠她們出賣靈肉的金錢過活。而戍守在這塊島嶼的三軍將士，如果少了她們的精神慰藉，不知會給這個祥和的社會，帶來多少不必要的困擾。如果要論功行賞，她們絕對是功勞、苦勞都有。」

「有時候看到她們眼眶黑了一大圈，走起路來一副無精打采的模樣，也是蠻可憐的。但也有少數幾位經常喝酒鬧事，又喜歡賭博的老侍應生，管理員似乎對她們也沒辦法。」

「總室二十七號王招、三十五號張春嬌，山外茶室十九號林葵芳、二十一號李妹，這幾位下個航次就會把她們遣送回台灣。」老陳告訴他說。

「爲什麼？」老毛問。

「你幫二十七號、三十五號提過水沒有？」

「沒有，」老毛誠實地說：「她們二個人的生意，好像很差。」

「你注意到王招沒有？」老陳看看他說：「她把頭髮剪得短短的，經常女扮男裝，成天生意不做，和軍官部二號何秋月搞同性戀，靠何秋月賺錢養她。張春嬌則是好賭成性，每次公休，就到老百姓家聚賭，賭輸了身上沒錢時，就脫褲子讓贏家抵債。山外茶室的林葵芳，儼然就是大姊大，吃香喝辣不打緊，還要週邊的小姐們按月拿錢供養她，稍有不從，就是拳打腳踢。李妹更離譜，可能受到某方面的刺激，經常酗酒，而且每喝必醉、每醉必鬧，除了脫光衣服、大吵大鬧外，誰去勸架，祖宗十八代都會被操，管理員簡直被折騰得人仰馬翻。」

「你的消息還眞靈通。」老毛笑著說。

「有些事我們是睜一眼閉一眼，只要不過份也就算了；但有些事不處理也不行。」老陳以業務承辦人的口吻說：「像辦公室那些人，陋規陋習一大堆，以爲做得天衣無縫、神不知鬼不覺的，其實他們所做所爲，都在人家的掌握中。」老陳說後，又關心地對老毛說：「大茶室人多又複雜，如果有適應不良的情形，隨時告訴我，我會想辦法請他們幫你調整的。」

「不必了，在這裡已經習慣了。」

「你是特約茶室的無眷員工，」老陳看看他，正經地說：「如果有需要，可以按規定買加班票，但千萬要記得先買票後辦事，以免落入人家的口實。不要忘了人心險惡，對於特約茶室的業務，我向來是公事公辦，有些人對我很不滿，知道你是我介紹來的，心裡多少有點不痛快，可能會想盡辦法來整你。」

「這點我知道，我老毛絕不會給你添麻煩。」

「其實也沒有那麼嚴重啦，」老陳淡淡地笑笑，而後改變話題說：「如果有緣，在裡面找一個終生伴侶並無不可。說白一點，這也是一個機會，美醜並不打緊，重要的是要有一顆誠摯善良的心，以及從良的決心。我們金門有一句俗語話：『要娶婊來做某，毋娶某去做婊』，相信裡面好的小姐一定不少，你可以多多留意啊。」

「有這麼一個安定的工作環境，我已經心滿意足了。」老毛笑笑，「成家對我來說，簡直和反攻大陸一樣難，我想也不敢想。」

「當然，這種東西是可遇而不可求的；不過凡事要有信心，倘若遇到，就要去追求，不要讓機會平白失去。」老陳說後，微嘆了一口氣，「對於一位少小離家老大不能回的退伍老兵來說，光有錢財沒有用，有一個屬於自己的家，比什麼都重要！」

「我能理解你對我的關懷。老實說，特約茶室只是我暫時工作的地方，它不可能讓我在這裡過一生。假使沒有一個屬於自己的家，一旦年老失去工作能力時，肯定是要流落街頭了。」

「今天既然落腳在這個島嶼，不能不未雨綢繆。對你這位朋友，我只有關懷，沒有惡意。」老陳說後，移動了一下腳步，「好了，你忙吧！我還要去看看他們的帳目，核對一下昨晚的加班票。有事打西康二號六五一的電話給我。」

老毛含笑地向他點點頭，眼看朋友腋下夾著卷宗快速地往辦公室走，他忙碌的程度可想而知。然而，不管他有多忙，始終沒有忘記對朋友的關懷，老毛的心中不免有些歉疚；相對地，對這位朋友也更加地敬重。

他熟練地蹲下身，打開火爐門，鏟起煤炭往爐內送，霎時，濃煙從爐門的空隙處冒出，老毛被燻得眼淚直流。然而，當他站起身正揉著眼睛時，管理員不知什麼時候，已站在他的身旁。

「你在添煤？」管理員低聲地問。

「管理員，您有事嗎？」老毛禮貌地向他點點頭而後問。

「政五組陳先生剛才來找過你啦？」

「是的。」

「你們談些什麼，談那麼久？」

「沒有什麼啦，老朋友隨便聊聊。」

「你剛來不久，不知道的事最好不要亂說。」管理員的話中帶著警告意味。

「我不是一個大嘴巴的人，」老毛心裡雖然有點不痛快，但依然禮貌地說：「管理員您儘管放心。」

「我並不是怕他們，而是怕你講錯話，讓上級單位對我們產生誤解。」管理員解釋著說。

「我這位朋友雖然辦事一板一眼，但是非分明，管理員你大可放心。」老毛有點不客氣地說。

「你們認識很久了吧？」

「好幾年了。」老毛淡淡地說。

「交情不錯吧？」

「當然。」

「我這個管理員足足幹了五年多了，有機會幫我向陳先生美言幾句，讓我到小茶室幹幹管理主任。」管理員用懇求的眼光看著他說。

「報告管理員，」老毛不屑地說：「如果我有這個份量的話，今天也不會在這裡當工友。陳先生他現在就在辦公室，你可以找他去說啊！」

「我怎麼好意思。」

「好吧，既然你不好意思，那我找機會幫你說好了。」老毛鄙視地瞄了他一眼，心想：怎麼會有這種不要臉的人。

「事成後，我一定會好好謝謝你。」管理員心中有些暗喜。

「謝了。」老毛不屑地看了他一眼，沒有再理會他，順手提了一只水桶，逕自走向儲水池。而卻在途中碰到軍官部二號廖美枝和士官兵部十八號郭玉燕。

「老毛，」廖美枝神色匆匆地對他說：「你幫幫忙好不好？」

「幫什麼忙？」老毛一頭霧水，不解地問。

「郭玉燕的母親病了，病情相當嚴重，躺在醫院奄奄一息。申請回台灣探親的出入境證都已經送去好幾天了，到現在一點消息也沒有，簡直讓她急死了。聽說政五組的承辦人是你的好朋友，他現在正在辦公室查帳，拜託你幫忙打聽打聽，好不好？」

「拜託你，幫幫忙，」郭玉燕紅著眼眶，難過地懇求著說：「我母親實在病得很嚴重，如果趕不上這班船，可能永遠見不到她了。老毛，請你幫幫忙，幫我打聽一下出入境證什麼時候可以辦好？」

老毛看她又急又悲傷的樣子，應該不可能說謊。於是，一份同情心油然而生，能幫助別人也是美事一樁，何況只是打聽打聽而已，並非要他去關說。他二話不說，馬上到辦公室找老陳。

「有事？」老陳放下帳冊，站了起來，低聲地問。

老毛轉述了郭玉燕的請求。

「郭玉燕，」老陳想了一下說：「沒有印象啊，出入境申請書可能還在福利中心。」

「看她那副又急又難過的可憐相，不可能是假裝的，你就幫幫她的忙吧！」老毛以央求請託的口吻說。

「你告訴她，我回去後馬上和福利中心連絡，」老陳拍拍他的肩膀，爽快地說：「他們一送上來，我會盡快簽會政四組，然後送第一處爲她辦理先電出境，這個航次一定能讓她走，請她放心。」老陳說後，又再次地拍拍他的肩說：「這樣可以嗎？」老陳雖然知道有些侍應生爲了想家或辦理私事，經常藉故請家人或友人，拍一封父病危或母病重的緊急電報來申請出入境手續，以達到回台灣的目的。但對於朋友的請託，他並沒有懷疑。

辦公室所有的人都親眼目睹他們的互動、聆聽他們的對話，也足可證明他們哥倆絕非泛泛之交。當老毛把這個訊息告訴郭玉燕後，簡直讓她感激涕零。然而，老毛始終低聲低調，並沒有因自己的朋友是督導這個單位的業務，而囂張跋扈、不可一世，和一些動不動就搬出老長官出來施壓的老兵們是有所不同的。扮演好工友的角色，做好自己份內的工作，才是他應守的本份；行善不欲人知，助人不求圖報，更是他一生的堅持。也因此更獲得許多員工生的敬佩和讚揚。

5

人，眞是奇怪的動物，在未退伍之前，老毛幾乎是一個星期或十來天，就會想到特約茶室逛逛，再順便買張票來紓解一下被壓抑的性慾。然而，自從退伍後來到這個往日必須「憑票入場」的單位謀生，不知是工作太忙，還是看清了裡面的形形色色亦或是每天必須清掃那些漂浮著衛生紙屑、含有腥味、令人感到噁心的水溝，讓他沒有了性的慾念。儘管他的老相好古秋美時而挑逗他，希望他能經常光顧，好讓她多賺一點錢養兒育女，而老毛似乎不爲所動，很長的一段時間，他過著清心寡欲的生活，古秋美還誤認爲他嫌她老，去找那些年輕漂亮的小姐呢。

星期四莒光日的那晚，營業時間快結束時，老毛扣上大門的銅鎖，僅留下旁邊的小門供買加班票的官兵出入。他突然心血來潮，順便到售票處轉了一下。

「老毛，來那麼久了，怎麼沒見過你來買票？」售票員半正經、半開玩笑地說。

「老了，不中用啦！」老毛笑著說。

「老？」售票員頓了一下，看了他一眼，笑著說：「如果你算老的話，我們軍官部都要關門了。」

「怎麼說呢？」

「那些少、中、上校的年紀，絕大多數都比你大、比你老。」

「我這個退伍老兵，怎麼能和那些大官相比。」

「他們官大沒有錯，我看找不出幾個精神能像你那麼飽滿、體格有你那麼強壯的。」售票員說後竟拉起了生意，「今天是莒光日，又碰上高裝檢查，有些小姐連一張票也沒賣出去，你就行行好、買張票，照顧照顧她們的生意吧！」

「好吧！」老毛乾脆地從褲袋裡掏出錢，「買一張好了。」

「二號這個航次才來，既年輕又漂亮，要不要買她的票試試看？」售票員好心地為他介紹著。

「不了，我還是找老相好。」老毛毫不考慮地說。

「誰？」售票員抬頭看了他一眼。

「三十二號古秋美。」老毛爽快地答。

「古秋美雖然老了一點，但待人很實在，服務態度也沒話說。」售票員邊撕票邊說。

「你要多幫她介紹一些客人啊，」老毛竟然多嘴，「她還要養孩子呢！」

「就憑你老毛這句話，還有什麼問題！」售票員當然知道他的來歷，故意地說：「只要客人不指定號碼，我就叫他買三十二號古秋美的票，好不好？」

老毛笑嘻嘻地穿過長廊，往三十二號古秋美的房間走去。

古秋美的房門並未關，她坐在床沿，正無聊地翻閱電影畫報。一見到老毛手持娛樂票走進來，趕緊站起，興奮的程度不言可喻。

「夭壽喔，夭壽喔！」古秋美用台語喃喃地唸著，順手拉拉床單，「今天一整天，只賣了二張票，連吃飯都成問題了，更何況還想養兒育女。」而後指著老毛說：「你老毛摸摸良心，我古秋美那一點虧待你啊？每次都讓你盡興而歸、痛痛快快走出門，還有什麼地方讓你不滿意的？你算算看，你有多久沒有買我的票啦，是不是有了新人忘舊人了？」

「我老毛不是那種人，」老毛解釋著說：「自從退伍來到這裡工作後，除了提水外，我沒有進過其他小姐的房間，更別說是買她們的票。」

「開玩笑，開玩笑啦！」古秋美一轉身，雙手輕輕地搓搓他的臉，作了一個親密的小動作，而後幫他解開上衣鈕扣，自己也脫掉身上那件半透明的睡袍，露出兩個不太豐滿的乳房，以及下半身紅色的三角褲。

古秋美熟練地往床上一躺，以職業性的眼光看著老毛，等著他脫光衣服快速地上床。然而，老毛卻遲遲沒有動作，已解開鈕扣的衣服依然沒有脫下，更別說是脫掉褲子。

「脫褲子啊，快一點脫掉好上床啊！」古秋美躺在床上不停地催促著。

「老囉……」老毛搖搖頭，輕瞄了她一眼。

「老什麼？什麼地方老？」古秋美笑著說：「上床後我保證你年輕、永遠不會老！」

老毛雙眼凝視著她，傻傻地笑笑。心想：躺在床上的這個女人，無論從左看、從右看，都與以往的古秋美不一樣。她不該是一個用錢買票就能讓男人玩弄洩慾的娼妓，而是一個能相夫教子的賢妻良母。於是一份愛慕之情油然而生，此刻，他想放棄和她上床的權利，冀望來日以夫之姿深入她的心扉。他竟如此地想著。

「快一點啊，你還站在那裡想什麼？」古秋美再一次地催促。

「我不玩了，這張票就送給妳。」老毛以一對憐憫愛慕的眼光看著她說。

「買票不辦事，」古秋美從床上坐起來，「我脫了十幾年的褲子，這還是第一次碰到。」說後下床披上睡袍，對著老毛說：「怎麼啦？是不是看到軍官部那些小美人就嫌我老？就提不起精神、沒有興趣了？」

「不，不是的，」老毛解釋著：「我絕對沒有這個意思。」

「是最近幾天剛買過其他小姐的票，裡面東西洩光了，那話兒翹不起來？還是看我沒生意做，可憐我，就買一張票來施捨？」古秋美逼人地問：「是不是這樣？」

「千萬別誤會，」老毛再一次地解釋，「經過幾次交談和見過妳的孩子後，我深深地感覺到：如果我們能做一對知心的朋友，或許比用金錢交易更有意義。」

「我是一個販賣靈肉的娼妓，朋友因看得起我而捧我的場，又不是白嫖，爲什麼不可以。」古秋美辯解著說：「如果你認爲朋友間不能有肉體上的接觸和性交易，你就把我當成是露水夫妻好了。坦白說，你和別的老兵不一樣，我知道你尊重我，但今天你來到我的房間是要尋找歡樂的，在沒有讓你滿足之前，我不能平白地收取你的票。」古秋美走到他身旁，柔情地拉拉他的手說：「來吧，老毛，我們上床吧！你就把我當成是你的老婆，我會好好地服侍你的。」

老毛看看她，情不自禁地把她摟進懷裡。儘管古秋美脫了十幾年的褲子，看盡了形形色色、各種男人的嘴臉，在營業時間內，只要客人一進門，幾乎是房門一關就上床辦事，辦完事就走人，從未心甘情願地讓男人如此地摟著。而此時，她並沒有拒絕，也說不出是基於什麼理由，竟然會讓一雙剛遭解甲的老兵之手緊緊地摟住她的腰際。她聞到的是一股濃郁的煤煙香，這股煤煙味對她來說是那麼的親切和紮實，彷彿是她往後的依靠。

古秋美輕輕把他推開，竟迅速地幫他脫光衣服，她看到的是一副結實的古銅色身軀，感受到一個成熟男人的魅力。她以職業上的本能，很快就引導老毛那話兒進入她的體內。時間在他們翻雲覆雨中一分一秒地過去，老毛生理上的時鐘依然停留在午時十二點正，而不是日薄西山時的六點半。老兵其實不老，作戰時的豐富經驗依然深深地記在腦海裡。什麼時候要前進，什麼時候該後退；什麼時候必須衝鋒陷陣，可說樣樣拿捏得恰到好處，一點也難不倒他。然而，在他快速地前進後退又衝鋒時，一股能繁衍子孫的暖流，如決堤的河水，注滿古秋美賴以維生的湖泊，而後溢出堤外，滋潤了週邊那片乾旱的草原。

「老毛，其實你不老，」古秋美在他的耳旁，低聲地說：「在我的感覺中，你比以前更年輕、更有勁，不僅經驗豐富又持久，讓我有飄飄欲仙的感覺。老毛，你眞的不老，一點也不老！」

「妳是在騙我？還是在安慰我？」老毛表面雖然有些懷疑，內心卻充滿著一股甜蜜的滋味，因爲他是這場戰役的指揮官，當然知道戰果。

「我沒有騙你，也不是在安慰你，這是眞心話。」古秋美伸手摸摸他的臉，「起來吧，我幫你洗一下，洗過後趕快去小便。」古秋美提醒他說。

老毛看看她，興奮地笑笑。如果眼前這個女子是他的老婆，不知該有多好，他的心裡有性滿足後的期待，但終究是不可能的，這個女人只不過是他用金錢換取而來的露水夫妻而已，豈能認眞。

清場的鈴聲響過後，老毛回到宿舍，躺在軍用毛毯墊底的床鋪上，望著頂上朱紅的瓦片，突然，他想起了家，也想起離家時的那幕情景……

出來當兵的那年，孩子已經三歲了。雖然家裡世代務農，父親還是讓他讀了幾年書，因爲家中人手不足，不得不中途輟學。本著勤儉持家的家訓，既不愁吃也不愁穿，一家大小其樂融融。老婆是鄰村的閨女，留著一頭飄逸的長髮，白裡透紅的肌膚，像一顆熟透的蘋果。他下田協助父親農耕，她在家裡幫母親處理家務、習女紅。父慈子孝、夫妻恩愛、家庭美滿，不知羨煞多少人。然而，受到同村青年的慫恿，響應十萬青年十萬軍的號召，經過短時間的訓練，竟迷迷糊糊地跟著部隊南征北討，原以爲不久就能凱旋榮歸，無奈部隊節節敗退，竟然退到離家數千里的小島上。如今一晃眼，二十餘年的人生歲月轉眼成空，當初帶他們出來的人早已年邁體衰，又有誰能帶領他們回老家？

想著想著，老毛不禁悲從心中來，一滴滴傷心的淚水，順著臉頰滑落在那個散發著霉味的枕頭上。

老毛用手抹去淚痕，而後輕嘆了一口氣，他想起朋友老陳對他提出成家的忠告。可是，成家並非以金錢交易就能了事的，也不像買票那麼輕而易舉，雖然他領了一筆退伍金，加上同袍儲蓄券，又有一份安定的工作，養活一個小家庭是不成問題，但婚姻可不是兒戲，一切仍然要靠緣分，尤其是他們這些有家歸不得的退伍老兵，那有受騙的本錢。

老毛微閉著眼睛，古秋美的身影卻不時地浮現在他的腦海。儘管她誠懇隨和，也沒有什麼不良嗜好，但已經是三十幾歲的中年人，又帶著一個小孩，以她的面貌、身分和各種條件，回台灣找對象並非易事。假如古秋美不嫌他老，而願意和他共組一個小家庭，那該有多好！當然，他絕對不會去計較她的過去，更會好好照顧和疼惜她的孩子，善盡一個做父親的責任，以畢生的精力把他養育成人。

然而，這只是老毛自己的想法而已，古秋美雖然是一個爲十萬大軍服務的侍應生，但她也有自己的人格和尊嚴，有自己的想法和人生規劃，有追求幸福的權利，難道她會看上一個既沒有錢財、其貌不揚又大她十幾歲的退伍老兵？明明是夜已深沉的午夜時分，老毛竟做起了連自己都感到好笑的白日夢，就好比那一聲聲反攻大陸回老家的口號一樣。

6

儘管老毛對古秋美懷有一份愛慕之意，卻始終難以啓齒、不敢表白。從許多瑣事看來，相信古秋美亦能感受到他那份眞心誠意。譬如：老毛經常藉故幫她提水，而且水溫對得不冷不熱、恰到好處；其次是，只要不與公務衝突，時時刻刻任由她差遣，猶如是她專屬的工友；再來是對她的孩子照顧有加——有一次小傑咳嗽發高燒，又恰逢例假日，古秋美忙於接客，保母既不識字、行動又不便，老毛義不容辭地請了半天假，自告奮勇地帶他到醫院就診，讓古秋美感動落淚。

只是，對於一位在男人堆裡討生活的侍應生來說，自作多情的客人她們見多了，有些事在她們看來似乎是稀鬆平常、見怪不怪。而人非草木，雖然她是一個妓女，但有血有肉、善惡分明。老毛幫她許許多多的忙，並沒有要求任何的回報，還經常買糖果和玩具送給孩子，講故事給孩子聽，陪孩子玩遊戲，讓這個父不詳、又不得不降臨人間的孩子，有一個快樂的童年，老毛的這番心意，確實讓古秋美銘記在心頭。

而唯一能回報他的，或許就是趁著他買票進房時那段短暫的時光，在床上多給他一點溫存，盡量滿足他的性需求，讓一個長年在外漂泊的退伍老兵有回家的感覺，盡情地享受露水夫妻的魚水之歡，繼而地讓他感受到女性溫柔體貼的一面，以及家的溫馨，好安慰他孤單寂寞的心靈。

在古秋美眼中，老毛是一位謙謙君子，他待人客客氣氣，從不佔人家便宜，偶爾地喝點小酒，並沒有其他不良的嗜好，在那些老兵群中，實在是個異數。

老毛雖然大她十幾歲，但無論生理、心理或體能，似乎比他實際的年齡還年輕，即使因爲職業的關係、身上經常帶有一股煤煙味，穿著看起來也有點邋遢，但卻有成熟男性的穩重和魅力。總室幾位年輕力壯的工友或同齡的老兵，簡直難以和他相媲美；儘管他面惡，然卻心善，如此一位誠實可靠的好男人，如果能把餘生的幸福託付於他，絕對是一個正確的選擇。而且，孩子已經慢慢長大，自己不幸跌入這個販賣靈肉的深坑已足足十七年了，爲了養父母一家人的生計、債務、醫藥費、喪葬費，她心中雖然有怨，但卻無恨，只能怪自己的命運多舛、親生父母早逝，不得不送給人家做養女，才落得今天這個悲傷苦楚的下場。

雙十國慶那天，防區所有的官兵都放假，金城總室的售票處大排長龍，平日票房紀錄不高的侍應生，當天也接客不斷，幾乎個個都眉開眼笑、財源滾滾。然而，到了營業結束後，卻一個個無精打釆、疲憊不堪。次日又恰逢星期假日，精神再好、體力再強的侍應生，對於不斷湧入的三軍將士，也有精疲力竭、難於招架的時候。星期一接受軍醫單位的抹片檢查後，古秋美終因過於勞累、體力不支而病倒，經過醫務人員的診斷是貧血。

貧血是人體中的赤血球不夠，它並非是一、二天所引起的，而是長期的飲食均處不良所致，除了多休息外，也要攝取足夠的營養素來補充體力。對古秋美來說，她的經濟原本就不太寬裕，如此地一病，既不能做生意賺錢，又必須花錢買營養品，為了這條不值錢的老命，為了要把孩子養育成人，只好舉手投降、承認自己被命運擊敗，不得不繼續脫褲子，為戍守在金門的十萬大軍服務。

當老毛得知古秋美病倒後，趕緊來到她的房間探望。

「老毛，我快死了。」古秋美有氣無力地說。

「不要說這些喪氣話，」老毛安慰她說：「有病醫病，況且貧血並不是什麼大不了的病症，只要多休息，多補充一些營養，很快就會復元的。」

「你不知道啊，」古秋美依然無力地，「我的生意並不是很好，自己一個人倒無所謂，現在又要養孩子，付阿嫂保母費，即使不會被病魔折磨死，也會被生活的重擔給壓死。」

「妳儘管放心，」老毛認眞地說：「除非妳不把我當朋友，要不然，我不會眼睜睜地看著妳被生活的重擔擊垮。」

「謝謝你看得起我。」

「不，人與人的相處，最可貴的地方就是相互尊重。妳阿美也沒有看不起我是一個退伍老兵，對不對？」

古秋美唇角掠過一絲苦笑，微微地點點頭。

「妳休息一下，我去幫妳弄點吃的。」

「別麻煩了。」

「今天休假，閒著也是閒著。」

「等一下阿嫂會把小傑帶來，如果你有空的話，就麻煩幫我照顧一下。」古秋美以一對懇求的眼光說：「阿嫂也是蠻可憐的，一個寡婦要養四個小孩，以前就說好每個禮拜一讓她休息一天，我們不能不守信用。」

「這點小事，沒問題啦！」老毛爽快地說：「小傑長得乖巧可愛，幾次見面後，和我還蠻投緣的。」

「那就拜託你了。」古秋美苦澀地笑笑。

老毛移動著腳步，輕輕地關上房門。首先掠過腦際的是要先爲她買點吃的，於是毫不猶豫地向廚房借了一個小鋁盆，從後門走上街，爲古秋美買了一碗熱騰騰的廣東粥，還另加了幾片能補血、補氣的豬肝。此刻，他心中沒有任何的雜念和企圖，純以朋友的立場來關心她，只希望她能快速地復元。然而，復元後又能如何？是否能就此改變命運、離開這個環境，去過平常人的生活？但那畢竟是不可能的。在尚未找到可以改變自己命運的前提下，活一天，就必須多當一天妓女，這或許就是古秋美的命，但，看在老毛眼裡，想不爲她難過也難。

星期二一早，軍醫單位已把侍應生的抹片檢查紀錄送到金城總室，然而，不幸的事卻接踵而來。古秋美的抹片檢查被醫務人員檢驗出呈陽性反應，必須到性病防治中心接受治療。雖然她身體有點不適，但僅屬於在總室休養的一般小病，一旦得了性病則非同小可，必須盡快治療，才能避免擴大感染，以維護全體官兵的健康。上級單位對於性病防治的執行是非常嚴格的，在尚未治癒前，任誰也無權讓她們擅自出院。

性病防治中心位於尚義醫院左側山坡上的一棟戰備病房裡，特約茶室派有一位管理員負責管理，侍應生一旦被送到這裡治療，便不得藉故外出。除了按時打針吃藥外，幾乎沒有什麼可供她們娛樂消遣的地方，日子過得枯燥乏味，卻也無可奈何。

部分曾經來這裡治療過的侍應生，有的會帶本書或雜誌來消磨時間，有些會帶副撲克牌來玩接龍或撿紅點的遊戲；她們想盡辦法，用各種不同的方式來打發這段時間。對古秋美來說，則可利用治療性病的這段時間，好好休息和調養自己的身體，可說是一舉兩得。因此，她並沒有像部分侍應生一樣，抱怨醫務人員檢驗不公，反而是尚義醫院的醫官，知道她患有貧血的症狀後，除了幫她打營養劑外，又讓她服用維他命，如此雙管齊下，促使她身體快速地復元。

有一天中午，老毛用煤爐燉了一隻雞，搭乘計程車，親自爲古秋美送到醫院。當他掀開鍋蓋爲她盛滿一碗香噴噴的雞湯時，不知羨煞了多少同在裡面治療的侍應生。

「趁熱吃吧！」老毛深情地看看她說。

「謝謝你專程爲我送雞湯補品來，」古秋美感激地說：「讓你破費了。」

「別說這些客氣話，把身子養好才是眞的。」老毛認眞地說。

「看到小傑沒有？」古秋美惦記著孩子，關心地問。

「昨天下午阿嫂送衣服時把他帶來了，」老毛安慰她說：「他乖得很，又懂事，妳儘管放心好了。」

「嗯，」古秋美喝了一口雞湯，微微地點了一下頭，「麻煩你幫我多照顧。」

「我會的，」老毛看看腕錶，移動著腳步，「時間不早了，我得先走，萬一來不及上班就不好交代。好好保重！」

「謝謝你。」古秋美感激的望著他。

老毛剛跨出性防中心的門檻，就以快速的步伐往公車招呼站走去。他的腳步輕盈，著地有力，沒有部分同齡人的老態和臃腫，從背後一望，簡直看不出他是一位屆齡退伍的老兵。然而，退伍已是不能改變的事實，他的命運是否會因離開軍中而改變？在有家歸不得的現實環境裡，他是否能突破現實環境的藩籬，找到一個能相互扶持的終身伴侶，在這個離家最近的小島上落地生根？

老毛的心裡經常想著：在沒有遇到其他更好的女性時，古秋美似乎是他最好的人選，他應該好好的把握住這個機會。當然，凡事也不能操之過急，必須以他的誠心來感動古秋美，而不是用卑鄙的手段來騙取她的感情。果眞有一天能獲得她的青睞，願意和他廝守終身，他一定會以一顆誠摰的心來愛她、呵護她，也會把小傑當成自己親生兒子來養育，絕不會辜負她們母子的。可是，這畢竟只是他個人的想法，至於是否能獲得古秋美的認同？這些疑問只能讓歲月來考驗一個歷盡滄桑的青樓女子，以及一個有家歸不得的退伍老兵的智慧。

經過性防中心近十天的藥物治療，古秋美複檢後已呈現陰性反應，虛弱的身體也慢慢復元。回到總室不久後，又開始接客。對於老毛經常性的噓寒問暖，加上常常燉煮食物替她進補，她的確銘感五內。可是，老毛並非是一個佔人便宜之徒，雖然對古秋美有著一份愛慕之意，但在言談中從未逾越朋友之情，更從未冀望古秋美有任何的回報，純粹是基於內心的一片眞誠，心甘情願地爲她奉獻一切。

「老毛，」有一天，古秋美竟然對他說：「我虧欠你實在太多了，而我又能給你什麼？你是曉得的，一個妓女她擁有的是女性最原始的謀生本能——身體，我願意以它來報答你。只要你生理上有需要，不必買票，在加班時間隨時隨地都可以來找我。我會以溫柔體貼的妻之姿，來滿足你的性需求。」

「阿美，」老毛深情地看著她，「妳不要把我想像成是一個下流無品的人，我們相處也有一段時間了，彼此間的相互關懷，遠遠超過肉體上的交易。如果我的所作所爲，是爲了要換取妳的身體而來滿足我的性慾，或是冀望妳的報答，我老毛也太下賤了，根本不配當妳的朋友。」

「你不要誤會，我講的是眞心話。」古秋美解釋著。

「從第一次買妳的票後，我就深深地發現：妳和別的侍應生不一樣。妳待人誠懇，服務態度好，每次買妳的票進入妳的房間，總讓人有一種親切溫馨的感覺。人一旦相識久了，難免會有感情的成份存在，無形中就會成爲相互關懷的好朋友。論理上，男女朋友間是不能牽涉到性的，但妳從事的卻是這種工作，如果刻意地不買妳的票，似乎沒有盡到照顧朋友生意之責，對不起妳這位朋友。然而，當我買妳的票跟妳上床時，又會感到朋友間是不應該有這種行爲的。這種情況有時候的確讓我感到很矛盾。」老毛滔滔不絕地說。

「如果眞有這種顧慮，以後你就把我當成是你的老婆好了。」古秋美笑著說：「不要忘了，婊子也有情啊！」

「妳這句話，眞的讓我很窩心，」老毛認眞地說：「離家在外漂泊這麼多年，如果能找到一位像妳如此溫柔體貼又善解人意的好老婆，我老毛死也無憾了。」

「不要忘了我是一個妓女，」古秋美自卑地說：「這個污濁的名字是永遠洗不清的。」

「這世界並沒有天生的妓女，大部分都是受家庭環境所逼迫，妳的遭遇讓人同情，世人絕對會寬恕妳、原諒妳的。」老毛安慰她說。

「坦白說，孩子已經一天一天慢慢地長大，我的身體並不是很好，離開這裡是勢在必行。如果可以找到一個能互相扶持、相互照顧、直得託付終身的伴侶，那是再好不過了。萬一不能如願，只好孤軍奮鬥，把孩子養育成人，其他的事，豈敢再奢求。」

「相信上天會賜福於妳的。」老毛虔誠地說。

「如果小傑讓你收養、做你的兒子，你願意嗎？」古秋美突然問

「當然願意。」老毛毫無考慮，脫口而出，卻不明白她說此話的用意是什麼。

「如果一個不幸墮落風塵的女人，從良後願意和你生活在一起，你會嫌棄她嗎？會

計較她的過去嗎？」古秋美意有所指地說。

「我非但不會嫌棄她，也不會計較她的過去，而且願意用我的生命愛她、保護她；繼而地和她同生死、共患難！」老毛已明白了她的話意，激動地說。

「好了，就這樣吧！」古秋美嚴肅而認眞地說：「一切由你來安排，不管是天涯海角，我隨時隨地願意跟你走。」

「妳不是跟我開玩笑吧？」老毛有些懷疑。

「我沒有跟你開玩笑，句句都是肺腑之言。」古秋美的雙眼，反射出兩道愛的光芒。

「難道妳不嫌棄我是一個已退伍的糟老頭？」老毛反而有些自卑。

「年齡不是問題，一顆熱忱善良的心比什麼都重要，」古秋美依然嚴肅地說，「這段時間我觀察了很久，對你的爲人也有深刻的瞭解，因此，我發現：老毛你才是我後半生最忠實的依靠，也惟有像你這麼一位忠厚誠懇、勤儉樸實的人，才能帶給我們母子幸福。老毛，我將帶著一個父不詳的孩子，無怨無悔地和你生活在一起，但願會得到你的疼惜和憐愛。」

「阿美，我做夢也想不到會有今天，一旦美夢成眞，我願意以我的人格做保證，我會善盡一個爲人夫、爲人父的職責，爲妳和孩子打造一個幸福美滿的家園。」老毛緊緊地握住古秋美的手，一顆顆感動的淚水，情不自禁地滾落在他滿佈皺紋的臉上。

「老毛，我相信你……」古秋美張開雙手，緊緊地把他抱住。抱住一個結實的身軀，如同抱住一個個充滿著幸福的希望……。

7

當老毛把這則消息告訴他的朋友老陳後，老陳的反應並不像老毛那麼激烈。因爲老陳承辦特約茶室業務多年，對於那些歷盡滄桑的侍應生，簡直瞭若指掌。當然，好的侍應生固然有，騙取老兵感情和錢財的也大有人在，因此，對於老毛和古秋美的事，雖然無權反對，但站在朋友的立場而言，不得不格外地慎重，也不得不小心來求證，以免朋友受騙。

於是，老陳找了一個適當的時機，專程到金城總室和古秋美作了一番懇談。

「古小姐，妳認識我嗎？」老陳笑著問。

「特約茶室有誰不認識你的，」古秋美也笑著，「要不要我把票拿出來讓你檢查檢查？還是要調查其他的事？」

「今天不是來檢查、也不是來調查的，」老陳說著，順手從梳妝檯下拉出一張椅子，逕自坐下，「妳也請坐。」

「謝謝。」古秋美坐在床沿。

「老毛是我的好朋友，古小姐妳應當知道。」

「老毛是你介紹來的，對不對？」

「不錯，」老陳點點頭，「聽說他很久以前就認識妳，來到這裡服務後又承蒙妳的照顧，眞是謝謝妳。」

「不，應該說老毛對我特別照顧才對。」古秋美坦誠地說：「不怕你笑，我浪蕩風塵十幾年，接觸到的男人無數，像老毛那麼忠實誠懇、付出不圖回報的老兵實在少見。」

「我認同妳對老毛的看法，但也相信男人的嘴臉都逃不過妳的眼睛。」老陳肯定地、而後問：「聽老毛說，妳有意離開這個環境，和他生活在一起？」

「我知道你今天是專程爲這件事而來的，是不是？」古秋美有些不屑，「如果你想試探我的眞誠，那大可不必。我來金門那麼久了，有沒有騙過人家的金錢和感情？有沒有酗酒、賭博、鬧事？有沒有不當標會或欠錢不還？這些事對你們來說，簡直不必費功夫就可查得一清二楚。對於老毛，我並沒有貪圖他什麼，唯一讓我賞識的，就是他的忠厚樸實、勤勞節儉，是一個値得託付終身的好男人。」

「總算妳慧眼識英雄，」老陳興奮地說：「雖然他的年紀大了點，但我相信，一旦和他生活在一起，絕對不會讓妳吃苦的。」

「再怎麼苦，也沒有心靈的創傷來得苦，」古秋美淡淡地笑笑，「假如眞能離開這個環境，任何苦，我也會心甘情願去承受，絕不會讓生活的重擔，由老毛一個人來承擔。」

「古小姐，妳這番話太令我感動了，我替朋友感到高興。」老陳由衷地說。

「老毛有你這位時時刻刻關懷著他的朋友，何嘗不是他的福份。」

「往後我們就是朋友了。」

「往後歸往後，現在你是長官，這裡所有的人都怕你。」

「沒做虧心事，不怕鬼敲門，」老陳站了起來，笑著說：「我有那麼可怕嗎？」

「說的也是，」古秋美看看他，不自禁地笑出聲來，「你不僅不可怕，看來也蠻親切的，想不到老毛年紀那麼大了，竟然會有你這位年輕的好朋友。」

「好了，耽誤妳那麼多時間，」老陳移動腳步，「下一步該怎麼走，我會聽聽老毛的意見。不過我也必須善意地提醒妳，凡事不能三心二意，更不能傷害一個老兵的心。」

「陳先生，這點你儘管放心，我古秋美已經是一個三十幾歲的老女人啦，這種事，哪能兒戲！」古秋美認眞地說。

老陳含笑地從古秋美房裡走出來，又不加思索地來到老毛工作的火爐間。

「關於你和古小姐的事，剛才我親自去拜訪她，也談了很多。如果我沒猜錯、看錯或聽錯，她絕對是眞心、也是認眞的，你要好好把握住這個機會。」老陳拍拍他的肩膀，正經地說。

「那我該怎麼辦呢？」老毛有些惶恐。

「先別緊張，這種事最好當面講清楚。」老陳胸有成竹地說：「這樣好了，星期一我請你們上館子吃頓便飯，大家好好地談，聽聽彼此的意見。」

「應該由我請客。」老毛客氣地說。

「別跟老兄弟客氣啦，」老陳興奮地說：「但願美夢能成眞，有一個屬於自己的家，比什麼都可貴。」

「我眞是做夢也沒想到啊！」老毛喜悅的形色溢於言表。

「記住，」老陳提醒他說：「既然雙方都有在一起生活的意願，就必須懂得相互尊重。對於她的出身，以及曾經從事過的行業，更要有心理上的調適。一旦結成夫妻，無論情緒有多麼地低落、心裡有多麼地不痛快，或夫妻間有任何的誤會和磨擦，都要學習忍耐和包容，千萬不能翻舊帳。」

「謝謝你的提醒，我會時時刻刻記住你的話，當然，也會記住惜福和感恩。」老毛激動地說。

星期一中午，老陳在金城萬福樓請老毛和古秋美吃飯，吃這頓飯的目的，彼此心裡都很清楚。

「依我看，結婚後就在金門定居算了！」老陳向他們建議著，「雖然偶爾還有一點砲聲，但這裡的民風純樸、治安良好、消費低廉，將來孩子讀書也方便，是一個不錯的居住環境。」

「我也有這個想法，」老毛看看古秋美，「妳呢？」

「我不是告訴過你了嗎？」古秋美以一對深情的眼光望著老毛，「不管天涯海角，我隨時隨地願意跟你走。」

老毛樂得哈哈大笑。

「好，那就這樣決定了，」老陳想了一下，而後對古秋美說：「我請金城總室的文書，幫妳寫一份報告，一旦呈報上來，我會專案簽請長官核准。屆時，妳必須先帶著孩子回台灣，然後老毛再到台灣和妳會合，一起到地方法院辦理公證結婚，當你們拿到結婚證書後，就可以順理成章向警總申請入境，同時把戶籍遷到金門，歸入老毛的戶籍裡面，往後你們不僅是一對令人羨慕的夫妻，也是福建省金門縣的縣民了。」

「會不會很麻煩？」古秋美有點擔心。

「不管有多麼麻煩，我會一樣一樣幫你們克服的，」老陳信心滿滿地說：「只希望以後的人生歲月，你們能過得幸福快樂。倘若眞能這樣，我辛苦也有代價了！」

「我們不會辜負你的。」古秋美說後，看看老毛，他們相視地笑笑。

「不過話說在前頭，」老陳對著老毛說：「結婚後你必須辭職，離開特約茶室。」

「爲什麼？」老毛緊張地，「那我不是要失業了嗎？將來要用什麼來養家活口？」

「這些事你暫時先不要擔心，」老陳振振有辭地說：「特約茶室那個地方不值得你們再留戀，夫妻二人必須一起離開那個環境。你老毛的駕駛技術是一流的，考一張小客車執照絕對沒問題，我大哥和朋友合夥開車行，屆時再想辦法介紹你去開計程車。」

「眞的？」老毛興奮地說。

「你儘管放心，不會讓你失業的。」老陳分析著說：「試想：在特約茶室當工友一個月才三百元，夠養家活口嗎？一個禮拜放一天假，能夠照顧到家庭嗎？古秋美能放心你在裡面工作嗎？如果是單身，求一個安定也就算了；有了家，則必須另做打算，這是一個不能不加以深思的問題。如果受雇於車行，每天只需開半天車，每月約有六百元的薪資，空閒時並不一定要窩在家裡，可以找其他事做，好增加一點收入，對整個家庭經濟也不無小補。」

「要住在哪裡呢？」古秋美又擔心地問。

「這點妳放心，」老陳輕鬆地說：「只要不住在大街上和人家湊熱鬧，鄉村空房子多的很，到時候再想辦法，不會讓你們露宿街頭的。」

「老毛有你這位貼心的好朋友，讓我感到高興和驕傲。」古秋美以感激的口吻說。

「別這樣說，」老陳淡淡地笑笑，「俗語說：『在家靠父母，出外靠朋友』，如果不是這場戰爭，老毛的家在山的那一邊，也不會來到這個小島上；如果不是兩岸軍事長久的對峙，老毛早已歸鄉，怎麼會有有家歸不得的無奈？今天彼此間因這場無情的戰爭而相識相知，實在倍感珍貴。尤其是妳，在這個戒嚴地區、軍管年代，如果不是爲三軍將士服務，想來一趟金門，簡直連門都沒有，又怎能認識老毛復而和他結成連理。因此，大家都應當珍惜這份得來不易的緣分！」

「老毛是因爲戰爭，跟隨著部隊撤退到這裡的；而我，則是來這個小島上當妓女、販賣靈肉……」古秋美感傷地說。

「不，妳純粹是家庭因素使然，錯不在妳，千萬不能有這種想法。」老陳安慰她，「說眞的，今天妳應該感到高興才對，因爲在這個小島上，妳已經找到好的歸宿以及一個眞正瞭解妳、體恤妳；包容妳，願意和妳同甘共苦、相互扶持的好伴侶。未來的歲月，妳將擁有一個幸福美滿的家庭；一位愛妳、體貼妳的丈夫，以及健康、活潑又可愛的兒子，如此美麗的人生，還有什麼好怨尤？」

「阿美，妳放心，我老毛絕對不會虧待妳和孩子的。」老毛微微地舉起手，做了一個發誓狀。

「願上天保佑，賜我一個幸福美滿的家庭，如此一來，我死也無憾。」古秋美雙手合十，喃喃地說。

是的，上天應該賜福給這對歷經苦難的夫妻。一個隨著時代流離顚沛的退伍老兵，一個遭受環境逼迫的侍應生，他們已經在這個茫茫人海裡，尋找到心靈上的終身伴侶，勢將同攜手共患難，相互體恤和包容，期待百花盛開的春天早日來到，盼望幸福的時光早日降臨，好豐盈他們卑微的生命以及疲憊的身心……。

8

古秋美從良嫁給退伍老兵，在金門定居的消息曝光後，雖然在特約茶室引起很大的騷動，但卻已成事實。大部分侍應生都不看好他們這段婚姻，因爲老毛大她十幾歲，面貌長得像土匪，經濟狀況並不是很好，又沒有一份較像樣的固定工作，如此的婚姻，怎麼會幸福、長久？

尤其金門人對特約茶室的侍應生，不僅沒有好感，甚且還懷著一份鄙視。無論她們的穿著、打扮和行爲，都與在地的女性差異很大，少數滿口髒話、穿著暴露的侍應生，更是無法讓當地人認同。一旦和她們照面，老一輩的婦人常會以白眼相向，再暗中罵一聲：軍樂園的肖查某，眞袂見笑哦！而今，軍樂園的查某古秋美將和一個退伍的老北貢，在這個民風純樸的島上定居，勢必會受到他們的排斥和奚落，果眞如此的話，鐵定沒有顏面長久住下去。這似乎也是特約茶室那些姊妹淘，替她擔心的地方。

然而，古秋美並沒有想那麼多，離開那個沒人性的地方，對她來說是一種解脫，更有重獲新生的意義。她想看的並非是外貌，她想要的亦非錢財，也不會去計較年齡的差距。在她的感覺裡，彷彿自己是一艘漂流在海上的孤舟，而老毛卻是引導她航行的燈塔，讓她平安地航向生命中最安全的港灣，因爲她知道，只要上得了岸，就有幸福，其他的事她會一件件來克服，絕不再向命運低頭，這也是古秋美充滿著自信的地方。

在朋友老陳的奔波下，老毛順利地在距離市區不遠的一個小村落，租到一間一落四櫸頭的古厝。原屋主僑居南洋，代管人一半堆放雜物和農具，另一半以象徵性的一百二十元出租，其主要的目的並非爲了租金，而是要承租人幫他維護和打掃，以免古厝乏人管理而遭蟻噬蟲咬。屋內他們可使用的房間有大廳、右廂房、欅頭和尾間仔，大門口還有一片可以作爲菜園的空曠地，如此低廉的租金和寬敞的居住環境，簡直讓他們興奮不已。

經過一番打掃和整理，又添購了一些簡單的家具，於是，一個屬於老毛、古秋美和小傑三個人的家儼然成形。雖然鄰居早有耳聞，搬來這裡住的是一個退伍的「老北貢」和一個曾經在軍樂園「趁吃」的台灣查某，以及一個「雜種仔子」。然而，老北貢並不老，儘管面惡，但對人和氣又親切，有事找他幫忙，絕不藉故推辭，一點也沒有北貢兵的「北貢番」和「銅貢氣」。

對於這個曾經在軍樂園趁吃的台灣查某，自從和老毛結婚後，妝扮簡單樸素，未曾塗口紅擦脂粉；素色衣裳黑色的長褲，屋裡屋外打掃得乾乾淨淨，時常主動向村人噓寒問暖，比一般村婦更有禮數，沒有一絲一毫的風塵味。這樣的鄰居，不僅沒人敢嫌棄，反而得到許多人的喜愛和尊崇。

而那位被揶揄爲雜種仔子的小傑，長得既乖巧又可愛，一副聰明伶俐的小模樣，全村無論老少，都喜歡親近他。讓老毛和古秋美深深地感受到：選擇在這個小島嶼定居是對的，更佩服金門人有一顆善良的心，以及凡事都能包容的寬宏大量。

老毛在老陳兄長的安排下，受雇於中興車行開計程車。他工作的時間是中午十二點接班，下午六點交班，長達六小時的營業時間，依老毛的身體狀況來說，那是不成問題的，有一份自己喜歡的工作，內心更感到無比的興奮和愉快。然而，在上午不必開車的空檔裡，並沒有閒著。他發現到：金城和山外有好幾家專門收購廢金屬品的廠商，而金門有十萬大軍，處處都有碉堡，碉堡外或垃圾堆裡，經常有廢金屬品之類的棄物，這些東西一旦撿回來加以整理，都是可以賣錢的東西。於是，老毛靈機一動，上午不必開計程車的時間，就到外面撿拾廢金屬品，並按廠商的囑咐：銅、鋁、鉛、鋼鐵、馬口鐵，分門別類收拾好，到了一定的數量，只要通知廠商，他們就會開著機器三輪車來收購，而且是依種類、以不同的價錢按斤計算。第一個月，老毛竟然賣了近三百元的廢金屬品，相當於在特約茶室當工友的月薪，連同開計程車的薪資，總共有九百餘元的收入，夫妻倆興奮的簡直無法形容。

「老毛，爲了這個家，實在是辛苦你了。」古秋美心裡有些不捨。

「妳每天要帶小孩，又要洗衣、煮飯、掃地，還在門口種那麼多的菜，比我還辛苦呢！」老毛笑著說。

「我好害怕生活的重擔會把你壓垮。」古秋美關心地。

「妳看看，」老毛把手臂一彎，「自從有這個家後，我的精神和體力比以前好多了，彷彿也變年輕了。」

「你本來就不老啊。」

「是妳讓我變年輕的。」

「我古秋美又不是神仙。」

「妳是我老毛心中的仙子。」

「別貧嘴，」古秋美含笑地白了他一眼，而後改變話題說：「我看你還是維持和以往一樣，每晚飯前喝點小酒，不僅可以解除疲勞，又可以促進血液的循環，對身體應該是有些許幫助的。不要爲了這個家，把自己那一丁點嗜好也改了，這又何苦呢？」

「阿美，我知道妳的心意，」老毛感動地說：「我不喝酒沒關係，不能讓妳和孩子受苦。」

「你處處爲我和孩子設想，我不知該說些什麼才好。」

「什麼也不必說，好好珍惜這份得來不易的夫妻情緣，勝過千言萬語。」

「想不到你的話，竟是那麼地富有哲理。」

「我老毛的學問雖然不能跟對岸那個老毛相比，但小時候在家鄉，也曾讀過幾年書、認識不少字，可不是草包喔！」

「這點我怎麼會看不出來呢，」古秋美誇讚他說：「每次看你不厭其煩地教小傑讀書識字，我就知道你讀過書，只是深藏不露而已。」

「部隊剛到台灣時，我曾經幹過好幾年文書，後來成立了駕訓隊，才去學開車。兵科也由當初的『文書』改成『運輸』，成了一個不折不扣的駕駛兵。」

「以前常聽老一輩的人說：『賜子千金，不如教子一藝』，如今有了開車這個本事，可說走到哪裡都不怕沒飯吃。老毛，我和孩子總算跟對人了！」

「妳儘管放心，我老毛拼了這條老命，也不會讓妳們母子挨餓的！」老毛有些激動。

「老毛，我也會盡到一個做妻子的責任，和你同攜手、共患難，打造一個屬於我們幸福美滿的家園。」古秋美深情地握住他的手說。

「今天能落腳在這個純樸的小島上，我必須感謝兩個人。」老毛神情嚴肅地說。

「誰？」古秋美迫不及待地問。

「其一是給我友情的老陳，其二是給我愛情的古秋美。」

「怎麼說呢？」

「從退伍就業到成家，一路走來都蒙受老陳義務的幫忙，如果沒有他的拉拔，一旦回到台灣，不是流落街頭當遊民，就是寄人籬下、看人家的臉色過生活。而妳古秋美則是改變我一生的女性，如果沒有妳的慧眼和賞識，家，或許依然在山的那一邊、海的那一頭，我老毛永遠是單操一個。」

「坦白說，在你的生命中，我扮演的只是一個微不足道的小角色，老陳才是我們應該感謝的對象。這個家能那麼順利地打造起來，所有的大小細節，幾乎都是他幫我們規畫和張羅的。如果沒有他，就沒有我們這個家，說不定現在還待在那個鬼地方，永遠翻不了身。」古秋美說。

「老陳待我們夫妻倆，眞是沒話說，有時想請他吃頓飯，他總是百般的推辭，捨不得讓我們花錢，眞不知要如何感謝他才好？！」老毛說。

「很多人都說金門人較重情義，從許多地方來看，確實是名不虛傳。老陳和這裡的村民，就是活生生的例子。」古秋美作了一個譬喻，「例如：前陣子，我送了吳嫂一把青菜，她馬上回送二條魚；送了幾根蔥和一點芹菜給張媽，她卻送我們一小盆花生；陳伯伯看見我們家在撿廢金屬品，還叫他孫子把一些不要的鋁鍋、鋁盆全都拿來給我們賣錢，要舉的例子實在太多、太多了……。」

「古人說：『敬人者，人恆敬之』，相互尊重是爲人的基本原則。不要忘了我們是從外地來的，更應該去瞭解當地的民情風俗和歷史文化，才能融入這個社會。遇有婚喪喜慶，要主動去幫忙；村人有急難，要主動去關懷；有能力幫助別人，總比接受別人幫助好；爲善不欲人知，助人不必求回報。這些粗淺的道理，相信妳都懂。」

「老毛，你放心，我會深深地記住你說過的每一句話，不會讓你失望的。」

「阿美，妳不愧是我的好老婆。」老毛興奮地說：「別忘了，這個幽靜純樸的小島嶼，不僅是我們現在落腳的處所，也將是我們百年後長眠的地方，我們一定要好好珍惜與這個島嶼結下的情緣。」

「我能體會到你此時的心情，」古秋美神情嚴肅地說：「我們似乎都有把異鄉當故鄉的共識，更會以一顆虔誠的心來熱愛這片土地和祂的子民。老毛，我愛你，也愛我們的孩子，更愛這個沙白水清、綠樹成蔭，敦厚善良、樸實無瑕的小島嶼⋯⋯。」

老毛興奮而激動地點著頭，豆大的淚珠已在眼眶裡打轉，他無語地挽著古秋美的手臂，緩緩地走到大門口，佇立在那片青蒼翠綠的菜圃旁，舉頭仰望蔚藍的穹蒼，當那一簇簇美麗的雲彩掠過他們眼簾時，彷彿是一個個幸福的果實在等待他們去擷取。人生原本就是美麗與醜陋交織而成的，虛僞的假面，總有被拆穿的一天；眞實絢爛的靈魂，方能在這個錯綜複雜的社會生存。一個有家歸不得的退伍老兵，一個歷盡滄桑的侍應生，當他們選擇在這個小島落腳時，島民所展現的是寬宏的度量和包容的心，只因爲他們的血脈已與這方島嶼相連結。

9

日子在幸福安逸的時光中度過，古秋美雖然每天神采奕奕地打理這個家，但並沒爲老毛生下一男半女，爲了這件事，她始終耿耿於懷。

「不要想那麼多，一切順其自然。況且，我們已經有了小傑，如何把他教養成人，比再生一個還重要。」老毛總是這樣安慰她說。

「可是小傑他姓古啊。」古秋美在意地說。

「姓什麼都一樣。」老毛不在乎地說：「長大後，只要他記住是誰含辛茹苦地把他養育成人就好，爲什麼一定要去計較他的姓氏。」

「你眞的不在意？」古秋美有些疑惑。

「妳怎麼比我還頑固呢？」老毛笑著說。

「我再怎麼想也想不到，你竟然什麼事都比我看得開。」

「俗語說：知足常樂啊，」老毛豪爽地說：「人世間的瑣事，簡直數也數不清、想也想不完，做也做不了，不要老是去鑽牛角尖，只要記住平安就是福這個簡單的道理就好。」

「老毛，我的見識確實沒有你那麼寬廣，」古秋美愉悅地笑笑，而後淡淡地說：「幸福的時光彷彿過得特別快，小傑馬上就要上學了，你的肩頭一定會更沉重。」

「爲妳們母子，再重的擔子我也挑得起。」老毛輕輕地拍拍她的肩，柔情地說。

老毛的勤奮，古秋美的賢淑，小傑的聰穎，是創造幸福美滿家庭的主因。

日復一日，時序立秋過後是處暑，學校開學了，小傑興奮地背著書包，跟隨同村的孩童們上學了。他雖然來自鄉村，但長得眉清目秀，穿著整齊清潔，一副聰明伶俐的可愛模樣，的確與同村同齡的孩童們有著很大的差異。在校受教的幾年間，除了功課好、成績常名列前茅外，舉凡校內的各種比賽，古志傑幾乎從未缺席過，貼在自家大廳牆壁上的各式各類獎狀，少說也有幾十張。因此，得到老師諸多的疼愛和同學們的羡慕，然而，卻也受到少數功課不好、又調皮搗蛋的同學的嫉妒。

清明節前夕，準備參加全縣教孝月國語文競賽的同學們，放學後必須留校接受老師的課外輔導，以爭取更好的成績。小傑參加的是作文比賽，當老師輔導結束後，天色已晚，又有濃霧，大地一片迷濛，視線顯得有些模糊。同村的同學早已先行回家了，只剩下他和一位名叫陳寶娟的女同學，二人一起走在回家的小路上。剛走出校外，經過一片樹林時，卻突然被二位同學擋住去路。

「古志傑，」其中一個人叫著他的名字，隨即推了他一把，「別以爲你功課好，得到老師的寵愛就臭屁啦！」

「林坤良，你爲什麼推我？」小傑高聲地問。雖然視線不好，但一聽聲音，他很快就辨識出是乙班的林坤良。林坤良功課不好不打緊，仗著家裡有錢，以及四肢發達的優勢，被他欺侮的同學無數，儘管經常被老師處罰，依然我行我素，儼若一個缺乏管教的小流氓。

「推你又怎麼樣？」林坤良又推了他一把，「老子早就看你這個小雜種不順眼了！」

「你才是小雜種！」小傑知道小雜種是一句壞話，不甘示弱地說。

「誰不知道你媽以前在軍中樂園，專門給阿兵哥打砲的！」另外一個人說。小傑聽出是乙班的李家誠，他和林坤良是臭味相投的同夥。

「李家誠，你敢亂說我就對你不客氣！」小傑咆哮著說。

「來呀，軍樂園臭查某生的小雜種，」李家誠挑釁著說：「不客氣你又能把我怎樣？」

「你亂說，你亂說！」小傑瘋狂地衝向李家誠，「我打死你！我打死你！」

「你這個不知死活的小雜種，」高他一個頭的李家誠，使出力氣，一把把他推開，「還想打我？」

小傑又衝了過去，高頭大馬的林坤良走了過來，抓住他的手臂，使出力氣，快速地把他推倒在地上，還口出狂言：「你這個小雜種，眼睛給我睜大一點，如果還敢臭屁，隨時給你好看！」

「你們怎麼可以打人？」站在一旁嚇呆了的陳寶娟終於出聲。

「打人又怎麼樣？」林坤良囂張地指著她說：「妳這個小美人想替他報仇是不是？來呀！來呀！」

「我明天就報告老師。」陳寶娟大聲地說。

「去呀、去呀，」李家誠推著她的肩膀，「現在就去呀！」

「別以爲我不敢！」陳寶娟依然大聲地。

「別理她，」林坤良向李家誠揮揮手，「我們走！」

小傑雖然受到極大的侮辱，右腿也擦了點傷，但他並沒有哭泣，忘了身邊替他仗義執言的同學，快速地往回家的路上跑。當老毛和古秋美在大廳等待兒子回家吃飯，卻看到他這副狼狽樣時，兩人同時慌張地走到他身邊，驚訝地問：「怎麼了，跟人家打架啦？」古秋美順勢俯下身，輕輕爲小傑拍拍短褲上的泥沙，當她看到孩子腿上有擦傷的傷勢時，緊張地說：「老毛，你看，小傑的腿擦傷了，趕快去拿碘酒來幫他擦擦。」

「到底是怎麼啦？」老毛喃喃地說，快速地往房裡走。拿了碘酒，又順手拿了毛巾。

兩人都沒有再問孩子是爲什麼。古秋美幫孩子擦碘酒，老毛爲他擦臉、擦手。而內心的不捨，似乎都寫在他們蒼老的臉上。

當他們細心地爲孩子擦拭完後，小傑卻突然伏在古秋美的身上，雙手緊緊地抱住她的腰部，放聲地哭了起來，不停地哭，哭得很傷心。古秋美輕撫他的頭，柔聲地問著：「怎麼啦？怎麼啦？」，老毛也走了過來，慈祥地安慰他說：「有什麼事要告訴爸媽，我們會替你解決的，小傑乖，不要再哭啦！」

小傑依然緊抱古秋美的腰部，傷心地哭泣著。就在他們夫妻不知所措時，陳寶娟背著書包、喘著氣來到他們家。看到小傑哭得那麼傷心，迫不及待地對老毛說：

「江伯伯，是乙班的林坤良和李家誠，他們兩人欺侮小傑的。」

「妳是說林坤良和李家誠他們兩人合力欺侮小傑？」老毛不解地問。

「他們罵小傑是軍樂園臭查某生的小雜種，」陳寶娟據實說：「然後又把他推倒在地上。」

古秋美一聽到「軍樂園」這三個字，咬著牙、緊繃著神經；再聽到「小雜種」這句話，幾乎讓她整個人崩潰。她緊摟著小傑，久久說不出話來，悲傷的淚水瞬間決提，滴落在小傑的頭上。

老毛目睹如此的情景，不知該用什麼話來安慰她們母子。只好先轉換話題，對陳寶娟說：「在伯伯家吃晚飯好不好？」

「謝謝伯伯，」陳寶娟禮貌地說：「晚了，我要回家了。伯伯再見！古阿姨再見！」

陳寶娟走後，老毛重新擰了毛巾，把小傑從古秋美身邊輕輕地拉了過來，爲他拭去淚痕。

「不要和那些沒有教養的野孩子計較，」老毛的雙眼，散發出一道慈祥的光芒，「時間不早了，大家都餓了，我們先吃飯，好不好？」

小傑看看他，點點頭。

那晚，古秋美難過得幾乎沒有了食慾，含在嘴裡的米飯久久沒有嚥下，小傑吃飽回房做功課後，老毛深情地說：

「怎麼妳也和那些不懂事的孩子計較起來啦？」

「老毛，我不是計較，而是難過，因爲這是我心中永遠的痛。」

「不要忘了，妳除了爲自己活外，也要爲無辜的孩子而活，更要爲深愛妳的丈夫而活。而活著，就必須把過去那段悲傷苦楚的日子忘掉，如果太在意世俗投射在我們身上的眼光，永遠不能從痛苦的深淵裡逃脫出來，那勢必會活得很難受、很痛苦。」

「我深恐會傷了孩子的自尊心。」古秋美有所顧慮地說。

「孩子現在還小，一時難免會承受不了，等他長大思想成熟後，必然會瞭解和體恤父母過去的處境。只要我們施以愛心，適時加以誘導，小傑是一個聰明的孩子，相信他會接受的。不要想那麼多啦！」

「好不容易離開那個環境，也得到左鄰右舍的認同，如今又必須面對另一個挑戰，這是我始料未及的。」

「想開一點，不幸的女人何止妳一個啊！」

「或許，我是比其他不幸的女人更幸運的；因爲我不僅有丈夫、也有孩子，應該滿足才對。」

「我很贊同妳此刻的想法，凡事要往好的方面去想，這個世界雖然構造的不完美，但依然處處充滿著溫暖，尤其是在這個純樸的小島上。」

「這點我能理解。」古秋美的情緒平復了許多，「或許我的心眼眞的太小了，包容的度量也不夠，更沒有必要去在乎那些童言童語。」

「不錯，凡事要往好的方面想，心裡才會舒坦，日子才會過得快樂。」

「老毛，碰到這些煩心的事，如果沒有你的安慰和開導，我眞不知要如何才好。」古秋美柔情地說。

「阿美，夫妻本是同林鳥啊！」

可是，這件事並沒有因此而罷休。陳寶娟回家時把小傑受辱的經過告訴了母親，到學校上課時又向老師報告。陳寶娟的母親阿巧一早就夥同左鄰右舍的叔嬸哥嫂來關心。

「我們應該向那兩個無父無母的死囝仔討個公道，」阿巧氣憤地說：「不要認爲我們村子的人好欺侮！」

「阿巧說得沒有錯，我們要把欺侮小傑的那兩個死囝仔揪出來，好好教訓教訓，看他們以後還敢不敢！」阿猜嬸不平地說。

「謝謝妳們的關心，」古秋美紅著眼眶，安慰她們說：「小孩子不懂事，別和他們計較。」

「這兩個人在學校不好好讀書，經常藉故滋事，專門欺侮善良的同學，我的孫子也曾經被打過。俗語說：『養不教，父之過』，他們家好像沒有大人似的，任由他們胡作非為，簡直欺人太甚！」阿樹伯氣憤地說。

「來來來，大家進來喝茶，」老毛從屋裡走出來，禮貌地招呼著說。

「老毛，你們夫妻倆眞是太忠厚啦！」阿巧埋怨他說。

「謝謝大家的關心，」老毛忍受內心的苦楚，勉強地說：「小孩子嘛，難免會打打鬧鬧，過了就會沒事。」

儘管大家都認同他們夫妻兩人的包容心，但還是認爲此風不可長，必須向學校當局反映，以免再發生類此事件。

中午放學後，訓導主任把林坤良、李家誠、古志傑、陳寶娟留下。

「林坤良、李家誠，」訓導主任用教鞭指著他們問：「古志傑跟你們有什麼仇恨？你們爲什麼罵他、又打他？」

兩人低著頭，不敢吭聲。

「報告主任，林坤良先推古志傑，又罵他小雜種；李家誠罵他是軍樂園臭查某生的小雜種，又把他推倒在地上。」陳寶娟毫不懼怕地仗義執言。

「把頭抬起來！」訓導主任對著他們二人，厲聲地說：「小小年紀不好好讀書，成天惹事生非，把手伸出來！」

兩人同時伸出手，當主任把教鞭高高地舉起時，他們懼怕地把手縮了回去。

「男子漢大丈夫，敢罵人又打人，就要有接受處罰的勇氣。」主任教鞭一揚，兩人的眼睛同時眨了一下，「把手伸直！」兩人又乖乖把手伸出來，但是，主任只是嚇唬他們，並沒有眞的打下去。「古志傑是一個非常用功的好學生，除了功課好，待人又有禮貌，你們不但沒有向他學習，反而看他不順眼，罵他臭屁，罵他小雜種，又侮辱人家的母親，你們這種行爲對不對？」主任說後，用力地拍了一下桌子，「對不對？快說！」

「我錯了。」林坤良微微地抬起頭，偷瞄了主任一眼。

「你呢？」主任對著李家誠說。

「我也錯了。」李家誠不敢把頭抬起來。

「既然你們知道錯了，馬上向古志傑同學道歉。」

「對不起，古志傑。」兩人同時轉頭，向古志傑鞠躬道歉。

「如果以後敢再罵同學、打同學，或找同學麻煩，你們隨時給我小心！」主任用教鞭猛力地拍打了一下桌子，疾聲地警告他們說。

孩子的事雖然已經落幕，然而，古秋美的心中卻有一個揮不去的陰影，心想：自己的不幸，勢必會讓子孫蒙羞。儘管她已遠離昔日那個環境，從良嫁做人婦，也過了一段幸福快樂的時光，而今，卻被一個無知的孩子，再次地挑起她內心的疼痛，讓她陷入痛苦的深淵裡。幸好，孩子是乖巧懂事的，並沒有因自己的母親曾經是軍中樂園的侍應生，以及不同姓氏的父親是一個屆齡退伍的老北貢而自卑相反地，卑微的出身，讓他更謙虛、更奮發、更有鬥志，更懂得潔身自愛和孝順父母。孩子的領悟力和記憶力都很強，加上較高的自我要求和不斷地學習，在求學的過程中，從小學、國中、高中到大學，在各級老師的指導下，一路走來竟是那麼的順暢，讓老師和家長無憂無慮，這或者也是老毛和古秋美最感安慰的地方。

10

經過一番評估，老毛決定辭去開計程車的工作，專心做廢金屬品買賣的生意。然而，他並非挑著籮筐出門去撿拾，而是憑藉著幾年來累積的經驗，做起了買賣廢鐵的中盤商。

他向村人租了一片廢耕的農地，築了簡單的圍籬，搭了一個能遮風避雨的棚子，備了磅秤，按斤計算向一些專門撿拾破銅爛鐵的朋友們收購，再加以分類綑綁或裝袋。每年金防部會成立一個「廢金屬品處理小組」，專門負責收購民間的廢金屬品，然後轉運赴台銷售，承辦這個業務的正是他服務於政五組的朋友老陳。

當然，以老陳的辦事態度，絕不會在斤量上以少報多或抬高價錢來圖利他，唯一的就是在預定後運的時間上，會提前通知他做準備，以免時間過於急迫讓他腳忙手亂、準備不及。

古秋美在忙完家事後，總會泡壺茶、帶些點心來到老毛工作的場地，除了順便幫幫忙外，也深恐老毛過於勞累，藉機讓他多休息休息。

「老毛，休息一會兒，喝杯茶再整理啦！」古秋美把籃子放在臨時搭建的棚子下，高聲地喊著。

「來囉。」老毛回應著，並順手取下斗笠，稀疏的髮絲早已滿佈雪霜，長期在陽光曝曬下，竟連臉上那一條條深深的紋路，也呈黑色的線條。爾時類似毛澤東的相貌，此時已完全變了樣，或許，該叫他一聲毛公公較貼切。

「快坐下來休息休息，喝杯茶吧！」古秋美邊說邊為他倒了一碗茶，又從籃子裡取出糕餅，「來，這裡有點心。」

老毛坐在一張木板墊著洋灰磚的克難椅子上，從古秋美手中接過茶，古秋美又遞給他一塊糕餅。

「這些年來，實在辛苦你了，」古秋美愛憐地看看他，「我看以後不要收那麼多啦，那會把你累垮的。」

「我只是做一些整理分類和綑綁裝袋的工作，一點也不累；眞正累的是那些挑著籮筐到處去撿拾的朋友們。」老毛喝了一口茶，淡淡地說：「坦白說，這幾年來我們確實賺了不少錢，而這些錢純粹是他們幫我們賺的。一旦我們拒收了他們辛苦撿來的那些東西，他們必須挑到更遠的地方去賣，價錢也會任由人家亂殺，那點微薄的小錢，無形中又要縮水了，叫他們怎麼過日子。」

「你總是處處替別人設想，可是，不要累壞了身體。」古秋美有些許埋怨，亦有點擔心地說。

「阿美，」老毛喝了一口茶，順手把碗放在椅上，看著她說：「這塊地的業主有意思要出售，我想把它買下來，除了繼續作爲我們收集廢鐵的場地外，靠右的那一邊，我們可以蓋一棟房子，也算有一個自己的棲身之所，不知道妳的意思如何？我很想聽聽妳的意見。」

「眞的？」古秋美驚訝地，「你眞的有購地建屋的打算？」說後又有一點擔憂，「我們有那麼多錢嗎？」

「這點妳放心，我已經盤算過了。」老毛信心滿滿地說：「除了原來的存款可以運用外，聽老陳說，今年的廢金屬品下個月就要處理了，一旦處理過後，馬上又有一筆收入。況且，一棟房子並不是三、兩天可蓋成的，營造商必須告一個段落才會向我們收取建築費用，在資金週轉上不會有問題的。」

「老毛，坦白說，有一個屬於我們自己的家，我已經心滿意足了；如果又有一棟屬於我們自己的房子，那眞是太好了。」古秋美高興地說。

「阿美，人生就是這樣，我們必須隨著孩子的成長而蒼老，」老毛感嘆地說：「等小傑大學畢業回金門服務後，我們也該休息了。屆時，我們可以利用這片空曠地，種些蔬果花木，每天澆水賞花，過過悠閒的日子，什麼事也不必去管、去操心了。」

「小傑很快就畢業了，真到了那個時候，你捨得放下這堆破銅爛鐵嗎？」古秋美疑惑地問。

「當然捨得！」老毛不加思索地說：「人生實在太短暫了，一眨眼，幾十年的時光就那麼無聲無息地過去了；我們還有多少人生歲月？幾個十年、二十年？」

古秋美聽後有點感傷，緊緊地偎依在他身旁，情不自禁地拉起他的手，輕輕地拍拍他的手背，當他們四目相對時，從內心流露出來的，彷彿是一道道無法取代的幸福光芒，而不是爾時那段悲傷苦楚的舊有時光。

從購地到建屋，一切都比預期來得順利，這必須歸功於村中長老的協助和精神鼓勵。老毛和古秋美總是這樣想：如果不能與這方土地和祂的子民心連心地結合在一起，進而獲得他們的肯定和認同，又怎能在這裡落地生根。雖然，這個村落只有他們一家是不同的姓氏，但村中長老並沒有把他們當外人，喜慶時的「口灶份」，沒人敢跳過他們這一家。遇有喪事，老毛總是當先鋒，從挖墓穴到抬棺木，從不缺席。碰到村人有急難，古秋美總是第一個主動去關懷的人；她讀書不多，卻懂得雪中送炭的箇中道理。今天，他們願意以畢生的積蓄在這裡建立家園，村人幾乎拍紅了雙掌熱誠的歡迎，讓他們感到相當的窩心。

時光往往在不經意中從指隙間溜走，新居即將落成時，小傑也正好大學畢業回金門。他受的是師範教育，很快就應聘到國中擔任教職。人逢喜事精神爽，對老毛和古秋美來說，的確是最好的寫照。一個退伍老兵，一個曾經歷盡滄桑的侍應生，他們憑藉著自己的雙手，打造出一個幸福美滿的家園，進而讓孩子接受高等教育的洗禮，未來必是一位作育英才的好老師。在這個現實的社會裡，如果沒有付出痛苦的代價，焉能得到甜蜜的果實，這是值得多數人深思的。

那天，老毛和古秋美夫婦備了酒席，在新廈宴請村人和親友。雖然是新居落成，唯獨接受他們的朋友老陳所贈送的一台直立式電風扇，其他的賀禮一概婉謝。當賓主盡歡、酒宴結束後，老陳在老毛夫婦盛情的挽留下，坐下來喝茶。

「新居落成，孩子也學成了，對你們夫婦來講，可說是雙喜臨門。」老陳說後，又順便提醒他們說：「說眞的，你們也不必那麼辛苦了，該休息休息享享清福啦！」

「不瞞你說，我和阿美都有這個打算，」老毛說後又有些無奈，「不過這種生意也不是一下子就能結束的，有時候必須替那些挑著籮筐四處撿破爛的朋友們著想。」

「我知道你處處替別人設想，但你還有多少時間、多少精力可消耗？」老陳不捨的說他，「你這輩子夠勞碌啦！」

「爸，陳叔叔說得沒有錯，你和媽都應該休息了，」坐在他身旁的小傑說：「你年輕時爲國爲民，退伍後爲家打拼，媽爲家操勞爲兒煩心，今天，我已經長大、學業亦有成了，相信有足夠的能力來奉養你們。你們就別再那麼辛苦勞累了。」

「小傑，你的這番孝心，我和你媽都能體會，」老毛的眼眶微紅，「但不要忘了，陳叔叔才是我們家的大恩人。如果沒有他，就沒有我們這個家，千萬要記住『飲水思源』這句話，更要懂得感恩。」

「爸，您放心，我會永遠記住陳叔叔對我們的恩情。」小傑說後，禮貌地向老陳點點頭。

「老毛，大家兄弟一場，別說這些無聊的話好不好。」老陳不在乎地說。

「那是我和阿美隱藏多年的眞心話。」老毛說後，看看古秋美。

「老毛沒說錯，」古秋美嚴肅地，「當初如果沒有你的幫忙，老毛的家永遠在山的那一邊，也許我也會帶著小傑浪跡天涯、流落街頭。」

「不必說那些客套話。坦白說，一切都必須歸功於緣分，」老陳笑著說：「首先是你們的夫妻緣，再來是父子緣、母子緣，繼而是我們的朋友緣。如果沒有這些世俗所謂的緣，今天我們也不會聚在一起。就讓我們好好珍惜它吧！其他的就不必多說了。」

「從我們認識到現在，你待我如兄如弟、如同自己的手足。尤其你年輕，又長期在大單位服務，看多了大官，但並沒有嫌棄我們這些卑微的小人物，始終以禮相對、以誠相待，這是一份多麼難得的友誼啊！」

「老毛，如果你承認我們如兄如弟、情同手足，你今天必須聽我的勸告，答應我一件事。」老陳賣著關子。

「只要我做得到，別說一件，十件、百件我老毛也沒話說。」老毛直接了當地說。

「好，夠爽快！」老陳先肯定，後又婉轉地說：「我們打開天窗說亮話，年底是收購你廢金屬品的最後一次，希望你能接受老兄弟的勸告，一旦清運過後，馬上停止收購。不要認爲你那幾根老骨頭像鐵一般硬，它也有氧化的時候，該休息啦！」

「這個……」老毛已聽清楚了老陳話中的含意，有點爲難地。

「不要這個那個，」老陳有點激動，「這件事不僅是老朋友的希望，也是小傑的期望，更是古秋美的願望！」

「爸，陳叔叔沒說錯，這是我們共同的願望，您不能再那麼辛苦了，是該休息的時候了。」小傑懇求著說。

「老毛，人生幾何，勞碌了一輩子難道還不夠嗎？」古秋美馬上加入勸說：「現在我們有自己的房子，又有一塊地，小傑也長大學成了，馬上就要爲人師表，以後每月會有固定的月俸，生活不成問題啦。我們就悠哉悠哉地等著他娶媳婦、抱孫子吧！」

老毛搖搖頭，苦澀地笑笑，沒有回應。

「老哥哥，」老陳指著他，大聲地問：「你聽清楚了沒有？」

老毛雙眼凝視著老陳，眼眶有點微紅，而後哽咽地說：「老兄弟，我聽你們的，人老了的確不能逞強，除了要好好休息外，我也得利用餘生多陪陪阿美，多多關照這個家，不能一輩子與那些破銅爛鐵爲伍。」

「這就對啦！」老陳高興地說。

「爸爸……」小傑興奮地緊握他的手。

「老毛……」古秋美感動得眼眶都濕了。

老毛終於做出了此生最大的抉擇——不再與那些破銅爛鐵為伍。

他也鄭重地告訴部分以撿破爛為生的朋友們，在他尚未結束營業的這段時間，只要是廢金屬品他都願意照單全收，不再像以前那麼嚴格地挑選，收購價錢也略為提高，純粹是為了酬謝這些長期和他合作的老朋友。一旦處理完這批貨、空出這片地，過完年，春天一到，他就要開始整地鬆土，親手種些蔬果和花木，過著優閒的農村生活，實現他對古秋美的承諾。屆時，他將挽著老伴，漫步在旭日東昇的鄉間小道，呼吸新鮮清新的空氣；或是走在黃昏暮色的沙灘海岸，看看夕陽西下、落日最後的餘暉。

然而，世事往往讓人難以預料，在金防部廢金屬品處理小組即將前來清運的前夕，老毛又收購了一批廢金屬品，裡面有鐵罐、鐵棒、鐵桶、鋼筋、臉盆、鋁鍋、鋁盆、彈頭、彈尾、彈片、彈殼……大大小小，五花八門，幾乎是包羅萬象什麼都有；甚至還有好幾顆大小不一、生銹陳舊的砲彈。

這幾顆砲彈雖然是對岸共軍打過來的，但並未爆開成碎片，有些裡面可能還殘存著火藥。在他的印象中，好像有部分是以前曾經拒收過的貨品，現在竟然又趁機混在一起搬出來賣，未免過份了一點。老毛雖然如此地想，卻一點也不爲意，依然以照顧那些撿破爛的朋友爲優先，因爲他是過來人，知道其中的甘苦和辛酸。

關於廢彈，這幾年來他確實收購過很多，類似今天這種情形也經常有過，反正運到台灣後，得標的鋼鐵廠在處理時也會嚴加篩選和管控。對於這些廢彈，金防部廢金屬品處理小組雖然有嚴格的規定，但因數量過於龐大，並沒有一顆顆嚴格的檢查，不合規定而被矇騙過關的情事屢見不鮮。台灣的鋼鐵廠，在熔解和提煉金門運送過去的廢彈時，也從未聽說過有爆炸的情事發生。

依據經驗，老毛總是先把外緣一圈厚厚的銅圈敲下，然後銅、鋼分別歸類，銅的價錢較鋼爲高，而向那些販賣廢鐵的朋友收購時，卻是以一般廢鐵的價錢來計算的。

老毛敲敲打打，順利地卸下三個銅圈，順手往銅堆裡一丟，發出一聲悅耳的鏗鏘聲。當他再次搬來一顆準備敲卸時，卻發現它的體積較一般爲小，重量則比其他幾顆來得重，彈頭上的旋鈕也沒有脫落，好像是一顆未爆彈，而這種類型的砲彈，以前似乎沒有見過，他提醒自己要小心。

老毛雖然對自己提出警告，但彷彿一點也不在意，心裡想：只要不敲到它的彈頭和引信就好。況且，一顆那麼重的砲彈，要用多少磅數的火藥才能發射到這裡來，他只是敲下外緣的銅圈而已，談不上有什麼危險性可言。這些年來，他敲過的砲彈種類可說無數，卸下的銅圈銅片也爲數不少，從未發生過任何的意外，讓他賺了不少錢，這或許也是他充滿信心不怕危險的地方。

可是，沒有發生過意外，並不表示永遠不會發生。老毛在軍中的專長起初是文書，後來是運輸，雖然歷經無數戰役，但他手握的是步槍和手榴彈，對於兵工和砲兵的知識可說是陌生的。兵工的未爆彈處理，砲兵的火藥裝塡和發射，都必須經過專業的訓練，老毛爲了廢銅能賣到較高的價錢，僅憑一點淺薄的經驗，就逕行敲打起來了，把自已的安全置身於度外，這讓人感到相當憂心。

突然轟隆一聲巨響，老毛不知是誤敲到它的引信，還是敲擊力氣過大、迸出的火花把它引爆，只見轟隆過後，一股嗆鼻的濃煙直上雲霄。在廚房準備午餐的古秋美，聽到震耳的響聲來自自家的週遭，再看到門窗上的玻璃被震碎一地時，不禁愣了一下，也打了一個寒噤，內心同時湧起一個不祥的預兆，老毛佝僂的身影在她腦海裡不停地盤旋著。於是，她奮不顧身地往外跑，當她上氣不接下氣地跑到老毛工作的場地時，老毛已血肉模糊地倒在血泊中。

「老毛，老毛，」古秋美傷心欲絕地俯下身，抱住血跡斑斑的老毛，而後驚慌失措地狂叫著：「救命啊，救命啊！救命啊，救命啊！」

而他們的住處在村郊，距離村莊還有一小段路，村民雖然聽到轟隆的巨響，但以爲是附近駐軍爆破石頭的聲音，並不在意。對於古秋美的呼喊聲，似乎也沒有聽到和注意到。

「救命啊，救命啊！」古秋美依然聲嘶力竭的呼喊著：「救命啊！救命啊！」

過了一會兒，當村人聽到古秋美悲悽哀號的聲音，相繼地趕來時，她已昏厥癱瘓在老毛滿是血的身旁。只見現場有些混亂，村人們驚恐地圍繞在出事的地點，七嘴八舌地說著：

「趕快叫救護車送他到醫院急救！」是驚慌求助的聲音。

「晚了，頭顱破裂，手臂也斷了。」是惋惜悲傷的聲音。

「流那麼多血，斷氣了，沒救了。」是哀傷歎惋的聲音。

「先扶阿美回房裡休息。」是關懷憐憫的聲音。

「快到學校叫小傑回來。」是急促催人的聲音。

即使村人發揮大慈、大悲、大愛的互助精神想施以救援，老毛終因右手臂被炸斷，導致失血過多；頭顱被彈片重擊，腦漿四溢，當場死亡。儘管古秋美和小傑流盡悲傷哀痛的淚水亦無法接受這個事實，依然不能挽回老毛寶貴的生命。

人生朝露，生命無常，誰能料想到一生爲國犧牲奉獻、歷經無數戰役的老毛，並沒有戰死在沙場；爲家盡心盡力、爲兒辛苦爲兒忙的老毛，也沒有在子孫圍繞的「水床」上往生，而是悽慘地被炸死在那片破銅爛鐵堆裡。是命運多舛？還是老天不公？有誰能爲一個有家歸不得、骨埋異鄉的退伍老兵，求得一個完美的答案？

老毛出殯的那一天，年輕力壯的男丁爭著要爲他抬棺，長老沿途爲他散發紙錢，旅外的村人趕回來送他一程；男士別著黑紗，女士白衣素服，兒童胸前別著素色的方巾來執紼，個個紅著眼眶依依不捨地送他上山頭。

古秋美因悲傷過度，數度昏厥，但終究還是要面對殘酷的事實。

小傑手持哭喪棒，捧著簇新的神主牌，金色字體清晰地刻著：

顯考江公諱中漢神主

孝男江志傑奉祀

雖然，小傑體內流的並非是江家的血液，但他卻有義務來延續江家的香火。即使他身分證上的父欄仍是「父不詳」三個字，但他早已把老毛當成自己的父親來對待。在神主牌刻上：「孝男江志傑奉祀」並無不妥之處。他能有今天的成就，亦是老毛費盡心力一手拉拔長大的，此時爲他盡孝是理所當然。過些時日，他將徵求母親的同意，親自到戶政事務所提出申請，把自己的姓氏由古改爲江，並在身分證的父欄裡，請戶政人員塡上江中漢三個字。小傑明事理、知事體的孝心，讓古秋美心中多了些安慰，而九泉下的老毛又有何憾？

然而，孩子雖然已長大成人，古秋美卻要面對失去老伴的哀傷；而老伴的慘死，更是她內心永遠不能磨滅的悲痛。往後的人生歲月，勢必要靠著孩子的攙扶，始能走完坎坷的人生旅程……古秋美想著、想著，不禁又淚流滿面、傷心欲絕。

老陳紅著眼眶，眼中噙滿著淚水，在替老毛上香的同時，難掩內心的悲痛，哽咽地說：

「朋友，你好走，不久的將來，天堂見！」

當親友們悲傷哀慟的同時，卻也羨慕起來自山那邊、海那頭的老毛，在歸鄉的路途斷絕時，竟能長眠在這個有青山綠水相伴、蟲鳴鳥叫相陪的小島嶼。儘管眾人有所不捨，但這卻是人類無法抗拒的命運；雖然難以接受，則必須承奉，要不，又能奈何？而此時此刻，彷彿才是老毛遠離塵囂、擺脫人間一切苦難，眞正得到休息的時候。

驀然，小小的山頭颳起一陣強烈的淒風，天空霎時烏雲密佈，豆大的苦雨傾盆而下，它意味著什麼？又顯露出什麼？難道是蒼天有眼，人神共哀，同爲不幸殉難的老毛，灑下一滴滴悲涼的淚水……

二〇〇五年作品。原載《浯江副刊》

「軍樂園」的創議人

謝輝煌

拙文〈爲走過的留下痕跡〉脫稿後，心上的疙瘩仍未冰釋。月初，在一次詩友聚會後，特向一位自國防部情報局退休的詩友許將軍，請教「軍中樂園」的幕後推手，及台灣女囚犯被遣送金門「軍中樂園」等兩個問題。巧得很，這兩個問題，他都曾聽過一位早在金門主管過這個業務的同學聊過：（以下爲概要）

一、關於第一個問題，起因於當時陸軍官兵未滿二十八歲不得結婚的規定，而那時的官兵都很年輕，無論前方後方，都發生過軍民間男女的感情糾紛，因而有人向蔣經國建議，仿照日本的軍妓，設置營妓，以便紓解官兵的情緒。於是，便准予在金門、台北兩地成立「軍中樂園」，台北的設在台北大橋附近的延平北路，靠近風化區。

二、關於第二個問題，那是因爲台灣在「掃黃」期間，抓到了不少私娼關在拘留所。於是，有人慫恿她們：「與其在拘留所坐牢，不如去前線勞軍。」因此，便有些「女囚犯」以志願登記方式，經體檢及安檢及格，照章簽約，發給安家費，代辦好一切赴外島的手續，便前往高雄候船。

過了兩天，許將軍來電告知，他特為此事去拜候了一位老長官(遵囑隱名)，據老將軍告知，推動創設軍樂園的大功臣，是澎湖五十二軍政治部楊銳主任。因為他們軍裡發生了強姦民女的特殊事件，在檢討和討論時，他就建議仿照清朝的「營妓」，日本的「慰安婦」，來解決官兵的生理需要，經反映到總政治部後，竟獲准試辦，便在澎湖設立了「軍中樂園」。至於侍應生，則向台灣各地的風化區去召募。有些姑娘一聽票價不高，興趣缺缺。經曉以「票價雖不高，但是客人多，醫衛條件好，沒有流氓地痞搗蛋。合約期滿，如不願續約，即可回台，此外，有固定休假，並發給安家費」等種種好處，這才打動了一些姑娘的芳心。

這個口述歷史的忠實度及價值都相當高，因為，老將軍的位階很高，而且也沒有必要對老部下的許將軍信口開河。

綜上以觀，可得到一個更為清晰的輪廓，即創議設立「軍中樂園」的，是五十二軍政治部楊銳主任；批准試辦的，是總政治部蔣經國主任。侍應生係向各地風化區召募而來，而非強迫，更無將女囚犯遣送去外島「勞軍」的不法和不人道的情事。不明內情者，不要再亂蓋。

另一方面，在上述這些資訊的基礎上，當然還有些可資正面想像的空間：

一、由五十二軍楊主任的提議，到總政治部的批准（實際是參謀總長）這個作業流程中，各級幕僚、主管、指揮官，必經過許多的諮商、研考、協調、討論，才能定案。可以想見，其中必有總司令孫立人將軍，及美軍顧問的敲邊鼓相助，甚至，蔣經國身邊那位廣東籍的美軍顧問楊帝澤中校，也可能助了一臂之力。因為，他們都習慣重視官兵的「性需求」。有了這些「鼕鼕邊鼓」的相助，蔣經國才敢面報總統。而若不獲首肯，他也不敢獨斷專行。畢竟，這是個突破國民革命軍傳統的道德問題。

二、五十二軍的建議，不可能單就澎湖地區著眼。尤其，單位層級越高，著眼的範圍越大。設立的時間或稍有先後，試辦的地區則不止澎湖，因為，金門在民國四十年冬天就有，台北的也可能在那時設立。五十二軍是三十九年夏天到澎湖，經過特殊事件的處理，到建議案的成熟、呈報、批准，沒有年把時間不行。所以，澎湖的軍中樂園，大約也在那個時候試辦。

三、由拘留所裡「女囚」（流鶯），變成外島各特約茶室的侍應生，決非軍警方面的強制。因爲，當年的娼妓，十九來之貧困，其中更有養女。她們都受特種營業集團的控制。娼妓被抓，老鴇們急得跳腳，當然要設法營救那些「搖錢樹」。而慫恿她們去外島「勞軍」，是最冠冕堂皇的「對策」，警察都不好擋駕。同時找關係說項，並連絡各軍方的召募站，問題就迎刃而解了，流鶯得救，必感恩於心，豈有不孝敬之理？日後回台，仍將誓死效忠，老鴇們可永收漁利。而軍方，何罪之有？

四、在金門方面，也發生過類似澎湖的「特殊事件」，胡司令官可能沒空思考到這個問題，原因是金門係接敵地區，且幾乎是不毛之域，軍需民用，所費浩繁，所以，他在備戰與經建方面的著墨最多。其次，則戮力於精神層次的建構與提升。至於官兵的「性需求」，他就是想到了也不敢提，尤其金門是個民風純厚的地方，護之惟恐不及，豈敢引進娼妓來顛覆金門優良的傳統？及至國防部有了政策性的指示，就不得不下海做「將軍老鴇」了。這也許是他從不提這項「德政」的原因吧？另一方面，依他的個性，凡辦新鮮事，必先找專家，粵華合作社的石讓齋，莒光樓的沈學海，其他如製酒、燒窯、種樹、搞水利、乃至捕鼠，莫不如此。但是，開娼館的專家在那裡呢？陳長慶兄《日落馬山》中，那位曾在上海經營過色情行業的徐文忠，應是胡司令官親自或派人透過警政或保安方面的故舊覓得的。徐先生於民國五十七年左右解聘時，年近古稀，他離金門時，島上共有大小十個特約茶室，不可謂不「神」。依此推斷，他是金門特約茶室的「開山祖師爺」，應無疑慮。

關於金門特約茶室的問題，前前後後已談了很多，目的只在「存實」。江山依舊，人事已非，沒有必要去說假話，且讓一些訛傳或惡傳止於智者吧！

原載二〇〇五年二月廿四日《浯江副刊》

後記：本文謬承老將軍及小將軍許兄錯愛，提供珍貴口述歷史，特此一併敬禮致謝。文中所提楊帝澤中校顧問，參自劉毅夫《風雨十年・大陳忍痛撤守》。

作者年表

一九四六年　八月生於金門碧山。

一九六一年　六月讀完金門中學初中一年級因家貧輟學。

一九六三年　一月任金防部福利單位雇員，暇時在「明德圖書館」苦學自修。

一九六六年　三月首篇散文作品〈另外一個頭〉載於正氣副刊。

一九六八年　二月參加救國團舉辦「金門冬令文藝研習營」。

一九七二年　五月由金防部福利單位會計晉升經理，並在政五組兼辦防區福利業務。六月由臺北林白出版社出版文集《寄給異鄉的女孩》，八月再版。

一九七三年　二月長篇小說《螢》載於正氣副刊。五月由台北林白出版社出版發行。七月與友人創辦《金門文藝》季刊，擔任發行人兼社長，撰寫發刊詞，主編創刊號。九月行政院新聞局以局版臺誌字第〇〇四九號核發金門地區第一張雜誌登記證，時局長爲錢復先生。

一九七四年　六月自金防部福利單位離職，輟筆，經營「長春書店」。

一九七九年　一月《金門文藝》革新一期由旅臺大專青年黃克全等接辦，仍擔任發行人。

一九九五年　創作空白期（一九七四至一九九五），長達二十餘年。

一九九六年　七月復出。新詩〈走過天安門廣場〉載於浯江副刊。八月散文〈江水悠悠江水長〉載於青年日報副刊。九月中篇小說〈再見海南島　海南島再見〉載於浯江副刊。

一九九七年　一月由臺北大展出版社出版發行三書：《寄給異鄉的女孩》增訂三版。《螢》再版。《再見海南島　海南島再見》初版。三月長篇小說《失去的春天》載於浯江副刊，七月由臺北大展出版社出版發行。

一九九八年　一月長篇小說《秋蓮》上卷〈再會吧，安平〉，五月下卷〈迢遙浯鄉路〉均載於浯江副刊。八月由臺北大展出版社出版發行三書：《秋蓮》長篇小說，《同賞窗外風和雨》散文集，《陳長慶作品評論集》艾翎編。

一九九九年　十月散文集《何日再見西湖水》由臺北大展出版社出版發行。

二〇〇〇年

五月『金門縣寫作協會』「讀書會」假縣立文化中心舉辦《失去的春天》研讀討論會，作者以〈燦爛五月天〉親自導讀。十月長篇小說《午夜吹笛人》載於浯江副刊，十二月由臺北大展出版社出版發行。

二〇〇一年

四月〈今年的春天哪會這呢寒〉——咱的故鄉咱的詩，載於浯江副刊。十二月中篇小說《春花》載於浯江副刊。

二〇〇二年

三月中篇小說《春花》由臺北大展出版社出版發行。五月中篇小說《冬嬌姨》載於浯江副刊，八月由臺北大展出版社出版發行。十二月由國立高雄應用科技大學金門分部觀光系主辦，行政院文建會及金門縣政府協辦之【碧山的呼喚】系列活動，作者親自朗誦閩南語詩作：〈阮的家鄉是碧山〉爲活動揭開序幕。散文集《木棉花落花又開》由臺北大展出版社出版發行。

二〇〇三年

五月中篇小說《夏明珠》載於浯江副刊，十月由臺北大展出版社出版發行。同月長篇小說《烽火兒女情》脫稿，二十六日起載於浯江副刊。十一月長篇小說《失去的春天》由金門縣政府列入「金門文學叢刊」第一輯，並由臺北聯經出版公司出版發行。十二月〈咱的故鄉 咱的詩〉七帖，由金門縣文化中心編入《金門新詩選集》出版發行。其詩誠如國立台灣藝術大學副教授詩人張國治所言：「他植根於對時局的感受，對家鄉政治環境的變遷，世風流俗的易變，人心不古，戰火悲傷命運的淡化等子題觀注，……選擇這種分行，類對句……、俗諺，類老者口述，叮嚀，類台語老歌，類台語詩的文類：鋪陳一股濃濃的鄉土情懷。」

二〇〇四年

三月長篇小說《烽火兒女情》由臺北大展出版社出版發行。八月長篇小說《日落馬山》脫稿，九月五日起載於浯江副刊。

二〇〇五年

元月〈歷史不容扭曲，史實不容誤導〉——走過烽火歲月的「金門特約茶室」脫稿，廿三日起載於浯江副刊。二月長篇小說《日落馬山》由台北大展出版社出版發行。三月散文集《時光已走遠》由金門縣文化局贊助，台北大展出版社出版發行。四月短篇小說〈將軍與蓬萊米〉脫稿，二十七日起載於浯江副刊。七月中篇小說〈老毛〉脫稿，十日起載於浯江副刊。八月《走過烽火歲月的金門特約茶室》獲行政院文建會、福建省政府、金酒實業（股）公司補助，十月由台北大展出版社出版發行。

國家圖書館出版品預行編目資料

走過烽火歲月的金門特約茶室 / 陳長慶 著
－初版－臺北市：大展，2005【民 94】
面 ； 21 公分 －（文學叢書；17）
ISBN 957-468-420-2(平裝)

857.63 94018443

走過烽火歲月的金門特約茶室 ISBN 957-468-420-2

贊助出版 / 行政院文建會
福建省政府
金酒實業股份有限公司
作　　者 / 陳　長　慶
封面攝影・指導 / 張　國　治
封面構成 / 林　俊　傑
校　　對 / 陳　嘉　琳
發 行 人 / 蔡　森　明
出 版 者 / 大展出版社有限公司
社　　址 / 台北市北投區（石牌）致遠一路 2 段 12 巷 1 號
電　　話 /（02）28236031・28236033・28233123
傳　　真 /（02）28272069
郵政劃撥 / 01669551
網　　址 / www.dah-jaan.com.tw
E － mail / service@dah-jaan.com.tw
登 記 證 / 局版臺業字第 2171 號
承 印 者 / 高星印刷品行
裝　　訂 / 建鑫印刷裝訂有限公司
排 版 者 / 千兵企業有限公司
金門總代理 / 長春書店（金門縣新市里復興路 130 號）
電　　話 /（082）332702
郵政劃撥 / 19010417　陳嘉琳 帳戶
法律顧問 / 劉鈞男 大律師
初版 1 刷 / 2005 年（民 94 年）11 月

定價 / 330 元

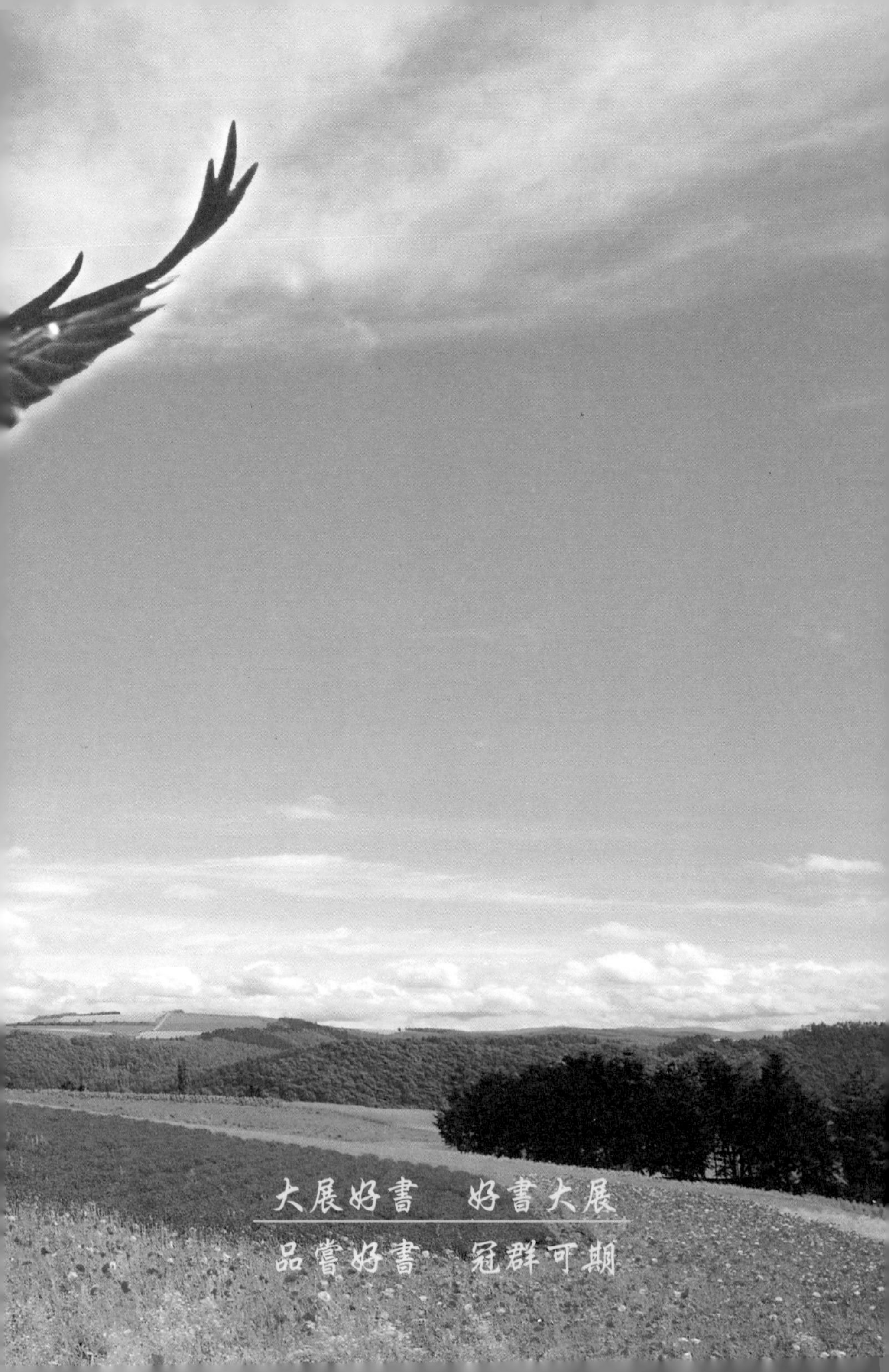
大展好書　好書大展
品嘗好書　冠群可期